春风好美

-05-

平生一诺

·完结篇

叶紫 /著

百花洲文艺出版社
BAIHUAZHOU LITERATURE AND ART PRESS

图书在版编目（CIP）数据

平生一诺. 完结篇 / 叶紫著. — 南昌 : 百花洲文艺出版社, 2017.10

ISBN 978-7-5500-2260-7

Ⅰ. ①平… Ⅱ. ①叶… Ⅲ. ①言情小说 – 中国 – 当代 Ⅳ. ①I247.5

中国版本图书馆CIP数据核字(2017)第245004号

出 版 者　百花洲文艺出版社
社　　址　江西省南昌市红谷滩世贸路898号博能中心A座20楼　邮编：330038
电　　话　0791-86895108（发行热线）　0791-86894790（编辑热线）
网　　址　http://www.bhzwy.com
E-mail　bhzwy0791@163.com

书　　名　平生一诺·完结篇
作　　者　叶紫
出 版 人　姚雪雪
责任编辑　李梦琦　李　瑶
特约编辑　廖晓霞
封面设计　刘　艳
内页设计　cain酱
经　　销　全国新华书店
印　　刷　长沙鸿发印务实业有限公司
开　　本　880mm×1230mm　1/32
印　　张　9.5
字　　数　312千字
版　　次　2018年1月第1版
印　　次　2018年1月第1次印刷
书　　号　ISBN 978-7-5500-2260-7
定　　价　34.80元

赣版权登字：05-2017-415

目录

CONTENTS

目录
CONTENTS

Chapter 01

还不是因为爱

老妈口中报答郑超的机会很快就到了，在丁子君出院一个月后，郑超的生日来临，作为一个在男朋友的精心照顾下，生病住院反而胖了几斤的幸福女生，男朋友过生日如果不给他一个真正的惊喜的话，简直天理难容。

于是，丁子君用省吃俭用出来的一笔私房钱，拉着李珊珊陪她给郑超买生日礼物。

礼物不能太俗，不能太普通，还不能只是个摆设，要有一定的实际作用，要迎合郑超的喜好，符合他的品位，并且还要有一种一看就是女朋友送的恩爱即视感。

在这么多关键词的约束下，丁子君觉得逛了两个小时依旧没有任何进展也是情有可原的，如果看一眼就能买到的生日礼物，怎么能突出她的良苦用心。

一旁已经累成狗的李珊珊忍无可忍地揪住她的脸，恶狠狠地威胁："就买那个打火机，价钱也上去了，看着也有品位。"

"不行，郑超不抽烟。"

"那就隔壁那家的男士香水，你俩可以买对情侣的，也很有品。"

"也不行，郑超不喷香水，并且我个人觉得，男生喷香水很娘。"

"……好，那就去买前面那家的手表，情侣表，这个应该可以了吧？"

"我觉得手表也不好，没什么特色，多少人送礼物都送手表啊，俗。"

"我×，你有完没完，不买了不买了，我跟你出来就是脑子发大水了。"

被李珊珊掐着脸一路揪出来，丁子君很是委屈，一脸困惑地看着她："你说我到底要送什么礼物给他呢？这是我们交往以来第一个重大节日，也是我报答他的最好时机，我必须给他一个惊喜，为这个事情我焦虑了好几天了。"

"那你继续焦虑去吧，老娘不陪你玩了。"

说罢，李珊珊一甩袖子潇洒地离开了，丁子君眼睁睁地看着她的背影，犹豫了一下，还是耷拉着脑袋跟了上去。

很快，郑超的生日就到了。生日前一天晚上，郑超和丁子君说了一下生日安排，上午简单逛逛，中午吃饭，下午唱歌，如果来不及回来的话就开几间房通宵玩牌。

行程简单易懂。

这天早上，丁子君起了个大早，精心打扮了一番，难得化了个淡妆，收拾妥当后拎了个手包准备出发。

"你的礼物呢？不会到最后什么都没买吧？"床上的李珊珊从蚊帐里伸出个脑袋，睡眼惺忪地看着她。

"我已经想好送他什么礼物了，绝对会是他这辈子收到的最好的生日礼物。"丁子君一笑。

"我 ×。"一听丁子君卖关子，李珊珊瞬间精神抖擞地从床上坐起来，一脸八卦地问她，"你送什么了，说来听听？"

"嗯……暂时保密，等我回来了再告诉你。"

"……丁子君你个孙子，也就是说你那天把大爷我揪出去逛了好几个小时，其实是在耍我？"

"也不是这个意思，没有对比就没有优劣啊。就是因为那天看的礼物太不入眼了，所以我才想着送他这个礼物。"

"滚滚滚，丁子君你快点给老娘滚，我不想再看见你这张丑恶的嘴脸。"

自己那天陪她逛了一上午，脚脖子都快断了，累成一条狗，这丫头倒好，轻飘飘一句话就把自己的所有努力都否决了，这样的损友已经没有继续相处下去的必要了，人和人的信任果然很单薄啊。

看着李珊珊一副生无可恋的颓丧表情直挺挺地躺回床上，丁子君有些不好意思，可也没时间哄她了，只留了一句“对不起，珊珊，等我回来再赔罪”，就撒丫子跑了。

身后惊天动地的一声“丁子君你个孙子”的怒吼被隔绝在了门板另一头，丁子君理了理头发飞奔下楼。

生日聚会的第一站是邻省的一座森林公园，一群人浩浩荡荡地在公园里晃悠，丁子君和郑超慢悠悠地跟在后头。

“前面那个高高的美女看着好面熟啊，我之前是不是见过？”

“她叫梅浉，是新一任的学生会主席，和我一个班的，上几次聚会她都在的。”

“好像只有她一个女生每次都来，其他的女生都没她这么执着。”

“她人挺好的，办事能力很强，很稳重，把这个位置给她的话，其他的男生也不会有异议。”

“哇，郑超，你真行，太有心机了，如果把位置让给了男生，其他的男生一定会不满的，兴许还窝里斗，但给了一个美女的话，光是冲着美女的面子，他们还不得前赴后继地为她效劳。”

“这都被你看出来了，太难得了。”

“别说得我好像没带脑子似的。”

“哈哈哈，我哪有。”

一行人在公园里玩了一会儿后就出发去吃饭了，吃饭的地方是一个度假村，挨着森林公园，环境清雅，带着乡村田园的恬淡气息。对于在都市里生活太久的人来说，这样清新自然的氛围更适合放松玩乐。

饭菜都是家常菜，食材均来自于后院的菜园，绝对纯天然无污染，一群人把这堆野菜稀罕得不行，老板推荐的菜，几乎都点了一遍。

吃饭的时候，丁子君和郑超挨着坐，其他人随机组合。

不知道是巧合还是有意，那个叫梅浉的学姐兜兜转转了好几圈，最后稳稳地坐在了郑超身旁。

丁子君、郑超、梅沂，最后变成了这样的组合。

不知是因为她太过于敏感，还是因为今天突然注意到了这个叫梅沂的学姐，总之，之前从来没有过的别扭感觉突然涌上心头。

丁子君总感觉这个叫梅沂的女生是在故意接近郑超。

之前为什么没有这种感觉呢？以前的几次聚会梅沂也在，她并没有觉得有什么不妥，甚至没怎么注意到有这个人的存在，可为什么唯独这次会这么介意呢？

饭菜陆陆续续地上来了，郑超夹了一筷子茼蒿放在她碗里，摸摸她的发顶，附在她耳边低语："乖，别发呆了，赶紧吃饭。"

他戏谑的声音让丁子君瞬间回神，她害羞地揪了揪他的衣襟，偷偷问了句："我刚才发呆的样子是不是特别傻？"

"那倒没有，其他人应该没有注意到。中午多吃点，下午要去唱歌，晚上还不知道什么时候才能吃到饭，小心到时候会饿。"

"你也是，要多吃点。"

两人耳鬓厮磨的甜蜜样子很快就被对面的几个单身狗看到了，其中一个人立刻调侃道："超，你这样就不对了，恩爱就是用来秀的，偷偷摸摸算什么啊。"

他这么嗷嗷吼了一嗓子，其余人都看过来了。

今天的寿星是郑超，大家立马不客气地起哄：

"来来超，亲一个。"

"对对对，小学妹跟了你这么久终于被你收服了，我们也算见证人，今天必须得亲一个。"

开口调侃的都是学生会的老油条，是郑超的铁哥们，丁子君对这几个人也熟悉了，知道他们的调侃都是善意的，纯属娱乐，她虽然觉得害羞，可并没有觉得难堪。

"好了，吃饭吧，瞎起什么哄。"郑超淡然地挑开话头，又是那副想要轻而易举转移话题的态度。

若是放在以前，大家大多会适可而止，可现在不同了，既然已经修成正果了，还有什么好害羞的。

“超，今天你要是不亲，我们饭也吃不香了，你一句话，亲还是不亲，哥几个可都候着呢。”

眼看着一群人直勾勾地盯着他，郑超头疼地扶额，知道这次不好糊弄了，他回头看了一眼垂着头兀自害羞的丁子君，俯身在她耳边低声询问：“可以吗？”

“嗯。”丁子君没有抬头，却软软地给了他肯定的答复。

郑超的心因为她这一声低喃而变得柔软，他知道她生性害羞，在这样的公众场合亲热对她来说绝对需要极大的勇气，她能这样毫不犹豫地答应自己，足见她对自己的信任和依赖。

一个清浅的吻落下来。

丁子君配合地扬起脸，承接着这个羽毛般温柔的吻。

窗外的阳光洒进来，金黄色的薄光镶嵌在两人的轮廓上，柔软而温暖，唯美得像是一幅油画。

因为这个唯美的吻，一群起哄的人终于放过他们，两个人总算可以好好吃饭了。

吃过饭，一行人三三两两地相携着往外走，去 KTV 续摊，丁子君陪着郑超去结账。

收银台前，梅浙拎着珍珠粉的手包安静地站着，一副等人的模样，等他俩走出去，她立刻露出一抹温婉的微笑，缓步迎上来。

“怎么不先走？”郑超掏出钱包付账，随口问了一句。

梅浙很自然地接道：“没关系，我等等你。”

从始至终，梅浙都没有直视过丁子君，并且她说我等等你，而不是等等你们。

直到现在，丁子君才终于明白过来，自己之前的疑问也算有了一个合理的解释，为什么之前她没有注意到梅浉在刻意接近郑超。

因为前几次和郑超出去聚会，她都只是以小学妹的身份自居，还没有真正和郑超交往，所以她只注意到了自己的怦然心动，没有余力观察别人。

而现在，她是郑超名正言顺的女朋友，因为这份占有欲，她对所有不怀好意接近郑超的女生都保留了一份敏锐的洞察力。

“怎么又发呆了？快走吧。”

看着丁子君又发呆地杵在收银台前不走，郑超只好回过身牵起她的手。

丁子君收回呆滞的目光，冲他笑了笑，把手放进他宽厚的大掌里。

他们要去的KTV离吃饭的地方还有一段距离，如果纯靠走的方式半个小时都到不了，鉴于三个人中有两位女士，郑超便选择打车过去。

出租车停在面前，丁子君自然地跟着郑超往后座走，让梅浉坐在前面，这样的搭配是最合适的。

哪知，还没等她走过去，梅浉就开口了，声音温柔，脸上是关切的笑容：“丁子君你不是晕车吗？你坐前头吧，会舒服一点。”

对于她的这番话，丁子君有很多疑问：首先，她是怎么知道自己晕车的？唯一的可能就是郑超告诉她的，可作为自己男朋友的郑超都没开口，她这样说是不是有点喧宾夺主？第二，丁子君很想跟她说，其实短程的话，她是可以坚持住的；第三，也是最重要的，她把人家一对情侣强行拆开，把人家女朋友扔在前头，她和人家男朋友坐在后面，有点过分吧？

许多念头在脑海中盘旋，丁子君面上保持着适宜的微笑，心中却在纠结，她到底该先说哪个？

“对，要不是梅浉细心，我都忘了。那好，还是你坐前头吧，记得把窗户打开。”

还没等丁子君决定好说什么，郑超已经替她决定好了。她看着郑超一脸还是梅浉想得周到的表情，心中无比抑郁，不过既然他这么说，那就这样好了。

现在是在外面，不管她心中有多少小心思，她都得忍着。她最重要的身份是郑超的女朋友，而不是一个乱吃飞醋、无可救药的弱智女，她不能因为这点小事给郑超丢份。

想通之后，丁子君对于郑超和梅浉在后座谈笑风生，一番互诉衷肠的和谐氛围也没那么硌硬了。等下车的时候，丁子君还能面带微笑地冲梅浉道谢，夸她想得周到。丁子君暗暗夸自己，她现在的样子简直太圣母了。

进了 KTV，三个人由侍者领着找包厢，刚一推开包厢门，一声震耳欲聋的“Happy Birthday”就响彻了整条走廊。

端蛋糕的是那个起哄让两人亲吻的学长，剩下的人很配合地唱着找不着调的生日快乐歌。郑超明显很感动，眼底波光潋滟，嘴角的弧度无比柔和，他嗫嚅了半天，最后却只说了句“谢谢。”

“好了好了，进去再说。”梅浉上前一步，把端蛋糕的学长直接推了回去，扯着郑超的袖子就往里揪他。丁子君落在最后，勾勾嘴角，心中默念了一百遍“我是郑超女朋友，不能给他丢脸”，终于平息了心中的怒火，抬步进了包厢。

丁子君是郑超的女朋友，自然陪他坐在首位，她挑衅地瞥了一眼坐在侧面的梅浉，有点嘚瑟地想，呵呵，不管你有多厚的脸皮，这个位置可不是靠扯袖子能扯来的。

梅浉自然注意到了她的眼神，眯眼回了她一个温婉的笑容。

丁子君撇撇嘴，转移了目光，自嘲地想着，自己道行还是太浅，这样的行为似乎有点太幼稚了。

许愿，吹蜡烛，切蛋糕，过生日的必备流程串下来后，大家都拎出自己的礼物，准备献宝了。

男生送的礼物简直是千奇百怪，有送一大盒袜子的，有送剃须刀的，有送书的，还有一个学长竟然送了一个 U 盘。丁子君替郑超接过来，好奇地问了一句：“为什么送这个？我记得你有好几个呢。”

还没等郑超解释，那个学长就立刻跑过来炫耀了：“你以为它只是个单纯的 U 盘吗？错，它并不是一个单纯的 U 盘，它是万千宅男的精神食粮，是他们午夜梦回时唯一的寄托……”

学长的话一出口，包厢里的人立马哄笑出声。丁子君傻愣了半天才反应过来自己刚才有多傻，她的脸颊瞬间烧起来，手不自觉地揪着刘海，恨不得地上有个洞赶紧把她埋了。

男生的奇葩礼物送完后，女生的还算正常，送衬衫的、送领带的，最后一个送礼物的女生是梅溡，她把盒子递给郑超。丁子君瞥了一眼，是个手表的牌子。

等郑超拆开之后，盒子里静静地躺着一块手表，黑色的腕带，金属的表盘，个性大气，很有品位。

“谢谢，我很喜欢。”郑超取出手表，调了时间后就直接戴上了。丁子君看着郑超嘴角的笑意，忍不住感叹，这是今天收礼物时他笑得最真心的一次了。

一大堆礼物里，只有梅溡的真正打动了他，丁子君替他收好盒子里的备用电池，嘴角的笑意渐渐变淡。

当然她并不是因为梅溡买的礼物很合郑超的心意而生气，而是在看到梅溡手腕上那块和郑超同一款的白色手表后着实高兴不起来。

她该怎么安慰自己？因为偶然？因为梅溡自己用得好，所以决定送郑超一块？

呵，开什么玩笑。

所有人的礼物都拆完了，只剩下最重要的主角，丁子君的礼物还没有亮出来。寿星一脸期待地看着她，眼睛里闪烁着晶亮的光芒，像是讨糖吃的孩子，表情可爱得紧。

“我没有买礼物。”丁子君神色淡然地开口，大家的重点都放在了“没有”二字上，瞬间一片哗然，没有人注意到，她的重点其实在“买”上。

她的话一出口，包厢里瞬间热闹了，有看好戏的，有开玩笑调侃的，当然，也有扬扬得意的。丁子君目光扫过去，在对上梅溡挑衅的眼神后，她轻轻挑了下眉，并没有计较。

大家起哄了一会儿后也就不在意了，毕竟寿星自己都没有在意，他们只是一群配角，调侃一下可以，如果真的刨根问底地计较就不合适了，兴许人家有其他的惊喜呢。

大家闹哄哄地点歌，哄吵的包厢里突然传来一道清亮的声音："这是你作为郑超的女朋友第一次陪他过生日吧，礼物都没有买，有点不合适吧？"

声音来自梅浙，她的话刚一出口，包厢里瞬间安静下来，大家你看看我，我看看你，不知道这莫名的火药味是从何而来。

礼物事小，走不走心才是重点，一个扔进人堆里都捞不出来的小透明高攀了郑超之后还敢这么嘚瑟，他的生日聚会所有人都精心准备了礼物，不管是否合他心意，毕竟是大家真心挑选出来的，心意是绝对有的。

她倒好，轻飘飘一句没买就打发过去了，在这么多人面前，她这么说就相当于当众给了郑超一个巴掌，让他怎么能下得了台？梅浙越想越气，这个女人把郑超当什么了，能成为郑超的女朋友，她磕头烧香都嫌少的，竟然敢如此放肆。

包厢里仍旧静默着，原本热闹喜庆的气氛也被梅浙破坏了个彻底，偏偏就算她这么扫兴也没人敢说什么。大家只能求助地看向郑超，希望他能开口化解这场尴尬。

"买的礼物我怎么能看得上眼，连学姐都看得上的礼物，如果我这个女朋友也送了，岂不是掉价得很？"

还没等郑超开口，丁子君就面带微笑地出声了。她的声音难得清冷，隐约透着一股针锋相对的势头，如果在平时，她是绝对没有这个胆量这样说话的，她没有足够强大的气场去威慑别人，最多弱弱地反驳一句，但今天不一样，梅浙的矛头不只是对准了她，还对准了郑超，如果她不接下梅浙的挑衅，那丢人不只是她，还有郑超。

不是为了自己，就算是为了郑超，她也绝不能让梅浙把她看扁了。

果然，看着丁子君脸上流露出的挑衅后，梅浙稍微收敛了一些，轻嗤一声后，转身去喝啤酒了。大家看这个情况知道危机解决了，赶紧吆五喝六地重新嗨起来。

等包厢里气氛缓和后，郑超转头附在丁子君耳边，开口问她：“你刚才的话是真的吗？”

丁子君故作困惑地转头：“什么？”

“就是……礼物的事啊。”郑超转过头不敢看她。向别人要礼物这种事怎么想都很尴尬，还好包厢里够暗，看不到他泛红的脸颊，不然他这副模样又要被丁子君嘲笑了。

其实，在生日前几天他就已经期待了，并且偷偷揣测丁子君会送他什么礼物。他并没有特别喜欢的东西，也没有收藏东西的喜好，更不缺生活用品，但不管丁子君送什么，他都会喜欢。

没什么原因，只要是她送的，他就喜欢。

当梅泝拿出她的礼物时，他看着盒子里躺着的手表，有点可惜地想，要是送他这份礼物的是丁子君就好了，说实话，这是所有礼物中，最让他称心的了。

最后到了丁子君的时候，他突然变得紧张起来，像是公布高考成绩单似的，又是忐忑又是期待。他难掩兴奋地看着她，却不料，她很淡然地说：“我没有买礼物。”

他像是被人兜头浇了一盆冷水似的，从头凉到脚，脸上的兴奋一点点剥离下来，即便他再怎么努力，也扯不出一抹微笑。

那种失望的感觉满心充斥着，让他瞬间变得颓丧无比。他甚至委屈地想着，哪怕她随便送点什么也行啊，他在意的并不是礼物本身，而是她的心意。

“没有，我就是那么一说而已，给自己找个台阶下。”丁子君拿起茶几上的啤酒喝了一口，酸苦的感觉沿着喉头一路向下，她皱着脸吐吐舌头，“好难喝。”

身边的人彻底沉默了，整个人陷入了沮丧的气氛中，闷闷不乐地垂着脑袋，看都没看她一眼。

生日聚会的第三站，就在郑超强颜欢笑的歌声中、其他人声嘶力竭的嘶吼声中闹哄哄地结束了。

出了包厢，已经是晚上十点了，大家在外头吃了点大排档后就浩浩荡荡地往酒店而去。

郑超提前预订了房间，双人标间，男女人数正好是偶数，除此之外，还开了两间麻将房，不管是想继续嗨的，还是想休息的，都有了着落。

女生基本上都洗洗睡了，男生全部猫在麻将房里，换了个地方继续嗨。

郑超属于第三类人，既嗨不起来，又没心思睡觉。他窝在沙发里，双腿搭在沙发上，百无聊赖地看电视。

电视上放着千篇一律的家庭伦理剧，配上自动麻将机洗牌的杂音，看得人心浮气躁。郑超烦躁地关了电视，起身去找丁子君。

刚出了房间，手机就响了。他掏出来一看，是丁子君的短信："郑超，你来 1408，你的礼物在这里呢。"

在自己正想她的时候，她的短信就来了，还真是默契。不过他那一堆礼物应该都在麻将房的客厅里，难道有落在 1408 的？

正思忖着，不知不觉就到了 1408 门口，郑超屈指叩了叩房门，里头脆生生地喊了一声："你进来吧，门没锁。"

郑超推门进去，开口问她："什么东西落下了？我记得他们都带到麻将房了啊，是你带过来的吗？"

客厅里没有人，丁子君估计是在套间的卧室里，郑超没进去，坐在沙发上等她。等了五六分钟还不见她出来，他好奇地起身，踱步到卧室门口，轻轻敲了敲门："你干吗呢？怎么还不出来？"

"呀呀呀，你别进来，在外头等一等。"

听到她着急的声音，郑超愣了一下，想着她可能是在换衣服，他不自然地摸了摸自己的鼻尖："咳咳，要是没什么事的话我就先走了，礼物明天一起拿吧。"

"别，我好了。"

卧室的门突然打开，身后撞上软乎乎的身体，郑超停住要离开的步伐，转过身看着身后的人。

不过一眼，就再移不开眼。

面前的人仰着小脸看着他，水汪汪的大眼睛里倒映着水晶吊灯的璀璨，清澈得像是一泓清泉。她的小嘴微微嘟起，粉嫩柔软，唇瓣之间露出一排洁白的牙齿。

她穿了一件包臀的紧身连衣裙，白色的裙子把她的曲线勾勒得完美曼妙，短裙下的长腿笔直雪白，泛着珍珠般粉润莹白的光芒。

她脖子上用包装礼物的拉花打了一朵蝴蝶结。

郑超伸手扯了扯那朵花，喉结不自觉地翻滚了一下，沙哑地问她："你弄这个干什么？"

"郑超，这就是我送给你的礼物，买不来的，世界上最独一无二的礼物，让你一辈子都忘不了的生日礼物。"

丁子君低低地开口，目光坚定。话毕，还没等郑超反应过来，她已经扯着他的领带，踮脚吻在了他的唇上，她在他唇角吞吐，低喃出声："我就是你的礼物。"

这样的惊喜来得太突然，以至于她已经笨拙地亲吻郑超了，他依旧没有反应过来，他愣愣地承接着她青涩的亲吻，脑海中思绪万千，心中的喜悦排山倒海而来，让他忘记了该有的反应。

这就是她的礼物，无法用金钱衡量的、世界上独一无二、足够他惊喜一辈子的礼物。郑超颤抖着环上她的腰，满足地喟叹，这个礼物绝对是他这辈子收到的最好的、最让他感动的礼物。

她用最珍贵的东西换他一世惊喜。

郑超把怀里的人按在墙上，掐着她的腰，加深了这个青涩的吻。

因为爱他，所以愿意把自己最珍贵的东西交给他，真爱太过浓烈深沉，深厚到除此之外无法用其他行动来表达。

……

第二天早上，丁子君是被手机铃声吵醒的，机械而聒噪的铃声一遍遍地循环，终于把她混沌的意识一点点地拉回来。

她平生最讨厌的就是扰人清梦，更何况是这种完全可以睡到日上三竿的日子，早起简直天理难容。

于是，她挣扎着爬起来，把床头柜上的手机关机，之后耳根清净继续蒙头睡觉。

“你个傻丫头，干吗给我挂了，我刚准备要接。”

耳边突然响起一道清冽的声音，仍旧在睡眠状态下的丁子君用了一分钟才反应过来发生了什么。

说话的人是郑超,他们现在正在酒店的房间里,最重要的是昨天晚上……他俩……

她整个人瞬间被这个赤裸裸的事实轰炸得体无完肤，除了蒙着被子继续装睡，想不出其他的招。

……

等俩人腻腻歪歪地收拾好后，大部队已经出发了，最后只剩下三个人还滞留在酒店，他俩，还有……梅浙。

当丁子君挽着郑超的手下楼，并且第一眼就看到了大厅沙发上坐着的梅浙后，她的直觉告诉她，梅浙一定是故意的。

什么车里坐不下了，什么她突然有东西忘记带了，这些蹩脚的理由除了能骗那些对她唯命是从的傻大个外，但凡长点脑子的都不可能信。

“你们收拾得好慢，我等了好久啊。”见他俩走过来，梅浙一脸不高兴地冲郑超抱怨，表情隐约像是在撒娇。

丁子君心里的一把火腾地烧起来，恨不得扯住梅浙的领子问她，是我们让你等的吗？你等多长时间关我们什么事？

“不好意思，我们起得有点晚了，走吧。”郑超并没有在意梅浙的话有没有什么不妥之处，自然地道歉之后，就领着丁子君往门口走。

既然郑超已经出面了，丁子君虽然窝火但也不能再多说什么，只能压下心里的火，勉为其难地和梅沂同行。

有人说过，虽然丁子君不知道是谁说的，但对这句话她一直都深信不疑，那就是，如果你讨厌一个人时，那你会越来越讨厌他，不管他说什么、做什么，你总能找到一个继续讨厌他的理由。

比如说，回程的时候，当梅沂拉着郑超谈笑风生个没完时，她再也做不到像之前那样淡定了。

她是郑超的女朋友，郑超是盖了她的章的，独属于她的专属物，但凡有点常识的人都应该明白，名草有主之后就不能继续撩拨了，但为什么梅沂偏偏就悟不出这个道理呢？

车窗外的景色一帧帧地闪过，快得让人眩晕，丁子君身体酸疼，浑身不舒服，早上没吃饭，加上晕车药的副作用，她整个人都昏昏沉沉的，难受得很。

生理压力加上心理压力，丁子君终于憋不住，彻底爆发了，她转过头，冷冷地说了声："学姐，你声音能小一点吗？你太吵了。"

这句话是她烦躁了很久，压抑了很久之后脱口而出的。她知道，这种话一旦说出口，那就意味着她和梅沂彻底撕破脸了，俩人连表面上维持的虚伪的和谐也崩塌了。

对于这样的结果，她做了足够的心理准备。对于这种对她男朋友图谋不轨的人，她没有必要继续虚与委蛇下去，早点撕破脸，也好早点让梅沂和郑超划清界限。

当时，丁子君真的是这么想的，只是决定和梅沂划清界限，没想到因此带来的连锁反应却是她始料未及的，她想得太单纯，以至于到最后把最重要的东西都失去了，还不知道自己是哪里惹到了梅沂，让梅沂对自己如此深恶痛绝，会让梅沂自己下这么大的狠心。

自然，这是后话。就目前而言，丁子君除了做好和梅沂敌对的准备外，并没有其他的后顾之忧。

"哦，是吗？那好，不打扰你休息了。"梅沂并没有继续针锋相对，自觉地收敛了笑意，转头看向窗外，再没有说一句话。

丁子君拉着郑超的手腕闭上眼睛休息，全然没有注意到梅沂眼底转瞬即逝的冷寒。

好不容易折腾着回了学校，丁子君已经累得脱了形，连走路的力气都没有了。郑超一路把她送到公寓楼下，犹豫了一下，还是斟酌着开口："小乖，我知道你今天累了，身体也不舒服，可是我觉得吧……就是……"

该怎么说呢？他既要顾忌她的心情，还要顾全大局，今天她在车上说的话有点不合适，让梅沂很下不来台。如果站在梅沂的角度想的话，一定觉得丁子君有点不懂事，但丁子君是他的女朋友，他不想让人说她一丁点的不好，不管是谁。

可这种事情怎么和丁子君说呢？无论怎么说，肯定会让她难过的，郑超吞吞吐吐了半天，还是不知道怎么开口。

"今天我那么说学姐是我的错，我向你道歉，以后不会了。"

他的犹豫、他的为难，丁子君都看在眼里，她知道他想说什么，但她不敢等他亲自说出口。

她是他的女朋友，可他没有理由纵容她的无理取闹，这一点她心知肚明，可依旧难过。

如果，他能无条件地惯着她就好了，如果没有那么多要顾全的大局，如果他唯一要考量的标准仅仅是她的感受，那该多好。

这样的想法幼稚且不识大体，带着小孩子般无知的任性，可丁子君知道，这就是她最真实的想法。

"你也回去休息吧，我上楼了。"

虽然思绪百转千回，可她面上没有表现出一丝一毫。郑超欣慰地微笑，伸手拍了拍她的发顶，夸奖她："还是你最懂我。"

他说还是你最懂我，也就是说已经默认了她的道歉，并且认为刚才的事错全部在她，她自觉地道歉，他表示很欣慰。

回了宿舍后，李珊珊正蹲在地上冲泡面，见她回来，激动地扔下泡了一半的康师傅，一个箭步冲到她面前，一脸八卦地问她："你到底送郑超什么礼物了？”

丁子君现在哪还有心情和她说这个，有气无力地坐在椅子上，随口敷衍道：“一个普通的礼物而已，没什么稀罕的。”

“咦……我还以为真有惊喜呢。”听到她的回答后，李珊珊兴致缺缺地重新返回去继续泡面。

“珊珊，你认识梅浒吗？”

“梅浒？认识啊，她现在可是学生会主席，风头正盛，听说办事雷厉风行，坐那个位置也算实至名归。”

“这次生日聚会她也去了。”

“怎么了？”李珊珊端着泡面过来，搬了一个小马扎坐下，“她勾引郑超了？”

“……你的直觉还挺敏锐。”

“我 ×，真的啊。那你呢，有没有反击？你现在可是名正言顺的郑太太，她最多算一个蹩脚小三，完全不用怵她。”

伴着李珊珊吸溜泡面的声音，丁子君把生日聚会上的事和她复述了一遍。

“就这些？”李珊珊端着泡面喝了口汤后，有些诧异地问了一句，凭这几个小细节就说梅浒对郑超有意思似乎有点证据不足啊。更何况，就算她有那个心思，一个巴掌拍不响，郑超意志坚定的话，也没有用啊。

“这些还不够吗？”梅浒就差直接冲上来抢郑超了，她从始至终没把自己这个正牌女友放在眼里，再纵容下去，岂不是要任她登堂入室？

“就从你刚才的描述来看，梅浒或许真的对郑超有点意思，可从郑超进这个学校到现在，对他有意思的人，你双手双脚加起来都不够数的，这种现象是很常见的，虱子多了就不痒了，情敌多了也就不怕了，一个也是，十个也是，有什么好怵的。”

“李珊珊，你这么忽悠我合适吗？我可是认真地和你讨论心事呢，你严肃点不行啊，非得盼我头顶上一片草原吗？”

李珊珊护住差点被丁子君一巴掌拍掉的泡面桶，收起了嬉皮笑脸的表情，总算严肃了一点："谁让你爱上了一匹野马。"

"李珊珊。"

"好好好，我好好说话。我知道你这个人比较敏感，想事情想得比较透彻，扩展面也比较宽广，可你总不能因为这么点事情就认为郑超要劈腿吧？既然他能看上你，说明你有过人之处，有足够超越梅沂的优点，你要对郑超有信心，要对你们的感情有信心，不能因为梅沂的一点小嘚瑟就担惊受怕。"

不得不说，李珊珊虽然当了二十几年的单身狗，对于感情的分析和判断却是入木三分的，条条都戳在点子上，丁子君刚才那点小忐忑因为李珊珊的专业解说而一点点地退散。

李珊珊一边喝汤，一边开导丁子君，等她把泡面汤喝完后，丁子君也终于想开了，脸上的荫翳散去，又变得乐呵呵了。

到了中午饭点，丁子君和郑超出去吃饭，郑超一看见她出来，立刻一个熊抱把她揽进怀里，毛茸茸的脑袋在她肩窝蹭来蹭去，整个人可怜巴巴的，委屈到不行。

"你别这么蹭，痒。"丁子君扒拉着他的发丝，咯咯笑出声，他这是怎么了，一会儿不见怎么就这么黏人了，一见她就撒娇。

"小乖，刚才对不起，我不该那么说你，不该把责任都推给你，不该让你道歉，明明错的是梅沂，谁让她不停地拉着我说话，我是你的男朋友，又不是她的男朋友，所以，错都在我，刚才是我错了，你别生气好不好？"

虽然她已经想开了，已经决定不在意了，可听到他这样真诚地道歉，丁子君还是感动得无以复加。

就像李珊珊说的，她要相信的不是自己眼睛看到的，不是自己心中所想的，她应该相信的是郑超对她的心意，相信的是他们之间的感情。

他能了解到她所有的心思，无论是多么细腻，多么不宜察觉的心思，他都能敏锐地捕捉到，他害怕她受一点点委屈，害怕她受一点点伤害，即便偶尔做错了，也会像个孩子一样真诚地向她道歉。

这样的他，她还怎么舍得怪他半分？

他对她的爱就是她最好的武器，以后不管遇到什么坎坷，这都是她披荆斩棘，所向无敌的最坚强的后盾。

Chapter 02

伤城

P I N G S H E N G Y I N U O · W A N J I E P I A N

校外的咖啡厅，梅泝摇晃着手里的摩卡，开玩笑般调侃对面的人：“你一个大男生喝焦糖玛奇朵？”

对面的人咧咧嘴，丝毫不介意她带有讽刺意味的调侃，拿起面前的杯子浅酌了一口后看向她：“说吧，叫我出来干什么？”

“脸上的伤是郑超打的吧？”梅泝没有回答他的问话，反而更好奇他眼角边大约三厘米长的疤痕，伤口虽然已经愈合，但光看那道清晰的疤痕就知道，当时的伤口绝对不会太浅。

“关你什么事？”被问及脸上的伤口，苏然终于冷了脸，推开椅子起身，转身就要离开。

“你喜欢丁子君。”

苏然愤愤离开的脚步就这样顿了下来，他握紧了拳，努力控制自己的情绪：“梅泝，不是你该管的事你最好不要多嘴。”

“我喜欢郑超，既然我们俩凑不到一块，那凭什么看他们幸福？就算得不到也要毁掉，我看不惯丁子君缠着郑超，所以，你不觉得我们俩的立场其实是一样的吗？有时候合作比单打独斗的效率要高得多。”

“你想干什么？”苏然回头，看向座位上一脸云淡风轻的梅泝，她的表情淡然，完全没有做小人的阴狠表情，自然得像是理所应当一样。苏然嗤笑，和梅泝比起来，他似乎还没那么可恶。

“简单来说，就是一点点地瓦解他们之间的信任，如果两个人都互相猜忌了，你觉得这段感情还能维系得下去吗？像你之前那种鲁莽的行为不仅没有任何实质性作用外，还会适得其反，这种事情要循序渐进才行。”

“那你说应该怎么办？”苏然换了一副懒散的表情，懒洋洋地坐回椅子上，眯眼看向梅沂，有点好奇她能有什么好主意。

虽然她这种小人是他所不齿的，可又有什么关系，不过是各取所需而已，她要她的郑超，他要他的丁子君，互利互惠的事情，他并不排斥。

苏然抬手摸了摸眼角的伤口，眼底泛上薄冰，就算不为了丁子君，光是郑超欠他的，就足够了。

“接下来的行动，我会随时告知你。当然，如果你不满意我的计划也可以提出意见，但有一点我希望你能配合，那就是要绝对保密，我们俩现在是拴在一条绳上的蚂蚱，但愿你不会傻到以为可以一个人干净利落地跑掉。”

“OK，我听你的吩咐就是。”

苏然离开后，梅沂看着窗外他吊儿郎当的身影，皱了皱眉，有点担心，不知道他值不值得她相信，毕竟，他可是郑超从前的好朋友，会临阵倒戈也说不定。

不过既然已经决定要做了，她就绝对不允许失败。她不是刘雨欣，在看到郑超找到女朋友后，独自黯然神伤，忍痛放弃了自己坚持了多年的感情，她才没那么善良，属于她的，不择手段也要夺过来，就算不属于她的，那么，她宁愿毁掉，也不拱手让人。

丁子君，既然你敢向我宣战，那从现在开始就选择手足无措吧，我一定会把你折磨到连哭都哭不出来。

喝完咖啡，梅沂提包出了咖啡厅，外头阳光正好，温暖不灼热，令人心情大好。她撇撇嘴，思忖着，其实从今天开始实施也不错，毕竟长痛不如短痛，让丁子君早死早超生也好。

“啊啾，我的天，是不是谁在背后骂我？”丁子君转过头看对面坐着的李珊珊，“是不是你在骂我？”

正在啃薯片的李珊珊敏捷地冲她翻了个白眼："关我屁事，我骂你还用得着藏着掖着吗？"

那倒也是。

"难道是感冒了？"丁子君拍了拍自己的脑门，从柜子里把感冒药扒拉出来，起身倒了杯水，有病治病，没病预防。

药还没进嘴，手机就响了，她看了眼来电显示，一个本地的陌生号。本着不和陌生人说话的原则，丁子君果断地挂了电话，把药放在手心里，还没等她端起水杯，手机又响了。

依旧是刚才那个号,丁子君嘴角抽搐了一下,把药放下,还是接起了电话。

"喂，你好。请问你是……"

"丁子君，是我找你。"

还没等她说出下半句，对方已经提前回答了。丁子君无心计较他没有自报家门是不是失礼,因为这个声音的主人,就算化成灰,她也刻骨铭心地记着。

"呵呵，同学，你找错人了吧？我好像不认识你。"丁子君努力控制着怒火，不让自己破口大骂。

那件事情已经成了她心上的一道疤，她不敢也不愿意再触碰，自欺欺人也好，逃避现实也罢，她不想再回忆一点点。

可就有不识趣的，生生往枪口上撞。

"丁子君，梧桐林，我等着你，如果你不来的话，我就把郑超打我的视频发到学校网站，就算不开除，但处分一定是有了，他可是要保送国外留学的好学生。"

"苏然，你还是不是人？我到底哪里惹到你了，你为什么不能放过我？"

如果他单单只是针对自己的话，丁子君宁愿忍气吞声，可为什么总要牵扯上郑超？丁子君失控地吼出声，声音大到把一旁的李珊珊都吓了一跳。她挂断电话，无力地蹲在地上，连吼的力气都没有了。

"……我的天，头一次见你火这么大。你悠着点，别急火攻心了。"李珊珊揪了本练习册给她扇着，心里虽然无比好奇电话那头的人是谁，但还是明智地没有问出口。

学校的梧桐林，丁子君一眼就看到了长椅上的苏然。她深呼吸一口气，快步走到他面前，直截了当地问："苏然你还想干什么，如果是我哪里惹到你了，哪里欠了你的，你大可以针对我，但我求你，你不要牵扯到郑超，只要不牵扯到他，你爱怎么样都可以。"

"让你做我女朋友也可以？"苏然勾唇一笑，轻佻地摸了摸她的下巴，表情吊儿郎当，完全不把她的祈求放在眼里。

"啪！"丁子君二话没说，反手狠狠地扇在他脸上，她恨不得把他那一脸令人作呕的笑意一巴掌打散，世界上怎么会有如此厚颜无耻的人。

"嘶……还挺疼。"

丁子君狠狠咬着下唇，抬手又要挥过去，只是这次苏然并没有让她如愿，他一把擒住她的手腕，难得表情严肃地说："让我抱一下，之前的事就一笔勾销，我以后再也不烦你了，当然，也包括郑超，怎么样？"

"呵，苏然，你把我当猴耍吗？"丁子君淡然地抽回手，眼底的神色渐渐冰冷，她嗤笑一声，转身就走，"我是脑子有病才会出来见你。"

"你也可以选择不答应，如果你不介意郑超被处分的话，当然，相不相信是你的事，不过……"苏然顿了一声，才懒洋洋地开口，"你没有选择的权利，你只能相信我。"

丁子君的脚步生生钉住了，是，他说得对，现在这个时候，她没有任何选择的权利，她不能把郑超的前途当作赌注，无论如何，她只能相信他。

"好，把那个视频给我看一下，我要确定你有足够的资本威胁我。"

"你在郑超面前也这么逻辑清晰吗？你这么忍气吞声地为了郑超牺牲，他可不会感激你，他只会在意你被别的男人拥抱了。"

苏然掏出手机，点开视频后递给丁子君。她接过手机，冷冷地嘲讽道："关你什么事，你以为郑超和你一样吗？"

视频看完之后，丁子君手指一点，屏幕下方就弹出了功能键，苏然也不阻止："你大可以删掉，你以为我会傻到没有备份吗？"

"好，我听你的。"

视频足够威胁她，因为视频中的郑超疯狂到她看着都害怕，他把苏然按在地上一拳一拳地重击，打到苏然口吐鲜血都没停下来，苏然的眼角被狠狠地砸出了一道血口，血流了满脸。

这样的视频要是曝光了，别说是处分，劝退都有可能，她怎么能冒那个风险。

拥抱过后，丁子君强忍着胸口涌上来的恶心，一把推开苏然："这下可以了吗？"

"嗯。"苏然移开目光，看了看远处树林的一角，停顿了一会儿才说，"可以了，你回去吧。"

丁子君离开后，苏然颓丧地坐在地上，自嘲地看着手机上的视频，抬手按了删除键。

他何其悲哀，要靠这样卑劣的方式来博得她一丝垂怜。

这件事过去几天后，丁子君就病倒了，虽然李珊珊坚持说她是折腾得感冒了，但丁子君自己知道，她一定是因为急火攻心了才这样的，都是因为苏然那个杀千刀的。

高烧飙到了三十九度，浑身虚软得像是被抽了筋，丁子君神志混沌直挺挺地躺在床上，有气无力地给郑超打电话。

"郑超，我病了，好难受，你陪我去医院吧，估计得挂个点滴。"

那头的人犹豫了一下，满含歉意地回答她："对不起，小乖，我现在有点忙，抽不出时间过去。"

人在生病的时候是最脆弱的，平日里的坚强和自立都无济于事，尤其是对于丁子君这种把依赖郑超当成一种习惯的女生来说，生病的时候男朋友不在身边根本活不下去。

"你别忙了好吗？你过来陪我吧，陪我打完点滴再忙好不好？"

一般来说，郑超对于她的撒娇是完全没有抵抗力的，其实平时根本不需要她撒娇，他就把她照顾得妥妥帖帖了，她的撒娇只不过是和他腻歪的另一种方式罢了。

可今天撒娇都不管用了，郑超满是歉意和担心的话语从听筒里传来："真的对不起小乖，你可不可以让李珊珊陪你去？我现在……现在……那个……在讨论保研的事情。"

他的声音吞吞吐吐的，周遭还有一些奇怪的嘈杂声，丁子君脑袋不清楚，以为他是在愧疚，也就不计较了。她是腻着他，但还是识大体的，保研可是他人生的大事，是一丝一毫都不能耽搁的。

分清事情孰轻孰重后，丁子君挣扎着起来，努力搜索李珊珊的身影，宿舍里空无一人。她拨了李珊珊的手机，不一会儿，一阵铃声便在宿舍里响起。

丁子君看了眼位于李珊珊桌上的声源，无奈得要哭了，这个丫头出去怎么不带手机呢？

李珊珊是指望不上了，她又打许辉的电话，居然是不在服务区。天啊，真是人品跌至谷底了，这三个人是组团不准备搭理她了吗？

无奈，她只好爬下床吃了颗退烧药扛着，等郑超忙完了再让他陪自己去医院。

吃了药后，丁子君把被子、毯子全盖上，又把李珊珊的被子也扯过来摞上，把自己焐得密不透风后蜷缩在床上。

昏昏沉沉地躺了几个小时后，丁子君浑身冷得直哆嗦，她终于无奈地承认了一个事实，那就是退烧药根本没有用，都这么长时间了，她身上的温度一点也没降下去。

挣扎着下床，里三层外三层地把自己包裹好后，丁子君又给郑超打了个电话，这次接电话的不是他，是一个女生，准确地说是她很熟悉的一个女生。

"丁子君，你找郑超吗？"

呵呵，废话。我打他的手机，不找他难不成还找你吗？

"姑且不计较你为什么擅自接了郑超的电话，总之，能不能麻烦学姐把电话还给郑超？”

“不好意思啊，他可能没空理你，他现在很忙哦。”

丁子君把梅浉最后一句话自动翻译成郑超现在在讨论保研的事情，所以很忙，她犹豫了一下，还是没和梅浉多说什么，直接挂了电话。

首先，为什么梅浉会拿着郑超的手机？第二，为什么梅浉会和郑超在一起？如果说梅浉也在参加保研讨论，那为什么她可以接郑超的电话，郑超却没时间搭理自己，他们俩的行动不应该是同步的吗？

有了上次的经验后，丁子君的第一反应是告诉自己要相信郑超。上次她和苏然的事情闹得那么凶，郑超不也选择了无条件相信她吗？这次的这个事情虽然想着有点不对，可既然郑超已经说他是在忙保研的事，那她就要给予他充分的信任。

自己身边最重要的三个人都没时间搭理她，丁子君取了帽子戴上，决定自力更生。

校门口，丁子君拦了出租车去附近的医院，司机是一个憨厚的中年大叔，笑眯眯地问她：“小姑娘没有男朋友吗？”

“啊？我吗？”丁子君烧得脑子有些不清楚，反应迟钝得厉害，仔细整合了一下信息后才回答，“我有男朋友，可他在忙，不能陪我。”

“小姑娘，不管他这个时候忙点啥，都得来陪你啊。能有什么事比自己女朋友重要啊，你说是不是？”

“是是是，我一会儿就叫他来。”丁子君被这个大叔逗乐了，乐呵呵地点了点头。

到了附近的一个医院，丁子君付钱下车，脚步虚浮地往里走，进了大厅，她扫视了一下，颤颤巍巍地往挂号的地方走去。

排队的人很多，窗户上贴着指示牌，有内科、外科、儿科、妇产科几个大科，丁子君犹豫了一下，站在了内科窗口。

排内科的人是最多的，丁子君看了眼望不到头的队伍，心里一阵阵抑郁。

头疼脑热、浑身虚软地排了将近两个小时的队，总算排到了她，她看了看里头浓妆艳抹的护士，礼貌地问了声：“你好，我高烧不退，应该挂哪个科室？”

“除了高烧还有什么症状？高烧的病多了我能知道你是什么病。”里头坐着的人板着脸不耐烦地吼出声，声音从扩音器里传出来，尖锐刺耳。

丁子君有些尴尬，扯了扯嘴角：“就是感冒引起的高烧。”

“那你不早说，挂呼吸内科。”里头的人不耐烦地吼了一声，似乎在低头的时候还冲她翻了个白眼。

丁子君又尴尬又难堪，嗫嚅了一下，还是什么都没说。

拿了号之后，她又一点点挪去找呼吸内科。大厅里有导诊员，她走过去问了一声，几个凑在一起唠嗑的人没有一个搭理她的，她以为是没听见，只好大着声音又问了一遍。

“上三楼，吼什么吼。”一个披着头发的女人耷拉着眼角翻了个白眼，伸手冲前面指了一下就又凑过去唠嗑了。

丁子君僵硬地扯出一抹笑容，低声道谢后，冲着她指的方向走去。

好不容易上了三楼，却被告知这是外科住院楼，门诊楼在另一边，丁子君只好挣扎着下来，又往另一边走。等上了那栋楼后，倒是看到了指示牌上的呼吸内科，可因为楼层布局太复杂，她绕了好几个圈都没找到。

好不容易找到了呼吸内科，她把号交给边上坐着的小护士，还没等她进去，小护士就把她的号退出来了：“不好意思，你的号过期了。”

“啊？怎么会呢，我刚挂上的啊。”

“你的是5号，现在已经是7号了，过时号就作废了。”

丁子君看着面前黄色的挂号单，忍了半天还是没忍住，眼眶微微泛红，不知道是因为高烧不舒服，还是因为一个人跑来跑去太累，总之她已经坚持到了极限，快要撑不住了。

她以为她可以的，就算没有郑超，她也可以一个人看病，一个人挂点滴，大不了累一点，她以为，她是可以不依赖他的。

却没想到，离开他的自己，是这么无助茫然，遇到白眼和呵斥时，只能默默承受，找不到路时只能一遍遍地跑着，身体累，心更累。

被他无微不至地呵护着，她已经变得如此软弱了，只要离开他，她就一刻都坚持不下去。

呼吸内科门诊走廊外，丁子君也不走，握着自己的单子吧嗒吧嗒地掉眼泪。那个小护士看着有点不忍心，叹了口气道：“好了，你别哭了，我去问问张医生，看能不能把你的号插进去。”

经过小护士的协商，丁子君进了门诊室。医生是一个五十多岁的中年妇女，眉眼有些下垂，嘴唇紧抿，长相很刻薄，看了一眼她的挂号单后，面无表情地问她：“有什么症状吗？”

“高烧不退，身体没劲，头晕眼花，嗓子也很疼，其他症状不太明显。”

“吃过退烧药吗？”

“吃过，可没降下来。”

“行，把衣服撩起来。”女医生把脖子上的听诊器挂起来，伸手就解她的衣服。丁子君犹豫了一下，还是配合地脱了外套。

“把这个也脱了，穿这么厚不行。”

见丁子君只脱了外套，女医生板着脸直接把她的衬衣掀了起来，周围还有几个做记录的男医生，丁子君下意识地就想揪衣服。

“你别动，你这样焐着还怎么看病。”

被女医生吼了一声，丁子君尴尬地松开手，由着医生把她的衬衣掀起来，拿着听诊器在她胸口处听诊。

虽然是在看病，可这种有男人在场的情况下，还是让她难堪不已，好不容易坚持到了听诊完毕，女医生在病历本上唰唰写了一堆完全看不懂的文字，头也不抬地说：“去门诊输液去吧。”

领着病历本出来的时候，丁子君又忍不住哭了，要是郑超在的话该多好，他肯定不会让她这么委屈的。她做阑尾手术，在医院住了将近十天，那十天中没有一秒钟让她感到难受，可现在，她不过是挂号输个点滴，就已经哭了两次。

郑超总是给予她看不见但无微不至的呵护，把她保护得滴水不漏，让她现在才明白过来，原来离开他之后，她如此脆弱，脆弱到不堪一击。

一个人在门诊楼输液，丁子君一只手挂着点滴，一只手玩着手机，病房里有大概十多张床，她扫视了一下，大部分都和她一样，没有人陪同，看到这个情况，她心理总算平衡了点。

点滴挂了一半时，李珊珊的电话就打过来了，丁子君想着已经快输完了，就不用麻烦她过来了，便拒绝了她的探视。

看着通讯录上“我的超人”四个字，丁子君犹豫了一下，还是拨了过去，就算不需要他过来，也希望能听到他的声音。

一开始备注他的名字时，她很规矩地输了两个字“郑超”，等上次住院回来后，她就果断把备注改成了“我的超人”，虽然有些矫情，这样独一无二的称呼却也带着甜蜜的炫耀，因为他是自己的专属超人，是只拯救她一个人的 Super man。

电话响了一声后就接通了，郑超的声音低低的：“小乖，怎么了？”

“我现在在医院挂点滴。”丁子君的声音闷闷的，带着浓浓的委屈。他说在忙保研的事，可都忙了一天了，总不至于忙得连一个电话都没时间打吧。

从她给他打电话说她病了到现在为止，已经过去了将近七个小时，他从始至终没有问过她一句，没问她难不难受、一个人累不累、身体能不能扛得住，张嘴就问她怎么了，他是失忆了吗？

“你现在在哪儿，我去接你。”

丁子君把自己的位置告诉他，挂了电话后，撇撇嘴腹诽着，还好他态度还算诚恳，懂得过来接她，他要是敢不过来，她拔了针也要冲回去揍他一顿。

等丁子君挂完点滴，针也拔掉了，郑超才急匆匆地赶来，看见她后，一脸心疼地把她拥进怀里，一个劲地摸她的脸颊：“小乖，对不起，让你受委屈了，还难受吗？对不起，我今天太忙了，所以没时间照顾你。”

听着他满是抱歉的声音，丁子君还怎么舍得怪他，到了嘴边的埋怨也咽了回去：“没关系，就是感冒发烧而已，没那么严重的，你不用道歉。”

其实她心里很难过，一个人挣扎着出门，一个人排队挂号，一个人打点滴，上厕所还得自己推输液架，一个人忍受着白眼呵斥，独自身心俱疲地撑着，她难过得厉害，恨不得把所有的苦水都倒给他。

可看他这么愧疚，她又舍不得开口了。她舍不得让他为难，归根结底，还是他的前程更加重要，她生的不过是个小病，没必要大动干戈地耽误他。

两人打车回了学校，一路上郑超都心不在焉的，一副忧心忡忡的表情，丁子君以为他是在担心保研的事，拍着他的肩膀安慰："你肯定没问题的，你一直是个五好青年，绝对没问题。"

"我知道，我不是在担心保研的问题。"郑超不屑一顾地挑了挑眉，特别潇洒地来了一句。他说完之后，丁子君特别想给自己一个巴掌，真想扇扇自己的自作多情。

像他这样优秀自信的人，安慰对他来说简直就是侮辱。

等郑超把她送到公寓楼下，丁子君在听到他的问话后，总算后知后觉他这一路上到底在担心什么了。

他问："丁子君，你最近见过苏然吗？"

丁子君不知该如何回答，见过还是没见过？她知道两个人之间不应该有所隐瞒，可她该怎么和郑超说，说苏然威胁我了，他威胁我的筹码就是你？

要是被郑超知道了，他这个急性子一定会找苏然算账的，到时候万一把苏然给逼急了，狗急了还要跳墙，要是苏然把视频发出去，那她的努力就白费了。

多一事不如少一事，反正事情已经解决了，还是不让他担心为好。

"……没有，为什么这么问？你觉得他把我害得那么惨，我还有见他的理由吗？"丁子君抬头直视郑超，表情真挚，没有一丝闪躲。

郑超没有说话，顿了一下后，微笑出声，抬手摸了摸她的发顶："好了，上去休息吧，早点睡。"

丁子君转身离开，随着她背影的渐行渐远，郑超脸上的笑意一点点地溃散，他眼底泛上失望，浓重得像是化不开的暗夜。他掏出手机，看着相册里那张丁子君和苏然紧紧相拥的照片，头一次感到了茫然。

虽然他努力说服自己要相信她，只要她说没有，那他就义无反顾地相信她，拥抱也好，接吻也罢，像上次的流言一样，他不相信别人口中的有目共睹，只愿相信她所说的无可奈何。

但这次，她没有说实话，她说谎了。

虽然他想要就此不闻不问，可心底的不安却咆哮而出，想要问她，为什么要骗他，到底有什么苦衷是不能和他诉说的？

被苏然威胁的事情过去了差不多一周，丁子君原本以为生活已经步入正轨，她终于摆脱了阴影时，却没有料到，噩梦依旧没完没了。

这天早上，她又接到了苏然的电话，他直截了当地说："丁子君，陪我吃饭吧。当然，你没有权利拒绝，郑超的视频还在我手里。"

"苏然，你不是说上次的拥抱就可以一笔勾销吗？"

"不不不，你忘记了重要的一点，我和其他正人君子不一样，没有言而有信这种中华民族的传统美德。"

还能怎么办，除了答应以外，丁子君无能为力，她只盼着他玩够了、疯够了，能够放过她，放过郑超。

苏然订的餐厅在校门口，是一家新开的日本料理店，丁子君只能提前跟郑超打招呼，说她中午有事，不能陪他一起吃饭。

他的电话立刻就打过来了，丁子君支支吾吾地解释："那个……我中午不能陪你吃饭了，我有点事。"

"是吗？那你自己吃好点，按时吃，不要拖太久。"

"好，你也是。"

瞒过了郑超后，丁子君跟做贼似的溜出去和苏然吃饭。

这样的事情连续发生了好几次，等到苏然第五次邀请她时，她终于崩溃了，直接和他撂话："苏然，你把我当猴耍呢？有再一再二我也就忍了，你别恬不知耻地再三再四地烦我。老娘不陪你玩了，你爱发哪儿发哪儿。"

“好，这可是你自己说的。”

挂了电话后，丁子君忐忑地熬了一中午，下午上课的时候也没什么动静，她这才松了口气，心想，苏然这个孙子果然在骗她。

只可惜好景不长，等她坐进教室后才发现，班级里已经吵得沸沸扬扬了，她手忙脚乱地掏出手机上学校的官网。

“原学生会主席郑超竟是暴力狂？”

“人不可貌相，论精英人才的黑暗面。”

“郑超把同门好友重击住院，是名利纠葛还是为情所困？”

“……”

整页新闻满满都是诸如此类的标题，虽然还没有视频，可已经足够吸引眼球了。

耳边充斥着津津乐道的八卦声，舆论一致指向郑超，有说他平时是装模作样，有说他是披着羊皮的狼。虽然这些标题的真实性还没有确定，但大家已经习惯性地往那方面讨论了，因为话题劲爆，没有人会关心是不是真的。

这个时候，丁子君竟然暗自庆幸，庆幸苏然并没有真的把视频放上去，只是爆了一些标题而已，还好，他给她留了一条退路。

苏然的短信很快发来了，短短一行字：“下了课就出来吧，还是老地方，五点钟，我等你。”

此时丁子君除了相信苏然外，别无他法。她没有郑超的能力，不能像他保护自己那样保护他，所以，她只能用自己的方式，竭尽全力地护着他。

就算这种方式为他所不齿，她也不会后悔。

依旧是那家日本料理店，等丁子君进去的时候，苏然已经点好餐了，三文鱼刺身和虾仁寿司，还有味噌汤，竟然都是她喜欢吃的，她掩下心底的诧异，面无表情地落座。

“这些都是你喜欢吃的，我就先替你点了，你要是还想吃别的，可以继续点。”

苏然献殷勤的表情让丁子君无比生厌，她冷冷地推开盘子：“你管我爱吃什么，我的喜好不需要你迁就。还有，苏然，我郑重告诉你，这是我最后一次陪你吃饭，如果你再用这种下三烂的方式威胁我，我一定会弄死你。”

“你为什么不好奇我怎么知道你喜欢吃这些菜？因为你吃到喜欢吃的东西时，表情会变得非常专注柔和，吃起来会特别小心翼翼。”

说到这儿，苏然顿了一下，话题突然转变，柔声道：“丁子君，我喜欢你，做我女朋友吧。”

还没等丁子君反应过来，桌前突然冲过来一个人，紧接着她面前的三文鱼刺身被连盘端起狠狠砸在了苏然的头顶上。

浅粉色的三文鱼稀稀拉拉地挂在苏然身上，他的额角滑下一丝血丝，一点点地蔓延至领口，看起来很是恐怖。

面对这样的突发状况，丁子君并没有应有的恐慌，也没有惊诧，甚至在看到苏然头顶的血迹时她也没有发怵，唯独在看到青筋暴起的郑超时，她心底才狠狠地沉了一下。

骚动很快就平复了，服务生收拾了餐桌，郑超赔了盘子的钱，苏然被送去医院，最后只剩下了丁子君和郑超两个人。

郑超拉着丁子君大步出了餐厅，就在店门口冷声质问她：“你不是说有事吗？你口中要紧的事就是和苏然约会？”

他额角青筋暴起，眼底燃起熊熊怒火，胸膛剧烈地起伏，双手紧紧握成拳头。丁子君从来没有见他过发这样大的火，她知道，这次，她是真的惹怒他了。

虽然他周身的气压冷到快要结冰，可丁子君从未害怕过，不管他有多生气，只要她身正，那就绝对不怕影子斜。

只可惜，他口中的“约会”瞬间击溃了她的心防，他没有问她为什么会和苏然在一起，也没有问她为什么要瞒着他，更没有考虑她是否有苦衷，直接给她盖棺定论，说她在和苏然约会。

也就是说，他已经默认了，这是她对他的不忠。

丁子君忍住眼底的酸涩，颤抖着问出声：“郑超，我就问你一句，如果我解释的话，你听还是不听？”

面前盛怒的人迟疑了一下，还是点了点头。

丁子君摸了摸眼角，竟然很感谢他这仅存的信任。

“事情的起因是因为他手里有你打他的视频，他说如果把那段视频发在网上，你的前途就毁了，他拿这个威胁我，我害怕你会因此受到影响，所以被迫答应了他。”

事情就是这样，丁子君言简意赅地叙述了一下事情的来龙去脉，她觉得这样就够了，就像上次一样，她并没有说得太详细，只是把事情的起因、经过、结果和他描述了一下，他就相信自己了。

她以为这次也可以的，却没想到，终究是她猜错了。

“那好，我问你几个问题总可以吧。”

“好。”

“当初为什么不选择把事情告诉我？既然是关乎我的前途，那为什么不告诉我这个当事人？”

“因为……我害怕你会担心。”

“好。”郑超没有发表任何评论，冷着脸继续发问，“那被他三番五次威胁后，你为什么不告诉我？既然你一个人应付不了这种状况，那为什么不告诉我？不要说，你是害怕我担心。”

“不是，我害怕你会意气用事，再去找他闹事。”

“好，最后一个问题，那个让你不得不陪另一个男人约会的视频在哪里？”

“说了不是约会，郑超你给我好好说话！”约会两个字再一次刺激到了丁子君，她失控地吼出声，声音微微颤抖，已经接近崩溃，“视频在他的手机里，他给我看过，场面特别血腥，你的脸拍得十分清晰。”

“好，你把它找出来。”

丁子君抬头，面前是郑超骨节分明的手指，他的掌心里躺着一部手机，她认得出，那是苏然的手机，刚才苏然放在桌上的，应该是郑超出来的时候顺手拿的。

在那种混乱的情况下，他居然还能保持如此清晰的思路，记得带走苏然的手机，方便和她对质。呵，她是不是该高兴，他竟然如此细心。

接过手机，丁子君打开文件夹的视频一栏，一个个翻找，从头翻到尾，除了一些电影电视剧以外，根本没有那天看到过的视频。

她瞬间心慌起来，赶紧在其他文件夹里翻找。

“找到了吗？”

郑超的声音清冷地响起，带着一丝淡漠，丁子君的心因为他冷漠的态度狠狠刺痛了一下。

就算找到了又能怎么样？如果他相信自己，就不会这样冷冰冰地质问她；如果他相信自己，就不会漠然地看她的笑话。

但凡他对她还有一点信任，就不会如此残忍地伤害她。

她还能怎么说，对不起，苏然好像把视频删除了。在他质疑和冷漠的眼神里，她这样的说辞即便是真相也会变得像是在狡辩，如此自取其辱，还不如沉默。

“你说你是被逼的，是吗？”

郑超说的每一个字眼都像是一枚钢钉狠狠地凿进丁子君的心脏，她疼得不能正常呼吸。她多想像其他女生一样，狠狠地扇他一巴掌，甩一句，你爱信不信后潇洒离开。

可她做不到，哪怕再卑微，她也想要他能真正地相信自己，就算他理解不了自己想要保护他的可笑心意，起码，她想让他知道，除了他以外，她怎么可能陪另一个男人？

她爱他爱得这么深，就算他质疑事情的真相，但他不能质疑她的心意。

“我真的是被逼的，郑超，除了你之外，我怎么可能会爱上别人？就算你不相信我说的话，也求你相信我的心意，不管是真相还是流言，唯一不变的是我的真心，所以，求你，一定要信我。”

这是她最卑微的时候，别人都说，两个人要平等，一段感情才可以维持下去，这样的平等并不是体现在生活上谁照顾谁更多一点，而是双方在表达爱意时，要做到平等，而不是让其中一方变得卑微。

此时，她却管不了那么多了，她只希望郑超能再信她一次，不管有多卑微，她都愿意匍匐。

“这就是你口中所说的真心？”郑超不露痕迹地冷笑一声，掏出手机，点开相册一张张地翻给她看。

照片上的主角只有两个人，一个是丁子君，一个是苏然，有那天在树下拥抱的，有两人并肩走在路上的，还有坐在餐厅里吃饭的，每一个细节都拍得很到位，真实地记录了她每一次陪苏然吃饭的全过程。

照片翻到最后，丁子君的心也凉到彻底，姑且不说郑超怎么会有这些偷拍的照片，光是这样对质的行为就已经让她绝望了。

他非但不相信她，还要用他掌握的所谓的证据一点点瓦解她的防线，浇凉她的心，逼迫她承认那些荒谬的事实。

他怎么能这样对自己呢？明明是爱人，为什么要赶尽杀绝地伤害？他口口声声说爱着她，守护着她，最后却因为这样的误会如此狠心地伤害她吗？

他怎么能这样？

丁子君的心被一刀一刀地划开，疼得鲜血淋漓，她勾唇微笑，一边微笑一边流泪：“好，郑超，你爱怎么想就怎么想吧。你心里不是已经认定这些是事实了吗，你还要怎样？要我亲口承认吗？好，我说给你听，我勾引了你之后又勾引了苏然，我就是个脚踏两条船的贱人。怎么样，你满意了吗？”

面前的人表情冷漠，没有因为她眼底的绝望和痛楚发生一丝一毫的变化，更没有因为她的自我轻贱而有一点点的心疼，他不带任何感情地问出声：“你们从什么时候开始的？上次？”

上次，丁子君知道这两个字的含义，就是更衣室事件，那件轰动学校的大事件，他曾经义无反顾地信任她，现在却面无表情地质问她，你们是不是从上次就开始交往了？

该怎么形容她现在的心情，她的心冷得彻骨，那种钻心的寒意一点点地渗进骨头里，冷得她浑身发抖，冷到眼泪结冰，哭都哭不出来。

她挥手，用尽全身力气挥向他的脸颊，可终究下不了手，无论他怎么伤害她，她依旧舍不得伤他半分。

“郑超，就这样吧，你爱怎样就怎样吧。我以为失去你我会活不下去，其实现在想想，也没什么大不了的，谁离开了谁都死不了。我也一样，离开你后，我会努力活得更好。”

说完，她没有再看郑超一眼，转身离开。

夜风微凉，很快就吹干了她脸上的泪痕，她揉了揉心口，终于忍不住，躲在他看不见的角落里失声痛哭。

没有谁离开谁会活不下去，可一旦离开了那个你爱的人，那么，就算你活着，也不过是一具失了灵魂的行尸走肉。

人来人往的路上，丁子君毫不顾忌地放声大哭，她活了二十多年，从记事以来就没怎么哭过，遇到难过的、恼火的，或者郁闷的事情，她也不会选择哭泣，而是选择大喊大叫，或者胡乱骂一通来发泄。

自从和郑超交往以来，她才真正学会了哭泣，不管是因为感动，还是因为心疼，她总是忍不住掉眼泪。

看到郑超轻轻为她抹去眼泪时，她懵懂地想，女生为什么会哭呢？大概是因为有了一个会温柔地替她擦眼泪的男生吧。

可直到现在她才发现，事实并不是这样，并不是所有的温柔都需要眼泪，只有悲伤才需要眼泪，只有哭泣，才能缓解被所爱之人重伤之后的心痛。

哭够了，丁子君抹了把脸起身回宿舍，宿舍里只有李珊珊一个人，她把买来的啤酒放在桌上，红着眼睛说道：“珊珊，陪我喝一杯吧。”

从她进来的时候，李珊珊就一直保持着瞠目结舌状盯着她。丁子君的眼睛肿得跟核桃似的，一双大眼睛就只剩下了两条缝，只能在她偶尔瞪大眼睛的时候才能看得清眼底的血丝。

能让这个丫头如此伤心的，不是郑超，也是和郑超相关的，具体原因，李珊珊明智地没有问，丁子君要是想说，自然会说。

两人坐在地上，一人一罐啤酒，无言地喝着，李珊珊努力憋着不问，憋呀憋呀，憋到第四罐的时候，丁子君终于开口了。

“珊珊，我好像和郑超分手了。”

对于她这句模棱两可的话，李珊珊不知该怎么接，什么叫好像，那到底是分还是没分啊？

她正纠结着，丁子君就哭了，一边灌酒，一边流泪，跟开了水龙头似的，哗啦啦地往外冒，李珊珊在哄她，给她擦眼泪擦鼻涕，替她开啤酒的漫长过程中，总算明白了事情的原委。

难怪她会哭得这么厉害，难怪她这么委屈，面对这种事，哪个人还能保持淡定。李珊珊头一次没有亢奋地破口大骂，因为她完全不知道该如何组织语言，她能体会到丁子君的绝望。

那种有苦难言的绝望。

一旦你爱的人不再相信你了，那么，你说的每一句话都是谎言，你所有的委屈都是伪装，所有的垂死挣扎都是徒劳，除了绝望以外别无他法。

“丁子君，好好哭一场，如果觉得不合适的话，就分手吧。”

两个人抱头痛哭，丁子君哭得嗓子都哑了。

“李珊珊，我想出国。”

“不是吧？因为失个恋就出国疗伤？不至于吧？”

“也不是因为这个，我爸妈他们一直希望我出国留学，是我不愿意，现在这里也没什么牵挂了，去国外也挺好。”

“我不是你的牵挂吗？”李珊珊伸展双手托着自己的下巴，扑闪着眼睛看着她。

丁子君被逗乐：“是是是，你也是我的牵挂。”

既然决定了出国，丁子君就开始准备各种事宜了，她的英语没什么问题，只要把各种手续办好就行了。

她拉黑了郑超，凡是有关他的消息，她全部删除了。

学校的申请很快就下来了，丁子君准备尽快回家一趟，和爸妈商量一下具体事宜。

“丁子君，我和你说个事吧。”就在她收拾东西准备回家时，李珊珊突然一脸为难地揪住她，一脸欲言又止的纠结。

“郑超给你打电话了？”

“你怎么知道？”

丁子君拉上背包拉链，回头看她：“这个时候也只有这种事情能让你露出这么便秘的表情了。不要接他的电话，不要听他的游说，不要给他任何解释的机会，当初那么果断地放弃了我，我现在，也不需要他的道歉。”

“哦，好。”

回到家，丁子君和爸妈商量了一下出国的事情。丁父是百分百支持的，丁母虽然也支持，可想想女儿就要一个人去国外生活，还是有点不放心。

“对了，你那个男朋友呢？他也出国吗？他会陪你吗？”

看着妈妈一脸担心，丁子君下意识地选择了撒谎：“他和我一起出国，我俩报的学校离得不太远，可以经常见面的，不过他走得晚，我比较早。”

一听郑超也要出国，丁母立刻放心了：“早晚没关系，只要有个人照顾你就可以，郑超那小子靠谱，我放心。”

从做决定到办手续，再到考托福，所有事情都办下来的时候已经是九月底了。这期间，郑超找了丁子君无数次，公寓楼、教室门口、食堂、学校门口，甚至在宿舍楼下，凡是她可能出现的地方，总能看到郑超的身影。

偌大的校园，要想准确地截住她，并不是靠偶然就能做到的，她知道，他一定等了很久。

只可惜，她这次不会心软了，就像他狠狠地在她心口捅了好几刀，无论她怎么哀求他都没有停手，最后她一边滴着血一边舔舐着伤口，忍受着巨大的疼痛让伤口愈合，这时，他才拿着药过来和她说，你疼不疼，抹点药吧。

迟来的道歉，她不屑接受。

直接围追堵截无效后，郑超又选择了从她身边的人下手，先是李珊珊，后是许辉，最后甚至连她另两名室友都没逃脱。

对于李珊珊和许辉的劝说，丁子君很坚定地选择了无视，她既然决定了放手，就绝对不会心软地回头。她已经受够了伤害，吃够了教训，就是因为她太过于卑微，在这段感情里太过患得患失，所以才让自己承受了原本不属于她的伤痛。这次，她决定，对自己善良一点，绝不再把自己送过去挨刀了。

离开的日子近在眼前，丁子君叫了宿舍的姑娘和许辉吃了一顿散伙饭，算是为自己提前践行了。为此，她特别嘱咐了他们，无论如何都不能把她离开的时间告诉郑超，无论如何，哪怕他哭着求他们，那也不可以。

她虽然像是在说玩笑话，眼底的决绝却不容忽视。在场的人默默点了点头，没有人多说什么。

到了离开那一天，虽然丁子君强调了很多次，说谁都不可以哭，李珊珊还是忍不住号啕大哭。

这是丁子君第一次看到李珊珊哭得这么伤心，这个丫头一直以来都是没心没肺的，她从来没见过李珊珊掉眼泪。

这伤心的眼泪是专属于她一个人的。

能有这样一个真心待她的闺蜜，也算值了。

丁子君没让任何人送她去机场，她还没有坚强到能微笑着面对离别。

李珊珊一直送她上了出租车，最后俯在她肩头哽咽道：“丁子君，你是我见过最好的女孩。”

“谢谢，我要走了，你回去吧。”

偌大的机场人流涌动，所有人都行色匆匆，不辨喜怒，这个没有感情的地方承载了太多的喜怒哀乐，也看过了人间百态，有重逢的喜悦，有离别的伤感，所有的情感每天都在上演，更迭轮回，不知疲倦。

作为旁观者来看，这样的感情似乎很不值得一提，只是生离而非死别，眼泪似乎显得很多余，可只有当事人，当你作为那个要离开的人，拉着小小的行李箱，割断所有的牵挂，毅然决然地离开时，才能体会到那种钻心的疼痛，就连眼泪都无法疏解的疼痛。

自从分手以来，丁子君一直在忙出国的事宜，根本没有时间回味失恋的伤痛，即便偶尔想起来了，也觉得并没什么大不了的，不过是重新变成了一个人而已。

她以为，她已经做到不在乎了，有关于那个人的任何消息都再也打动不了她，她以为，她真的放下了。

可直到现在她才发现，这一切只不过是她在自欺欺人罢了，直到要离别时，她才敢直面自己内心最真实的情感。

原来，她是这么舍不得。

舍不得和他分开，舍不得就此和他成为路人。

机场的广播响起，她要准备登机了，她拉着行李箱，一步三回头地看着机场的入口，明知不可能，却还是一遍遍地奢望那个她心心念念的人可以突然出现。

她甚至傻傻地想着，如果他能赶过来，和她说一声“小乖，留下来”，那她一定会不顾一切地留下，所有的伤痛她都可以不在乎，只要他能挽留。

“这位女士，请出示您的登机牌。”

登机口的工作人员礼貌地开口，丁子君这才回了神，把自己的登机牌递过去。

她，终究还是没有等到他。

“师傅，麻烦你快一点。”郑超一路上催促着司机，有几次甚至激动得逼司机闯了红灯。

丁子君再有半个小时就要登机了，如果再不快点，他可能真的见不到她了。

匆匆忙忙地赶到了机场，郑超没有喘息的时间，随手揪住一个工作人员着急地问：“十点的航班登机了吗？”

“飞哪儿的？”

“洛杉矶。”

“已经登机了。”

他一路狂奔到登机口，人流涌动，却没有那个他想要见的人。

飞机起飞了，郑超抬起头看着吊顶的天花板，现在才醒悟过来，那个他牵挂的人终于离开了。

她和他不再是宿舍和宿舍的距离，不是两手相牵时心跳的距离，而是隔着一片海，再也触摸不到的距离。

他放弃了出国，就是想要在大学有限的时间里能继续陪着她，能利用这点时间重新赢回她的心，他坚信，只要他不放弃，终有一天，她会原谅自己。

他预想得很美好，却不曾想，当他选择留下时，她却毅然决然地离开了，连挽留的机会都没有给他。

如果不是他哀求李珊珊，兴许他连她什么时间离开的都不知道，她就这样突兀地离开了他的世界，没有给他一丝一毫的缓冲。

丁子君，你怎么能这么狠心？

一路恍然地跟着人流上了飞机，直到漂亮温柔的空姐提醒她系上安全带时，丁子君才真切地感受到，她是真的要离开了。

离开她牵挂的人，离开她割不断的感情，就这样孤单一人离开。

从此以后，她再也见不到那个日思夜想的人，听不到他的声音，触摸不到他的温度，再也无法感受他结实温热的胸膛。

无论他是思念自己，还是继续寻找真正适合他的人，果断地忘记了她，从现在开始，这一切都与她无关了。

飞机起飞的刹那，不仅带走了她所有的牵挂，连他对自己唯一的挂念也一同扯断了，从此，他与她，再也没有任何关联了。

她终究变成了他生命里的一个过路人。

“小姐，请问您是不舒服吗？有什么可以帮您的吗？”

见她哭得上气不接下气，体贴的空姐立刻走过来询问。

丁子君抹了抹眼泪，哽咽地回答："能麻烦您给我点纸巾吗？"

"好的，我立刻取给您。"

窗外是丁子君从来没见过的湛蓝天空，云朵沉在天空之下，美得不真实，她把头靠在玻璃上，出神地看着那一团团棉絮般的云朵。

如果当初她没那么倔强，如果当时她可以再心软一次，给他一个解释的机会，是不是她就可以不用这么难过了，不用一个人在飞机上哭得泪流满面？

长痛不如短痛，可这种短痛却是一击致命，让她瞬间失去了支撑下去的力量。

她以为她足够决绝，可以毅然决然地离开，却不曾想，不过几分钟，她就已经坚持不下去了。

可坚持不下去又能如何，既然选择了离开，隔着漂洋过海的距离已经不允许她再回头。

她一直坚信，青春不疯狂一把的话那就不叫青春，正当年少的璀璨年华里，无论什么样的回忆都将成为人生里最浓墨重彩的一笔，可惜，那个时候她并不明白，爱对了才是青春，爱错了就只剩下伤痛。

她的青春清淡悠长，郑超是她人生里最绚烂的一笔，也是她心底最深刻的刀痕。他的体温、他的声线、他的拥抱，以及他给予她的世界上最独一无二的宠爱，这一切的一切都丰满了她整个青春，让她在最该绚烂的年华里真正璀璨了一次。

同样，他给她的伤痛，他给她的眼泪，他给她的无法修复的伤痕，也让她的生命里有了该有的不完美，让她学会了成长，变得更加成熟。

飞机一点点地驶离她所熟悉的地方，坚定地飞向一个她完全陌生的城市，在那个城市里，不再有她熟悉的人，不再有她眷恋的情，没有值得她怀念的任何情感，那里，空无一物。

高空的氧气一点点地变得稀薄，她心底的留恋随着肺内的空气慢慢抽离，现在，她终于可以真正地告别这个城市了，告别了那个她爱着的人，告别了她的青春。

郑超，这一年来，打扰了，谢谢你，让我更坚强；谢谢你，让我学会成长；谢谢你，携带着我的青春呼啸着离开了我的世界。

郑超，再见，或许，再也不见。

Chapter 03
可不可以忘记

P I N G S H E N G Y I N U O · W A N J I E P I A N

“丁子君同学，如果有时间的话请来参加三天后的校友会吧，下午三点举行，在学校大礼堂。”

丁子君窝在沙发里，脱下身上的正装后，若有所思地看着班长给她发的这条微信消息。

她有多少年没有回忆过大学时光了？有五年了吧，从她坐上飞往洛杉矶的飞机的那一刻起，她就已经告别了大学，之后的时光里，她拼命地命令自己融入异国他乡，根本没有时间回忆。

她回国两年，在外企瑞星集团担任产品总监，事业发展良好，生活按着她想象的那样往一个普通职场白领的方向平稳而去。

可哪知，会半路杀出个校友会，虽说已经时过境迁，但那里依旧是个让她心情不愉快的地方。

三天后，学校大礼堂，三点整。

虽说是三点集合，可人已经来了一大半，丁子君望了望前头的人山人海，果断选择坐在最后一排，反正是过来撑场面的，坐哪里不是撑。

校友会浩浩荡荡地举行，各种两眼泪汪汪地认老学长、老学姐，各种叙述丰功伟绩，老院长在上头抑扬顿挫地夸奖已经飞走的这批鸟是如何为母校争光，所有人都带着衣锦还乡的荣誉感，唯独丁子君觉得除了无聊还是无聊。

昏昏欲睡间，手机响了。她接起来，是李珊珊，这几年来，她唯一联系的就是李珊珊了，并且李珊珊也是唯一一个知道她新手机号码的旧人。

“丁子君，你去校友会了？你是不是被班长忽悠了？其实这根本不是什么大型同学聚会，就是给那群逆袭的屌丝一个瞎 BB 的机会，我早已看穿了一切，所以，别待着了，出来嗨吧。”

“既然来了就坐一会儿吧，我自从走了之后一直没回来过，偶尔怀旧一下也不错。”

“我真是服了你了，灌了几年洋墨水就走泰戈尔腔调了，你说话自己不觉得瘆得慌吗？”

“李珊珊，我郑重地给你科普一下，泰戈尔是印度人，不是美国人。”

“……我管他是哪国的。”

拒绝了李珊珊的邀请，丁子君继续瞪大眼睛，努力让自己全身心融入这校友重逢的感人气氛中，只可惜，还没坚持十分钟，她就又走神了。

在老院长宣布大家可以自由活动，熟络感情时，丁子君终于逮着了一个逃跑的机会，拎着手包偷摸地想要往外溜。

不知是她太过于心虚，还是说着急要熟络感情的校友们太过于热情，总之，还没等她从自己的椅子上起身，她就差点被拥挤的人群推搡得整个人倒在地上。

“呼，谢谢。”

就在她要倒下去的瞬间，身侧突然伸出一只强有力的手腕，稳稳托住了她。丁子君瞅了瞅作为罪魁祸首的椅子，心中感叹，要不是这位好心人，她铁定要摔个狗吃屎了。

“不用谢，我只是路过而已。”

男子的声音清浅地钻进她的耳朵里，虽然这声音变得更加浑厚有磁性，可无论它被时光如何打磨，却依旧模糊不了它在她心底的模样。

这道声音，她一辈子都忘不掉。

因为……它属于郑超。

“原来是你，刚才竟然没有注意到。”

没有注意到，隔了五年的时光，曾经隔了漂洋过海距离的我们，会以这样的方式再遇见。

丁子君曾经幻想过很多次两人重逢的场景，比如说，郑超不顾一切地飞过来找她，两人在异国的十字街口深情相拥；又或者，他寻觅到了更合适的另一半，她在与他擦肩而过的时候能够接受他变得更幸福。

她试想过无数次的场景，却没有哪一次像是现在这样普通，普通到云淡风轻，他说："不用谢，我只是路过。"她说："原来是你。"

好似时间的荒流没有带走一切，自己依旧是那个可以时时仰望着他的人。

"怎么，要回去了吗？我也准备回去，没什么意思，公司还有点事要处理。"

直到现在，丁子君才敢直视他。他更瘦了，似乎还高了一点，肩膀变得更宽阔结实，眉眼更锋利深邃，眼底深处尽是岁月雕刻出的深沉内敛。

他更成熟了，褪去了小男生的模样，真正成长为一个让人放心、依赖的男人。

"要回去了，我是被班长忽悠来的，我还以为是同学聚会之类的活动。"

在郑超的目光扫过来的一刹那，她赶紧收回了视线，手指不自觉地伸向额头，在触到光洁的额头时，才又好笑又尴尬地把手移向了耳边，撩了撩鬓角。

她差点忘了，她已经整整五年没有留过刘海了。身体却还记得她在他面前害羞时的小习惯，只可惜，她已经不再是原来的她了。

"你怎么过来的？"

听他的话音，像是要捎她一程的意思。丁子君赶紧开口："我自己开车过来的，就停在后面的停车场。"

她现在虽然装作漫不经心，表情淡然到似乎什么都不在乎，心底却已翻江倒海，尘封了五年的记忆忽然密密匝匝地涌出来，夹杂着伤痛和不舍，迅速地占领了她的胸腔，她不知道自己还能装多久。

"是吗？正好，捎我一程，我今天没开车。"

"啊？"这人怎么不按常理出牌，哪有让女士送他的道理。"那你是怎么过来的？”既然能来，那就原路返回好了，干吗要赖上她？

“别人捎过来的，现在也得让别人捎回去。”

丁子君努力扯出一抹得体的微笑：“可我和你不顺路，没法捎你。”

“你要去哪儿？”郑超一点都不在意她的拒绝，很淡定地反问她，“你都不问我去哪儿，怎么知道不顺路？”

这副死皮赖脸的德行倒是一直没变。

“那你去哪儿？”

“我去建设南路。”

“我去建设北路，正好不顺路，现在可以了吗？”说完，丁子君就要走。

她刚一扭身，郑超就挡在了她身前，他的手臂横在她腰间，保持着一段合适的距离，很绅士体贴，她却是烦得不行，她现在这个心烦意乱的状态根本没有办法和他单独相处，这个人为什么一点眼力见儿都没有？

“既然不顺路，那就送我到地铁站吧。”

“……”

不管是五年前，还是五年后的今天，不管丁子君的心智发生了多大的改变，她还是对郑超撒娇的口气没有丝毫的抵抗力。

“好，就送你到地铁站。”

车上，丁子君拒绝了郑超给她当司机的要求，自己坐上驾驶座。郑超只好一脸无奈地坐在副驾驶座上偏头看着窗外的风景。

五年了，丁子君以为自己已经忘记了，毕竟在死心之后，下定决心要忘记他成了她唯一的目标。

在那个人生地不熟的异国他乡，她没有任何依靠，像是被扔进一片波涛汹涌大海里的一叶扁舟一样，除了随波逐流，浮浮沉沉以外，连挣扎的力气都没有。

她一个人上学，一个人在咖啡店打工赚生活费，一个人面对生活中出现的种种问题，一个人被迫接受上天给她的考验。

整整三年时间，她在泪水和思念中慢慢筑起了一道心防，她把自己的脆弱全部关在里面，只展露原本不属于自己的坚强。

从国外回来，李珊珊说她变了，像是涅槃重生一般，终于蜕变新生，成为更完美的她。

就连她自己都以为，她可以放下过去的禁锢，开始全新的生活。

直到再次遇见郑超，那个被她深深埋进心底的人。

她才发现，她其实没有一刻忘记过他，她的洒脱和放手不过是为了自我安慰，他其实一直住在自己心里，从未远离。

一直以来，她逃避着现实，刻意避开所有有关于他的信息，并不是因为想要遗忘，更不是因为不关心，只是因为她在害怕。

她害怕他会找到一个更好的人，害怕她最后只会变成他生命里的一个路人。

车子突然急刹车，丁子君由于惯性狠狠往前摔了一下，因为这猛烈的一摔，她才回过神来。

前方一辆酒红色的小轿车强行并线，把他们的车狠狠别了一下，要不是她反应迅速紧急刹车，十有八九就撞上去了。

听到身边的人低咒一声，似乎是骂了句脏话，丁子君忍不住笑出声："我还是头一次听你说脏话，你以前可不说脏话的。"

这本来是她一句无心的玩笑话，没想到郑超却突然认真起来："你也说了，那是以前。五年了，人不可能做到一成不变。"

因为这个话题，两人再次陷入沉默。绿灯亮起，车流慢慢向前挪动，郑超看了一眼正看向指示灯的丁子君，指节收得越来越紧。

是啊，五年过去了，有谁能保证在这么长的时间一点不变呢？不管是身体还是心理，人总是敌不过时间，经过时光的打磨，身上总会留下不可磨灭的印记。

在大礼堂时，其实刚开始的时候他并没有认出她，直到她踉跄了一下，差点摔倒，他下意识地伸手扶时，他才认出来，原来，这张侧脸属于她，原来，她是丁子君。

是他日思夜想，思念了整整五年的人。

她变了，变得更漂亮、更成熟了，不再是扎着马尾，梳着一排齐刘海的小姑娘,终于成长为一个真正的女人,她把长发剪短至肩,变得更加知性干练。

除此之外,她也瘦了,腰肢不盈一握,平坦的小腹上没有一点点多余的肉。

这次的校友会似乎只有她一个人来，他下意识地搜寻了一下，并没有发现苏然的身影。

五年时间里，他没有一丁点有关于她的讯息，当然，并非是她消失得太彻底，而是他不敢收集一丝一毫有关于她的消息，他生怕会听到那个他最不愿意听到的名字，苏然。

在她走后的第三天，苏然也飞去了洛杉矶，走之前，苏然只对他说了一句话：“郑超，我会替你照顾好丁子君。”

这一句话，打消了他所有的念想，打破了他最后一丝想要追逐她的希望，她果真是恨了他，所以宁愿选择苏然，也不再选择他。

她走后的好几天里，他都彻夜难眠，每天睁眼看着天空一点点变亮，心中的思念超载时，他的心防就会一点点溃散，会忍不住想要给她打电话，想要听听她的声音。

那种钻心刺骨的思念折磨得他难以忍受，他求了李珊珊无数次，才终于要到了丁子君的新手机号。

可当号码一个个输上去时，他却又胆怯了，他害怕电话那头会出现苏然的声音，他害怕苏然接替了他的角色，而他，在丁子君的生命里，只不过是一个过客。

他害怕她冷漠的声音，更害怕她早已不在乎，不管是爱还是恨，她都吝啬给他。

因为这个理由，他就这样忍了五年，任思念销魂蚀骨，他依旧不敢打听一点点关于她的消息。

午夜梦回时，他总是幻想着，如果他能和她见一面的话，他一定要问她，你和苏然在一起了吗？如果没有的话，可不可以再给我一次机会，让我再好好地爱你。

如果真有机会的话，到时候不管她怎么无情、怎么决绝，他都不会再放手，哪怕是手段不光彩，他也要把她从苏然手里夺回来。

那样浓厚得化不开的思念，那样深刻到骨髓的悔恨，经年累月地积攒起来，一点点地挤压在胸腔里，沉重得令他喘不过气来。

习惯了没有她的日子，也习惯了一个人的寂寞。思念渐渐变成了一种习惯，所以在真正重新见到她时，他的脑子一片空白，却不知该如何是好。

他想问她有没有和苏然在一起，想问她是不是已经忘记了自己，可话到嘴边，却变成了："丁子君，这几年，你过得好吗？"

有没有好好照顾自己，西餐吃得还习惯吗？上课还顺利吗？有没有遇到什么困难？有没有被人欺负？和同学关系处得好吗？过年的时候有没有想家？

他想问的太多太多，却不知该怎样组织语言。

"挺好的，生活学习上都很顺利，毕业后就进了瑞星，几乎没遇到什么挫折。"

这样就好，丁子君，不管我过得多不好，我都希望你能过得好，只有你过得好，我才不会那么难过。

"好了，地铁口到了，你下车吧。"

地铁口人群熙熙攘攘，丁子君把车停在路边。郑超犹豫了一下，却没有下车。见他一副欲言又止的模样，丁子君本能地催促道："快下车吧，一会儿我要被贴罚单了。"

"丁子君，你知不知道，其实……"

郑超没有理会她的催促，一字一顿地开口，话说到一半，外头突然响起一声尖锐的鸣笛，所以，丁子君只听到了他的前半句话，根本没听清他后面说的是什么。

等鸣笛声停了，她才下意识地问："你刚才说什么？"

"……没说什么，你路上小心，我先下车了。"郑超利落地开门，头也不回地下车，很快，就消失在人海之中。丁子君反应了一会儿，也没理出头绪，倒车离开。

地铁站人潮涌动，机械摩擦的轰鸣声不绝于耳，郑超掏出手机给司机打了个电话后就靠在墙上等人来接他。

其实，他刚才说的是，丁子君，你知不知道，其实，我从来没有答应过分手。

晚上七点，丁子君加班结束后，懒洋洋地伸了个懒腰，掏出手机给李珊珊打了个电话："珊珊，你来我家吧，我和你说个事。"

"现在？现在可不行，我家小花离不开我的。"

当然，这里的小花并不是指她家的宠物，而是她名正言顺的男朋友，刘华。刘华和李珊珊是一个公司的，严格意义上来说还是李珊珊的上司，只可惜，这位上司是个实打实的妻管严，平日里把李珊珊宠得无法无天，哪舍得呵斥半分。

"我不管，今天晚上你是属于我的，让刘华独守空房吧。"

还没等李珊珊开口，丁子君又说道："我今天见到郑超了。"

"我马上过去。"

当丁子君拎着啤酒、鸡翅回到家，看到门口站着的一脸怒火的李珊珊时，讪讪地笑了两声："你怎么来这么快，我都没点心理准备。"

"你七点给我打的电话，老娘七点十八分就站在你家门口，你这孙子七点四十五了才晃晃悠悠地上来，你是不是活腻味了？"

"我哪敢啊，这不是去买麻辣翅根了嘛。你爱吃的那家离公司有点远，我稍微绕了一下。"

"乖孙子，这还差不多。"

啤酒、翅根以及一堆垃圾食品七零八落地堆在茶几上，电视里放着手撕鬼子的抗日神剧，两个加起来五十多岁的职场白领正戴着一次性手套张牙舞爪地啃翅根。

“你在哪里见到郑超的？校友会？”李珊珊咧着腮帮子啃着鸡翅，还不忘今天来的最重要的目的。

“我要偷跑的时候差点摔倒，他扶了我一把，是不是很狗血？”丁子君辣得吐了吐舌头，在国外待了几年，辣觉都退化了，吃个麻辣翅根都能辣到飙泪。

“是够玛丽苏的。”李珊珊扔了手套，擦了擦嘴，一本正经地问她，“你俩说什么了？”

“没说什么，加起来说了没三句话，还都是废话。”

“那你准备怎么办？你可以躲五年，但你躲不了五十年，所谓躲得过初一躲不过十五，你俩既然遇上了，就有必要把历史遗留问题解决一下。”

“怎么解决？都已经五年了，该凉的早就凉了，热乎不了了。”丁子君弯腰又从桌上拿了一根翅根，还没放进嘴里，就被李珊珊抢走了。

“吃吃吃，吃你妹啊吃，都这个时候了还吃。你能不能好好考虑一下这个问题，你还以为你是十八岁的小姑娘啊，青春一大把一大把的，你都是一老娘们了，哪还有那么多光阴可以挥霍的。”

“可我不知道该怎么办，一朝被蛇咬，十年怕井绳，五年前的事情给我留下了很严重的心理阴影，我现在不敢随意交付真心了。就像你说的，我已经没有光阴可以挥霍了，所以我变得更加谨慎，更加敏感，更加小心翼翼，如果我再次在郑超那里栽了的话，我这辈子都走不出阴影了。”

“你不要一竿子把郑超打死，你要知道，宁愿在自己爱的人身边受伤，也不要在不爱的人身边将就，虽然你已经是个老娘们了，可也不能这么自暴自弃啊。更何况，你要是真的放下了，还用得着五年都不找对象吗？”

丁子君深刻地发现，自从李珊珊谈了恋爱后，她的专业知识更丰富了，谈起感情来简直是条理清晰、层次分明、引人入胜，稍有不慎，就会被她拐带过去。

“郑超给你代言费了？你这么可劲地帮他。”丁子君继续啃翅根，顺势翻了个白眼。

“丁子君你还是不是个人，老娘这是在帮你。”

“好好好，我谢谢你还不行。”

“谢你大爷。”

“哎，谢谢大爷。”

“……”

晚上，两个人像大学时代一样躺在一个被窝里聊天，李珊珊揪着被子感慨：“不知不觉五年就过去了，时间过得好快。”

“是啊！”

已经五年了，真是时光荏苒。

和郑超重逢的事情在丁子君心里兜了几圈之后就渐渐消退了，如果没有校友会这样的契机，她和他，在茫茫人海中，大约是不会再遇见了。

所以，她又恢复了原来的生活，朝九晚五按班按点地上班，回家之后给自己做一顿丰盛的晚餐，看看电视，玩玩手机打发时间，一觉睡醒之后又是千篇一律的生活。

这样的生活平淡无奇，像是上好了发条的机械一样咔嗒咔嗒地走着，按部就班，没有一丝波澜。

又是机械化的一天，丁子君到了办公室例行公事地查看邮件，除了下属部门的汇报工作外，还有一封来自大 Boss 的邮件。

“丁子君，今天接洽一下华煜的合同。”

十四个字，除了给她安排了活以外，连半点嘱咐都没有。作为已经连续被大 Boss 虐了两年的一个半新不旧的员工来说，她自然不会傻到去问 Boss 具体事宜。

“小倩，你来我办公室一下。”

不一会儿，秘书小倩就过来了，自觉地带了一份行程表。

“丁总监，这是您今天的行程，刚才紧急加了一个和华煜集团洽谈的行程，我还在和对方商量具体事宜，等结果下来我再通知您。”

“好，去吧。”

中午快下班的时候，丁子君看着一脸怒气但隐而不发的小倩，把手里签好字的报告递给她。

“怎么了？表情这么纠结？不顺利？”

“您不知道华煜那个秘书有多难缠，简直就是一个脑子被僵尸吃了的傻×，说要洽谈的是他们，说要和我们合作的也是他们，这下好了，等商量时间时，那含糖量直飙糖尿病的女人又鼻孔朝天地说，哎呀，我们总裁没时间，现在不太方便，等我们总裁有时间了再说。她家总裁和别人家不一样啊，就他家总裁一天只过二十个小时，他就比别人多长两个角啊，什么玩意。”

等小倩吐槽够了，丁子君才冲她挥了挥手：“好了，你继续接洽，要是被我发现你和人家秘书也是这个模样说话的话，小心你的奖金。”

“收到。”

丁子君收拾东西准备吃午饭。小倩这个女孩虽然嘴上比较直，动不动就容易喷火，可这样放肆的状态也仅限于在她面前，除此之外，小倩的办事能力和人际交往能力却是不容小觑的。

正因为这个原因，丁子君并不介意她偶尔没心没肺的牢骚话。

当然，除此之外，还有一个原因是小倩这方面和李珊珊实在太像了。因为大学时代受李珊珊这家伙的影响，丁子君的三观都有点不正常了，就喜欢这种喷子型的没心没肺的女生。

等下午上班的时候，小倩就已经把一切办妥了。

“丁总监，具体事宜是这样安排的，我先说给您听一下。帝皇夜总会十一层1103号包厢，晚上八点钟碰头，他们那头除了那位至今不知姓甚名谁的总裁外，还有那个娇滴滴的秘书，我们这头就是您和我。至于合作的案子，我已经把详细资料发到您邮箱了，一会儿我会把纸质版给您送过来。除此之外，我还把保安小刘叫上了，我们已经想好了暗号，一有特殊情况，他就会带兄弟上来救我们。”

听她说到这儿，丁子君忍不住扑哧一声笑出来：“我们是谈业务，不是去火拼，你叫什么兄弟。”

“那怎么行，我们可是女的，尤其是您，长得貌美如花、沉鱼落雁，万一遇上不法分子怎么办，防人之心不可无嘛。”

“好好好，就听你的。”

晚上八点，帝皇夜总会楼下，丁子君双手抱臂，悠悠地感叹：“为什么要订这种地方？大晚上的，多不合适。”

“就是，我说去他们公司会议室洽谈，据说那个总裁死活不愿意，非要订这么个地方。”

丁子君掏出手机看了看，抬步往前走：“既来之则安之，他总不能把我们俩卖了。”

上了楼，找到地方后，还没等丁子君敲门，小倩突然一把拉住她，神神道道地在她耳边低语：“丁总监，我们先别进去，拍个照再说，万一他们有什么不轨的行动，我们也好及时求救。”

“你以为坐出租车呢，有拍照的工夫，你大可以把包厢号发给你的保安小哥，让他随时待命。”

“……哦，也是。”

丁子君抬手敲门，只敲了一声，里头就有人回应了：“进来。”

嚯，看来这是恭候已久的意思。

推门进去，包厢里的光线有些刺眼，丁子君眯眼缓了缓，适应了突然变强的光线后才看向对面的人，这一眼，真是惊得她不知该做何反应。

身边的小丫头一脸花痴地嘀咕：“我个亲娘啊，世界上怎么会有如此清新脱俗之人，这总裁长得也太帅了吧。”

此时，丁子君终于反应过来了，为什么这位总裁一直不愿意透露姓名，一直不愿意和她直接洽谈而是要通过秘书，为什么不在办公室谈，而是要来这样暧昧的地方。

呵，旧情人见面在办公室能合适吗？

“郑总，您好，我是瑞星的产品总监丁子君。”

先下手为强，她才不会任他宰割。

“丁……总监好，我是华煜的郑超，幸会。”

两人装模作样地寒暄了一番，丁子君落座，从小倩手里接过资料，开门见山道：“就您这次要洽谈的项目我做了一下市场统计，贵公司的策划很值得我们一起合作，我们目前的态度是，如果条件合适的话，我们愿意和贵公司达成友好合作，不知郑总是什么意思？”

对面的人扯了扯领带，微伸修长的颈项，眯眼看着她，并没有直接回答她的问题：“丁总监一直是这么直接的人吗？进了饭局哪有不绕几圈的道理，这么快就想跑可不合适。”

郑超的手指轻轻地在桌上叩击，没有规律，带着一丝散漫，丁子君之前并不知道他有这个习惯，所以并不能揣测他现在的心理。

在社会上浸淫了几年，他还真是把那一套推杯换盏、虚与委蛇的套路吃了个烂熟于心。

本着敌不动我不动的原则，丁子君面不改色地接下了他这一招，抿嘴一笑：“既然郑总这么说了，那我也不好推辞。”

桌上就四个人，公事谈不成，私事还真没什么可说的，加上两个小秘书还互相看不对眼，饭桌上的气氛简直降至冰点。

丁子君乐得清闲，只顾着埋头吃饭，面前不停地有漂着红油的菜转过来，她偷偷踹了小倩一脚：“你能不能别转桌子，我好不容易夹到一筷子蘑菇，回来全成辣椒了。”

“老大，真不是我，我也知道您不喜欢吃辣椒，我以良心发誓。”

满桌的辣椒还真有点吃不下去，丁子君放下筷子按铃叫包厢外的服务生进来。

“麻烦你给我上一个玉米浓汤，谢谢。”

点完菜，她一回头，就看见对面的郑超正若有所思地看着她，他坐在逆光的位置，整张脸掩在黑暗里，她看不清他眼底的波涛汹涌，茫然地问：“怎么了？郑总要是不乐意的话，我可以自己付钱。”

当然，这句话纯属开玩笑，不过她倒是真有些不理解，只不过是点了个汤而已，郑超怎么就盯着她没完没了地看。

吃过饭，四个人移步去另一个相对安静的包厢谈正事，丁子君和小倩走在前面，郑超和那个娇嗲的妹子走在后面。

“老大，你说我要不跳槽去华煜吧。郑总长得好帅，帅得我心肝颤，每天在他身边工作，生活质量一定会大大提高。”

“可惜得很，他的一天也是二十四小时，不是二十个小时，他也是个和别人一样的总裁，他也没比别人多长两个角。”

被丁子君吐槽了一番，小倩有点尴尬：“咳咳，这不是随机应变嘛。我也没预料到他长得这么帅啊。”

“以貌取人的小家伙,你就是被人家拐卖了,还得屁颠屁颠给人家数钱。”

“我心甘情愿,要是能被他拐卖,就算党和人民来解救我,我都不回去。”

“不回去的前提是，你要明白，没有哪个人贩子天天给自己拐媳妇，失足少女一般都出口了，少有内销的。”

“老大，你能不能别这么毒舌，讨厌死了。”

两人一路调侃扯皮，丁子君完全没有意识到自己是什么时候和郑超并排走在一起的。

刚才不是还在和小倩讨论拐卖妇女的事吗？转眼间身边的人就变成了郑超，太神奇了。

几个人很快就走到了走廊的尽头，准备右拐的时候，丁子君突然被向后扯了一下，等她反应过来的时候，整个人已经被压在了门板上。

“郑超，你是不是有病，这里是走廊。”

她被郑超死死压在门板上，他的右手撑在她的头顶，另一只手掐着她的手腕，健壮的身体紧紧贴着她，让她根本动弹不得。

“你口味变轻了。”

郑超的声音一点点地喷薄在她耳边，绵软黏稠，像是拉不开的丝，缠缠绵绵地裹在她心上，伴随着鼻腔里只属于他的男性气息，丁子君的脑袋一瞬间有些空白。

这么近距离的接触真是久违了，他的温度、他的气息依旧那么熟悉，唯一不同的是，这样的气息变得更加野性、更加男人，也更加危险。

嗅到了他身上浅淡的酒香，丁子君皱皱眉，想着他大约是喝醉了："郑超，你是不是喝醉了？"

"丁子君，你可不可以不要转移话题？"郑超俯身下来，眯眼凝视着她，他眼底璀璨的光芒流泻出来，带着一丝锐利的颓丧。

丁子君不知道这份颓丧从何而来。

"我没有转移话题，我今天来这里是和你谈公事，不是来和你叙旧的。"

"只有我还在原地，你已经越走越远了，丁子君，你怎么能这样？"

郑超的语气越来越颓丧，沉重得像是压了块巨石。丁子君的心狠狠地颤了一下，手忙脚乱地推开他，挣扎着跑了。

刚跑过拐角，小倩就返回来了，一脸诧异地问她："老大，你去哪儿了？我一回头，人突然没了，吓我一跳。"

"没事，走吧，我们先进去。"

有了走廊里的那一出，丁子君哪还能心平气和地和郑超谈公事，最后在包厢里坐了一会儿，不知所云地扯了一气后，什么都没决定下来就收工了。

出了门，小倩还在埋怨她："老大，你今天状态不佳啊。自从你刚才莫名其妙地消失之后你就一直不太正常，你告诉我，你还是我老大不，你是不是穿越来的？"

"穿越你个大头啊，我肚子不舒服，没什么心情。"

"老大，你'大姨妈'来了啊？"

"你就当是好了。"

回了家，丁子君盘腿坐在沙发上，盯着黑漆漆的电视屏幕发呆。

满桌子的辣椒，莫名其妙转到她面前的菜，她点菜之后郑超奇怪的眼神，以及最后他说的那句"你的口味变了"。

她把这几个现象连起来思考了一下，终于明白了郑超反常的原因。

那一桌子漂着红油的菜是专门点给她的，他还记得她的无辣不欢，所以体贴地点了一桌子重口味的菜,只可惜,她没动几筷子,只喝了一碗玉米浓汤。

在他的记忆里，她依旧是那个爱吃辣椒、没心没肺的小丫头，但是经年累月后，时间不仅打磨了她的内心，更是把她曾经的一些习惯打磨殆尽了。

曾经她无辣不欢，现在却是稍微辣点的东西都吃得泪流满面；曾经他是她的全部，她以为离不开他，却没想到，一走，却是五年。

没有戒不了的习惯，没有斩不断的感情，只要狠得下心，就没有割舍不了的。

丁子君脑海中突然涌上来郑超看她的眼神——凄凉、落寞，带着她无比熟悉的绝望。

那种眼神她也有过，在她决定离开郑超后，在她思念成灾的时候，那样的眼神不分昼夜地跟随着她。

现在，在看到他也流露出这种眼神后，她心底突然恐慌起来，她不知道也不敢揣测那种眼神的含义，她害怕再次沦陷之后，将是万劫不复。

Chapter 04

爱是一个人的事

P I N G S H E N G Y I N U O · W A N J I E P I A N

难得有心事还能一夜无梦，第二天起来，丁子君拍了拍脸，给自己加了加油，化好妆之后，蹬着高跟鞋出门上班。

一进公司，她就发现了一个不太正常的现象，市场部的小姑娘一个都没在。她自力更生地取了市场调研报告，跟在场唯一一个男人留了句话：“一会儿小张回来就说我已经把报告拿走了。”

丁子君去茶水间接水的时候才终于明白了问题所在。

茶水间里满满一屋子的女人，笑声和各种娇嗔声轮番轰炸着她的耳膜，丁子君皱眉：“你们是来开茶话会的吗？一大帮子人聚在这里干吗呢？”

一群人这才注意到了人群最外层的她，一个个赶紧打了声招呼，矮着身子溜走了。看着她们手上同一个牌子的咖啡，丁子君挑眉，嚯，这还是组团来唠嗑的。

等人群走得差不多了，里头那个招蜂引蝶的男人的轮廓也渐渐清晰了。丁子君捏了捏手里的马克杯，很想哀号一声，谁能告诉她，为什么郑超会出现在她办公室门口的茶水间里。

“喏，这是给你的。”郑超把台上的咖啡递给她。

丁子君翻了个白眼，无言地冲他举了一下杯子，之后接了一杯白开水。

“我来这里是谈公事的，就昨天的那个策划，我想深刻地讨论一下。”郑超亦步亦趋地跟在她身后，一直尾随她进了办公室。

丁子君终于忍无可忍：“郑总，我不想和您谈，有什么事情麻烦您联系我秘书好吗？”

“我又不是找你谈，我找你们老总谈。”

“你——”被郑超生生噎了一下，丁子君恼羞成怒，“那你去找我们老总谈，杵我办公室里干吗？”

“可你们老总吩咐我，让我来找你谈。”

“……”

郑超嬉皮笑脸地看着她，眼底透着浓浓的戏谑，摆明了就是故意看她着急。他这个喜欢捉弄她，看她出糗就乐得不行的臭毛病倒是一点没变。

“那好，郑总，您请自便。”

硬的不行就来软的，既然他愿意缠着她，那她就跟他耗着好了。

一个比她职位高几级的总裁愿意屈尊降贵地受她的漠视，那才是有鬼了。他又不是有病，喜欢找虐。

一上午过去了，执着的郑超一步没挪窝地坚守在她办公室的沙发上，目光灼灼地盯着她。

丁子君实在受不了他这样赤裸裸的眼神，终于妥协：“我怕了你了行吗？对于昨天晚上你的议案，我们这头的意思是你们必须把一半的市场分给我们，我们不接受四六分，对于这个……”

还没等她说完话，郑超就笑眯眯地截断了她的话头：“可我现在不想谈这个。”

他脱了西装外套，衬衫的领口敞开着，手腕随意挽上去，露出麦色的小臂，整个人看起来随性但不散漫，眼神懒洋洋的，带着微醺的迷离。

“好，那郑总您说，您想和我谈什么？”

她是脑子进水了才会同意和他单独相处，就应该召集一大帮子人规规矩矩地坐在会议室，她就不信了，他还敢这么死皮赖脸。

“我想和你谈恋爱。”

“郑超。”丁子君激动地站起来，美目怒视着他，“如果你再这样的话就麻烦你离开我的办公室。”

“丁子君，你总算叫了我的名字。”郑超起身，收起了刚才的痞性，敛了神色，抬步向她走来，在距离她不足半米的地方站定，“丁子君，我是认真的。”

突如其来的压力让丁子君不自觉地后仰了身子，后腰很快被郑超一手揽住，他另一只手撑在办公桌上，微微弯腰，眯眼凝视着她：“丁子君，除了我之外，你交过其他男朋友吗？”

“关你什么事，这是我的自由。”

“到底是有，还是没有，回答我。”郑超靠得越来越近，身上熟悉的男性气息扑面而来。丁子君莫名地紧张，随口就撒了谎：“有，五年了，怎么可能没有男朋友。”

“丁子君，你真狠。我一个人孤单地等了你这么久，等到快要绝望，等到快要坚持不下去了，你现在却告诉我，你还有过其他男朋友。好，你告诉我，那个人是谁，是不是苏然？”

苏然？关苏然什么事？虽然苏然和她去了一所大学，两人也见过几次面，她最多能做到既往不咎，和他交往这种事情有点夸张了吧，郑超从哪儿听说的？

“不是。”

听到她的否定答案时，郑超突然沉了脸，松开她的腰，反身向门口走去。

丁子君一脸茫然地揉了揉自己被压得生疼的胯骨，不理解他为什么会突然离开。

等她听到门被上锁的咔嗒声时，她才突然醒悟过来，这人根本不是要放过她，而是要跟她慢慢算账的意思。

“郑超，你想干什么？”

看着他铁青着脸走过来，丁子君有些害怕，他眼底不仅仅是愤怒和阴沉，更多了一种她看不清的情绪，像是失落，像是沮丧，又像是难过。

“还能干吗，”郑超走过来掐住她的腰，一脚踹开了碍事的椅子，直接把她压在了墙壁上，俯在她耳边一字一顿地问她，“他有没有碰过你？”

丁子君本能地想肯定地回答，可他眼底越来越浓重的危险意味让她有点胆寒，他这个眼神她熟悉得很，那种胜券在握的狩猎者的眼神，稍有不慎，她就会被吃干抹净。

现在办公室门锁着，所有人都知道他俩单独相处，万一她闹出什么动静，他抽身容易，她以后可怎么做人？

更何况，早在五年前她就体会过他的执着，只要他说东，她绝对不能说西，否则他会不择手段地逼着她改口。

五年过去了，她也不再是一个光长脑子不长筋的傻子了，懂得见机行事和随机应变是她在社会上学会的至关重要的一项生存法则。

“没有，我骗你的。”

“嗯？真的？我凭什么相信你？”

郑超也不再是那个被她亲一下就会脸红到不知所措的小男生了，他现在变成了一匹真正的狼，浑身都散发着狂野不羁的气息，岂会怵她这只小绵羊。

其实她特别想说，我有没有交过男朋友，有没有和别人上过床关你什么事，我们俩已经分手五年了，我现在是个属于自己的独立的个体，你没法也没有资格干涉我的私生活。

腹稿打得很好，可在抬头看见他眼底渐渐燃起的火焰后，丁子君赶紧觍着脸补充道：“总不好现在就检验吧？”

她微微起身，紧紧地贴在他胸前，伸出指间在他腰间轻轻划了一下，动作暧昧火热但不放荡，带着恰到好处的诱惑，她知道，他一定受不了。

果然，她手指触及的地方迅速紧绷起来。丁子君暗自撇嘴，这家伙的肌肉更结实了，硬得跟石头似的。

“好，我放过你。”

抓住了她作乱的手，郑超把她推离了自己，无比严肃地重新确认了一次：“你是认真的吗？”

“当然是认真的。”当然是骗他的，难不成在这个时候说一句“哦，不好意思，其实我是哄着你玩的”，她敢保证，郑超分分钟就能把她给就地正法了。现在只能走一步算一步，把这个大爷骗过去才是正事，什么诚信做人，信守承诺都是骗鬼的，她又不是五讲四美的小学生。

"好，那我相信你。"

"既然这样，郑总，您要不先走吧，到时候您联系我。"

她的潜台词很明显。郑超自然收到了她的暗示，无言地冲她挑了挑眉。

丁子君心思一转，很快反应过来，甜甜地喊了一声："郑超。"

"乖，这还差不多。"

野狼走了之后，丁子君脸上娇怯的笑意瞬间褪下，换了一脸的漠然，她理了理有些凌乱的一步裙，总算能清闲地办公了。

对于办公室的调情事件，丁子君压根就没放在心上，他们都已经是成年人了，这种程度的调戏简直就是小儿科，她已经不再是那个看男生一眼就害羞脸红的丫头片子了。

只是，某人似乎并不是这么想的。

事情发生三天后，丁子君看着手机上没有备注的号码发来的一条短信，着实有点哭笑不得。

那个号码她烂熟于心，几乎做梦都能流畅地背出来，手机上没有备注，那个备注却深深地刻在了她心底，让她能在见到这个号码的任意情况下瞬间就想到它的主人。

整整五年，他不可能只待在一个城市，在这种情况下，他还能保证不换手机号码。丁子君想着，大约他只是懒得报停吧，兴许人家平时用的是其他号呢。

短信的内容是这样的："五一路 ×× 酒店 ×× 房间，晚上七点，我在那儿等你，有你的礼物。"

时间、地点、事项俱全，他还真把她的话当真了？她当时不过是哄着他玩的，缓兵之计不知道吗？

这泥潭，她这辈子绝对不会再踏进去第二遍了，她已经没有疯狂的资本，没有胆量再尝试了。

那样的疼痛受过一次就终生难忘，所以，她这次不会再轻易沦陷了。

她随手删了短信，顺手给小倩打了个内线电话："小倩，今天市场部统计的流水线报告出来了吗？"

"报告出来了，我马上送过去。"

报告是出来了，可产品的销路和市场的反馈还得丁子君亲自去查看，这种事情虽说交给下属办也可以，但丁子君始终信不过别人，每次有新产品上市，总是亲力亲为。

一个产品从策划到开发，再到各种升级修改，最后投放市场，整个流程中最重要的就是市场的反馈，如果市场信息回收得不及时，那到时候产品出了问题，对整个市场部都是致命性的打击。

这可是关乎她身家性命的事，怎么敢假手于他人。

"好了，你把手里的活交给其他秘书，你陪我下去一趟吧。"

"是，丁总监。"

丁子君开车载着小倩去产品投放的几个试验点查看了一下，仔细询问了负责人有关于这种产品的销量、评价、顾客的反馈，以及产品存在的缺陷和不足。

等把几个试验点转完了之后，天已经黑了。丁子君看了看手机，已经将近八点，不知道什么时候来了条新短信。她点开一看，是郑超发来的："丁子君，你怎么还不来？"

呵，他还真当真了。他或许并没有意识到，五年的时间已经在他们之间拉了一条不可逾越的鸿沟，就算身体的距离亲近到为零，他们的心依旧是天各一方，近不了一厘米。

"丁总监，你看这次的产品需要回收改良吗？我统计了一下顾客的反馈，似乎在使用上不是很人性化，很多顾客反映用起来不方便。"

思路被身旁的小倩打断，丁子君收了手机，把郑超的事暂时放在了一边。

"没关系，不需要回收，适当降低价格就可以了，如果继续改良产品的话，到时候成本会高出很多。如果让顾客仅仅为了一个比较方便的使用方法而多出一笔钱，产品的销量也会成问题。目前就这样，等过几天再下来看看。”

“好，我晚上回去统计出结果后给您。”

“行，我送你回家。”

把小倩送回了家，丁子君回到自己家时，已经接近十点了。奔波了一下午，身体疲累得不行，她随意吃了几口，洗了澡之后就钻进被窝准备睡觉了。

累了一天的身体很快就进入了睡眠状态，只是好景不长，迷迷糊糊间，她的手机突然铃声大作，她本以为响几声就会挂掉的，哪知这个人大晚上的这么执着，一刻不停地骚扰她。

丁子君平生最烦的就是被别人扰了清梦，无论是她的朋友还是她的同事都知道她这个忌讳，除非是紧急情况，否则绝对不会在大半夜或者大早上骚扰她的。

凡是敢如此骚扰她的，一定是个不知天高地厚的家伙。

她挣扎着从床上爬起来，在床脚摸到了自己的手机，没好气地问：“大半夜的，请问您有何贵干？”

那头的人犹豫了一下才问了句：“丁子君，你在家睡觉？”

废话，我又不是夜猫子，这个点不睡觉能干吗？

如果问这话的是别人，丁子君一定会毫不犹豫，劈头盖脸地骂过去，但问这话的不是别人，是郑超。

她虽然脑子混沌，还没清醒过来，但有一点她还是记得住的，那就是郑超今天约了她，她什么答复都没给他，就这样把他晾了一天。

虽然她一个劲地安慰自己，这都是他的自作多情，与她无关，可心底的罪恶感还是不可避免地涌上来，因为她知道那种没有希望的等待有多痛苦，所以，她打心眼里觉得对不起郑超。

“咳咳，不好意思，我下午去市场调研了，回来的时候太累了，倒头就睡，忘记给你回短信了。”

“你们老总怎么让女孩子跑市场？下次找几个男人去吧，市场调研不是女人干的活，那么累，你怎么受得了。”

他非但没有任何责备她的意思，在听到她去做市场调研后，下意识地维护关心她。丁子君有些不知所措，敷衍了几句后赶紧挂了电话。

挂了电话后脑袋反而清醒了，她怔怔地看着空荡荡的卧室，拍拍胸口，告诫自己，不能轻易沦陷了，他只不过是礼节性问候而已，她不能再有非分之想了。

那一头的郑超听着话筒里的忙音，嘴角的苦笑终于溢出来，他们终究回不到以前了，那段对方说任何一句话都牢牢刻进心里的时光终于一去不复返了，她可以信誓旦旦地保证，也可以无所谓地说一句“今天太累，忘记了”。

他努力让自己保持着五年前的模样，不让自己被这个社会肆意打磨，他害怕她回来以后会不认识他，他想以她最喜欢的姿态迎接她的归来。

只是，他怎么都想不到，到最后，他留在了原地，她却已经渐行渐远。

今天其实是他们之间一个独特的纪念日，五年前的今天，她把自己送给了他，给了他一份世界上最独一无二，无法取代的生日礼物。

今天，同样是那个酒店，同样是那个房间，他把五年前没来得及送出去的礼物带了过来，希望能把这份迟来的礼物送给她。

礼物是几本相册，在他们交往的时间里，每一天他都会偷偷拍一张她的照片，有她嘟嘴微笑的、有吃饭辣得吐舌头的、有生气不理他的，他把这些照片洗出来装进相册里，之后在每张照片下写一句话，短短的几行字，但每句话都离不开她。

刚决定要做这样的礼物的时候，他实在是觉得太娘了，这种事情一般不都是女生做的吗，他一个大老爷们做真是太奇怪了。

可到后来，他思来想去，实在想不出比这个更好的礼物了，只能硬着头皮做下去。

做到最后，他竟然爱上了这件事，每天偷偷把她装进相册里，把她的点点滴滴都记录下来，把属于他们两人的甜蜜时刻记录下来。

相册越来越厚，他倾注的感情也越来越多，看着这一本本厚重的相册，他甚至想着，或许，哪一天用来做求婚礼物都够了。

只可惜，还没等他把礼物送出去，她就已经离开了，相册的最后一页是一片湛蓝的天空，那是她离开的地方，最后他只写了一句话：小乖，只剩我一个人了。

他抱着这几本相册和心底的回忆苦苦熬了五年，每次思念成灾时，他就会忍不住看一眼，可在看到照片中的她时，他又忍不住心如刀割。

到最后，陪伴他的也仅仅是这些照片了，那个他挂念着的人，毫不留恋地离开他了。

虽然这样见不到她的煎熬结束了，可似乎她已经不再是那个处处依赖着他的小乖了，她的生命不再非他不可。

那个愿意把最珍贵的东西送给他的人，在五年后却可以轻描淡写地说一句忘记，时间改变的不仅仅是容颜，更是真心。

灯火通明的房间里，郑超看着照片中言笑晏晏的年轻女孩，轻声对自己说了句："生日快乐。"

一周的工作终于结束了，周五刚一下班，丁子君就准备收拾东西撒丫子跑路，最近简直太累了，她必须回去睡个天昏地暗才能把精神补回来。

只是，还没等她溜出办公室，老大的电话就打过来了，丁子君赶紧接起来，笑眯眯地问："大 Boss，您还有什么吩咐？"

"晚上七点有个庆功宴，你过来吧，我一会儿发地址给你。"

"什么庆功宴？"不管是什么庆功宴她都不想去啊，除了要觍着一张脸笑得满脸褶子外还得跟朵交际花似的到处奉承拍马屁，一口饭落不着，还要到处敬酒，一场庆功宴下来比上一天班都累，最重要的是还没有加班费。

"和华煜的合作达成了，郑总组织大家吃个饭庆祝一下。"

又是郑超。

"可这件事跟我没关系啊，我都没参与，我去不合适吧。"丁子君恨不得冲老大吼一声，你们聚你们的，关我什么事？

“哎哟，丁子君，你还谦虚什么。郑总说了，这次案子能成可全是你的功劳，你放心，老大我一定给你包个大大的红包。你要是过来，红包翻倍，怎么样？”

“……谢谢老大，那我去吧。”

禁不住金钱诱惑的丁子君还是决定参加那个传说中的庆功宴，虽然累了点，可喝两轮酒下来赚老大一个厚厚的红包也不算亏。

到了约定的地方，进门之前，丁子君一本正经地威胁大 Boss：“老大，您必须给我两份奖金，第一份是我应得的，第二份是我陪你喝酒得的，少给一份我都跟您没完。”

“丁子君，你掉钱眼儿里了是不是？”大 Boss 虽然嘴上这么说，但还是伸出胖嘟嘟的手冲她比了个数字。

丁子君很满意，乐颠颠地跟着他进去了。

包厢在顶楼，是很有情调的旋转餐厅，四周都是落地玻璃，可以边吃饭边看整个城市的夜景，相比于在夜总会讨论公事，郑超这次的品位明显提高不少。

等他们上去的时候，桌上还没人，他们一行人自觉地落座等人。大人物总是要迟到一会儿才能突显他们的优越感，这样的道理丁子君还是懂的。

等了不到十分钟，郑超就领着一群人进来了。大家一通寒暄，轮到丁子君时，她赶紧觍着脸握郑超的手：“郑总，好久不见。”

“是，大概有一周没见了。”

他这么一接，丁子君反而不知道说什么，就像你对别人客气地说一声“改天有时间的话我请你吃饭吧”，其实这只是个官方的寒暄方式而已，哪有人真的回答“哦，我今天就有时间”。

憋了半天她什么也没说，郑超也不在意，松了她的手和别人打招呼去了。

所有人终于落座，郑超和大 Boss 坐在首位，其余人依次顺延坐下来，最后丁子君阴错阳差地坐在了郑超的对面。

这样的位置安排还不如坐在他旁边呢，毕竟没人吃饭的时候会扭着头吃，但坐在对面的话，一抬头就能对视，简直太尴尬了。

饭菜很快就上来了，酒也开了几瓶，丁子君算是过来人，赶紧夹了几筷子菜垫了垫肚子，现在不吃的话，一会儿敬酒了根本没时间吃东西，就这样生喝的话，胃哪能受得了。

等她吃了个四分饱的时候，饭局必备的敬酒环节就开始了。两头的 Boss 一喝，一群人随着喝，丁子君见没人注意到，抿了一口就放下了。

敬了几轮下来，丁子君统共也没喝一杯，她抬头看了看对面的郑超，他的脸色已经有些泛白了，应该是喝多了。

能不喝多吗，不管谁敬他，不管资历够不够，不管能不能逃过去，他都二话不说，举杯一饮而尽。酒桌上一般遇到的都是一群披着人皮的老狐狸，基本遇不到他这样爽快的人，这下大家更逮住不放了，死命地灌他。

看着大 Boss 一个劲地灌郑超，丁子君心里越来越火，这个老东西，没看到郑超已经难受了吗，怎么这么缺德。

“行了老大，您是来庆祝郑总的诚意来了还是检验他的酒量了？卖酒的不会给您分红了吧？”

被她这么一打趣，大 Boss 终于收敛了一些，呵呵傻笑着收回了杯子。对面已经喝得双眼迷离的郑超若有所思地看了丁子君一眼，她轻咳了一下，转移了注意力。

我只是看我们老大欺软怕硬不顺眼，可不是在心疼你。

第一轮敬酒的攻势过后，大家终于可以吃口饭了。大 Boss 那个老狐狸夹着一筷子鱼拍马屁道：“郑总，我知道您喜欢吃麻辣鱼，今天是特意给您点的，您尝尝。”

啧啧，那副狗腿的样子。老大，你就不能出息点吗？

“谢谢。”

丁子君好奇地抬起头，想看看郑超是不是真的能吃辣了。

看着他面不改色地吞下鱼肉，甚至还能淡定地评价辣椒的味道不地道，丁子君忍不住感叹，果然，改变的不只是她，他也变了，俩人的口味掉了个个，谁都不是原来的那个自己了。

饭吃了一半，继续敬酒。

丁子君举起酒杯，默默地佩服老大，他到底是上哪儿整出这么多扯犊子的理由来的？

“祝郑总早日找到生活上的得力助手。”

这是什么奇葩理由？

“谢谢。”

郑超又是一口闷。

丁子君急得快要跺脚了，这个家伙是喝傻了吗？都不懂得委婉拒绝一下吗？人家让你喝你就喝啊，你长不长脑子啊？

丁子君发誓，大 Boss 绝对沦为她最讨厌的人，没有之一。

等大 Boss 第三次灌郑超时，她终于火了，也懒得计较话说得合不合适，直接吼了一声：“陈建国，你这么灌郑超合适吗，能别这么小人得志吗？”

陈建国是大 Boss 的名字，她话一出口，满桌子的人都震惊了。郑超底下的人一脸崇拜地看着丁子君，她公司这边的人则都是诧异地盯着她。

陈建国的脸色挺难看的，他无声地对她说了一句话，丁子君，让你的奖金见鬼去吧。

对面那个快被灌傻的当事人完全没有一点被欺负的自觉，笑眯眯地看着她，像只懒洋洋晒太阳的大猫。

笑笑笑，还笑，笑你妹。

脑子清醒过来的丁子君觍着脸冲陈建国笑了笑，弱弱地来了一句：“老大，那个，我先去个洗手间。”

伴随着陈建国杀人目光的丁子君一路逃出去，等跑到走廊上才感觉自己活过来，她懊恼地拍拍脑门，悔得肠子都青了，她为了一个五年没有联系过的前男友把她的衣食父母给惹毛了，简直是脑子发大水了，这根本得不偿失啊。

躲进洗手间里洗了把脸，丁子君看着镜子中已不再稚嫩的面容，低低叹了口气，不管她眉眼间添了多少风情，不管她变得多成熟，但心底那种下意识偏袒他、护着他的冲动已经变成了近乎本能的反应，躲都躲不过。

“谢谢你。”

她刚要转身往回走，身后突然传来一道慵懒的声音，她抬头一看，是那个喝多了的傻子。

他眼睛微微眯起，眉心轻皱，眼神极其慵懒散漫，原本深邃幽深的眼底有些轻微涣散，变得模糊一片，一看就是已经喝得神志不太清醒了。

“不客气。”丁子君本来还想说“你不用谢我，我只是看我们老大不顺眼，并不是在心疼你，希望你不要误会”，可想着人家也没说什么，只是道个谢而已，她说得太多，反而有点欲盖弥彰的意思。

虽然他整个人都呈现一种松散的状态，可并不代表他身上散发的压力会随之消失，丁子君深知此地不宜久留：“你要是难受的话就洗洗脸，我先走了。”

“好。”

郑超倚在门口，一只手揣在兜里，一只手轻轻按在上腹部，难得没有再戏弄她，很爽快地放她走了。

经过他身边时，丁子君很明显感觉自己的裙摆被揪了一下，她诧异地回头，却发现郑超依旧一动不动地背对她站着，并没有什么异样。

他听话地去洗脸，只是还没等走到洗手池旁就开始干呕。看着他跌跌撞撞的样子，已经出了洗手间的丁子君几乎是一个箭步飞奔回来，在刚从厕所出来的一位男士诧异的目光里一头扎进了男厕所。

郑超在第一个隔间，整个人跪在地上，上半身完全瘫在马桶上，一个劲地干呕，听着他呕吐的声音和喘不上气来的咳嗽声，丁子君的心狠狠揪在一起，恨不得上去踹他一脚，你怎么这么傻，别人让你喝多少你就喝多少。

“你……没走？”郑超吐累了扶着马桶回头，看到丁子君后，涣散的眼底突然涌现出一丝晶亮的光芒，即便在神志不清醒的情况下，看到她后，他依旧觉得很惊喜。

“不是，你走了，你不要我了。”看了她一眼后，他的眼神再次暗淡，自言自语了一声后，就转过身抱着马桶继续干呕。

丁子君擦了擦眼角的泪，快步走到他面前，揪着他的胳膊把他揽进自己的怀里。

“我没走，我不是在这里吗？吐了之后好受点了吗？还难受吗？”

怀里的人把脑袋埋进她肩窝里，双手紧紧抱着她，委屈地点了点头：“还难受。”

“难受也活该，你长不长点脑子，人家灌你多少你就喝多少啊。你就不懂得拒绝一下吗？要不是我开口，你是不是准备被那个缺心眼的陈建国灌死。难受才好，让你长点记性。”

怀里的人抬起头看了她一眼，又默默垂下头，像是个被教训的孩子，乖乖挨骂，不敢还口，等了半天才小声嘟囔了一句：“没有人照顾我，只有我一个人。”

丁子君的泪瞬间涌出，一滴滴地落在他的发顶，怀里的人含混不清地嘟囔：“好凉，头上有水。”

“知道凉就起来，坐在地上能不凉吗？”

把怀里的巨婴拉起来，丁子君掏出手机给陈建国打电话：“陈建……啊，不是，老大，郑总喝多了，我现在送他回去。”

一听她要送郑超，那头的人立马高兴了，乐呵呵地说：“好好好，送吧送吧，和郑总打好关系哈，回头老大给你奖金。”

呵呵，这个靠女员工献身来换取合作的臭不要脸的老板。

“好，我知道了，老大再见。”

和陈建国打好招呼，丁子君拉着趴在她身上的郑超往外走：“郑超，你开车过来的吗？你要没开车的话我送你，要是开车的话，你就自己回去吧。”

她话音刚落，郑超立刻抢答了一句：“我没开车。”

“……好吧，我送你。”

好不容易把他拖到了停车场，丁子君让他立在墙边，轻声叮嘱他：“你在这里乖乖等着，我去取车。”

“不，我跟你一起去。”

“……好，不过要走就自己走，不要拖着我，我快被你压死了。”

接近一米九的庞然大物压在她身上，她的肩膀都快卸下来了。听了她的话，庞然大物乖乖地跟在她身后，颤颤巍巍地挪着步。

“……我怕了你了，你可以扶着我，但不许瘫在我身上。”

好不容易到了车跟前，这家伙又不干了，丁子君是想要他躺在后座上，他手长脚长窝在副驾驶座上也憋屈得厉害，可他扒着门死活不进去，非要坐副驾驶。

“郑超，你躺后面可以舒服一点，坐在前头容易难受。”

“不去。”

“听话，躺后面，你刚才不是说难受吗？”

“不去。”

这个孩子气的模样还是一丁点都没变，不管平时看起来有多冷漠傲然、多高高在上，但他的本性还是没有改变。

唯一改变的是，若是放在以前，他任何时候都会发小孩子脾气，可现在，他只有在醉得神志不清时才敢暴露自己隐藏起来的本性。

“好了，都依你，我帮你把椅子放下来好不好？”

丁子君不舍得和他说重话，只能妥协。

“好。”

费了九牛二虎之力，总算把他塞进了副驾驶座，丁子君满脸大汗地俯身替他把座椅摇下去，哪知她刚一俯下身，他立刻反应敏捷地把她抱在怀里，死死地搂着。

“郑超，你放开我，你抱着我，我怎么开车。”

怀里的人不为所动，手上的劲一点没松。丁子君有点生气，说话的声音稍微抬高了一点：“你能不能别跟个孩子似的，快放开。”

怀里的人立刻听话地松开手，悻悻地看着她，眨巴眨巴眼：“我不抱了，你别生气。”

“我没有生气，我们回家再抱好吗？现在我得开车知道吗？”

一看她笑了，他也笑出声，拉了拉她的手，乖乖地点了点头。

开车上了大路，丁子君才想起一件事情，那就是她根本不知道郑超住哪儿，等她回头问他时，身边的人已经眯着眼睡着了。她思忖了一下，没叫醒他，准备直接把他驮回自己家。

到了楼下，丁子君犹豫半天，还是把他叫起来了："郑超，醒醒，到家了。"

原本熟睡的人腾地就醒了，手脚麻利地爬起来，挣扎着就要往外跑："到家了，到家了。"

"……你起得还挺利索。"

跟蚂蚁搬家似的挣扎着把郑超驮上了楼，丁子君已经累惨了，她把这个庞然大物放在沙发上，自己去厨房给他煮东西。

一晚上他光喝酒了，饭基本没吃几口，胃哪能受得了，丁子君给他煮了皮蛋瘦肉粥，趁煮粥的时间还给他冲了杯蜂蜜水。

端着蜂蜜水出去的时候，那个庞然大物呈虾米状蜷在沙发上，丁子君撇撇嘴感叹，这个家伙真是睡觉都不好好睡。

等走到他跟前时，丁子君才发现，他之所以这么做并不是因为睡相不好，而是因为这样的姿势可以缓解痛苦。

他的额角一层层地往外冒汗，眉心皱成一团，表情很是痛苦，双手握拳抵在胃部，应该是胃不舒服。

丁子君放下水，取了胃药过来，把白色的药粒递到他嘴边："来，把药吃了，吃了就不难受了。"

蜷缩着的人慢慢抬起头，有气无力地呻吟着："真的吗？"

"快点喝了。"

"我没有喝过药，也不知道喝什么药，如果疼得厉害的话这样趴一会儿就好了，一般一两个小时就好了。"

说话的人并没什么特别的表情，神情淡然得像是在叙述一个累积下来的经验，一旁的丁子君却受不了了，腾地站起来，扬声冲他吼道："郑超，你能不能别这样？"

沙发上的人一手握着药粒，一手端着水杯，被她吼得吓了一跳，抬起头无辜地看着她，顿了顿后小声地道歉："对不起。"

说完，他讨好似的一口吞了药，喝完之后还冲她伸了伸舌头："我喝了，你不要生气。"

丁子君转身快步离开客厅，躲进厨房里，扯了料理台上的纸巾擦着脸颊上蔓延的泪水。

郑超，你可不可以不要这样，不要这样平静地说着你一个人的孤单，不要这么事不关己地说着你一个人有多难熬。

不要这样若无其事地让我难过。

粥煮好之后，丁子君端着清香四溢的粥蹲在郑超面前："起来喝点粥，空腹睡觉会难受的。"

沙发上的人闻到味道立刻坐起来，眼巴巴盯着碗里的粥，小心翼翼地问她："给我吃的？我喝完这一碗还可以再喝一碗吗？"

看着他孩子气的模样，丁子君既好笑又心疼，她不敢思考他这五年是怎么过来的。她害怕只要自己一想，眼泪就会控制不住地肆虐，所以，她只能转移话题："厨房里的一锅都是你的，吃不了明天也还是你的。"

"好。"

丁子君本来只是说着玩的，厨房里的粥是两人份的，他一个人根本吃不了，她想着，明天早上热一热，就可以当早饭了。

只是，她万万没想到，郑超真的听话地把一锅粥都吃了。

在他要喝第五碗的时候，丁子君终于害怕了，一把夺过他手里的碗："我刚才是开玩笑的，不是真要勉强你吃那么多，你不要死撑，吃不了的话明天我要当早饭的。"

"不可以吃了吗？"某人可怜巴巴地看着她，一个轮廓分明、眉眼英挺的大男人在这里和她撒娇。

丁子君努力忽略他的男色诱惑，坚定地说：“不可以吃了。”

“可是我还饿。”

“……”

吃饱喝足，胃药的药效也起作用了，丁子君把郑超拖回卧室，给他脱了衣服，开了空调，想让他好好睡一觉。

把这个脑子退化到十年前的巨婴安顿好之后，丁子君终于能喘口气了，要收拾厨房，要洗衣服，还要准备明天上班穿的衣服，等把这一通收拾好后，两个小时过去了。

她抬头看了看墙上的挂钟，已经十二点了，今天被这个巨婴拖累得太迟了，明天白天一定又要犯困。

匆匆洗了个澡，丁子君裹了浴巾出来，拿了吹风机蹲在电视机跟前吹头发。巨婴在她卧室睡着，她也不好拎着吹风机在梳妆台上呜呜呜地吹头发。

头发吹了一半，一缕头发突然被扯起来了，她赶紧关了吹风机，检查自己的头发，要是头发卷进了吹风机，她可真要哭了。

“别动。”身后的人接过她手里的吹风机，一手撩着她的头发，一手握着吹风机帮她吹头发。

“怎么不睡了？我吵醒你了？”

“不是，酒醒了，不太困了。”

吹风机的噪音太大，两人的对话还得靠吼，最后丁子君也懒得说话，专心享受巨婴的服务，这个家伙还懂得知恩图报，不错。

头发吹好之后，丁子君挣扎着爬起来，顺手摸了摸巨婴的脸：“乖，回去睡觉吧，好好休息一晚。”

手还没来得及缩回来，就被他一把握住了。丁子君抬头，正准备嗔怪，在看到他清明的眼神后，突然愣在了原地。

她忘记了一个重要的事实，那就是，他的酒已经醒了，也就是说他已经变成了野狼，不再是那只任她揉捏的狼崽子了。

意识到这一点，丁子君赶紧转换模式，扯了一抹微笑看着他：“你去睡觉吧，我也要睡了，晚安，再见。”

还没等她动弹，郑超就一把握住她的腰，直接把她压在了身后的墙壁上，墙壁的冰凉和他胸膛的灼热让她腹背受敌，她有些慌张地推了推他：“郑超，你别这样，有话好好说。”

“丁子君，你知不知道，我有多想你。”

郑超慢慢俯下身，紧紧把她抱在怀里，像是抱着一件失而复得的珍宝，就连呼吸都透着小心翼翼。

“丁子君，那天，是我的生日，我想把五年前没有送出去的礼物送给你，我想和你说，不管时间过去了多久，不管未来还有多远，你始终是我唯一深爱着的人，没有任何人在任何一刻能超越你。

“你走了五年，我等了你五年，我害怕你已经找到了另一半，所以不敢打扰你的幸福。我一个人孤单地守着回忆，努力让自己保持着原来的样子，我只希望，等你累了倦了，还能回到我身边，我还是你喜欢的模样。

“丁子君，这五年的时间，没有一刻我的心情是轻松的，没有一刻我是忘记你的，午夜梦回的时候，我总是以为你回来了，可睁眼一看，除了满屋子的黑暗以外，只有我一个人。我努力工作，努力往上爬，努力让自己变得更强大，为的就是能够好好地保护你，让你可以安心地跟着我，不再害怕受伤害。可我变得强大了，可以守护你了，你却离我而去了。很长一段时间里，我都特别茫然，我不知道该不该坚持，该不该继续往前走，我不知道在这一段没有希望的等待里我还可以坚持多久。可我舍不得放弃，舍不得放弃你，哪怕你不再爱我了，不再等我了，我也想要亲眼看见你和另外一个人携手，只有到那个时候我才可以彻底死心。现在，你回来了，你终于回来了，你还是一个人，我的等待终于没有白费。”

说着，郑超的声音竟然有些哽咽，他紧紧搂着丁子君，缓了好久才在她耳边喟叹一声：“小乖，你终于回来了。”

因为这一声呼唤，丁子君终于忍不住，泪如雨下。

他的等待，她又何尝不知，因为，同样的等待，她也在经历着。

一个人在异国他乡，举目无亲，在那个人生地不熟的地方，她孤单落寞，一颗心无处安放，除了死撑外，没有一点办法。

一个人吃饭，一个人睡觉，一个人逛街，一个人上课，看到他喜欢吃的食物、他喜欢的东西，她总是忍不住买下来，即便送不出去，她也总是收在身边，给自己空荡荡的心灵些许慰藉。

她努力变强大，并不是为了奋斗事业，而是她想要变得更坚强，可以在遇到挫折和困难的时候能够勇敢地面对，而不是无助地哭泣。

那个让她全心依赖的人已经不在了，除了她自己，她再依赖不了别人。

郑超俯身吻干了丁子君眼角的泪，温热的唇瓣辗转来到她嘴角，犹豫了一下还是狠狠地吻了上来。

丁子君没有反抗，主动仰头把自己送过去，配合地张开了口，迎接他的舌尖……

Chapter 05

爱情转移

怀里的人已经昏昏沉沉地睡着了，郑超却是毫无睡意，他把她搂进怀里，捏捏她的小脸，摸摸她的小手，直到现在才敢确信，那个他思念了那么久的人，现在是真真切切地躺在他怀里了。

过去的五年里，他做得最多的梦就是梦见她回来了，梦见她扑进他的怀里，给了他一个温暖的拥抱。那样的梦太真实，真实到他可以看清她弯弯的眉眼，微勾的嘴唇，感受到她身体熟悉的温度。

正因为太过于真实，所以每当他从梦中醒来，却只看到一室黑暗时，他的心就忍不住狠狠地疼一下，像是被针尖贯穿一样，生疼却连哭都哭不出来。

做梦做到最后，他似乎已经习惯了这种从天堂到地狱的落差感，每次梦醒后，便也能够做到收起自己的落寞，点一根烟，一个人静静坐着，翻出相册，写一句“小乖，我梦见你了”或者是“小乖，你什么时候回来”安慰自己，等心思沉淀下来，再回被窝睡觉。

这样无望的等待延续了太长的时间，以至于当他梦中的事情变成现实时，他却激动得不知道该怎么办好了，表现得太生疏，害怕接近不了她，惹她生气，表现得太激动了又害怕她会慌张。他就这样患得患失，小心翼翼地面对着她，快要变得连自己都不认识了。

直到现在，他才明白，什么叫失去了才知道珍惜，只有失去了你才能体会到那种万箭穿心的感觉，才能体会到那种万念俱灰的绝望，所以，一旦失而复得了，就激动得恨不得用自己的生命好好守护她。

他几乎一晚上没睡觉傻傻地看了丁子君七八个小时，天快亮时，他终于熬不住了，揽着她消瘦的肩渐渐沉睡。

一觉醒来，已是日上三竿，郑超腾地坐起来，下意识地看了一眼身旁干净平整的床铺，又看了看空荡荡的房间，反应过来后苦笑一声，原来又是做梦了，他揉了揉眉心，眼眶突然有些酸涩。

他不知道这样的等待还要持续多久，他不知道自己还能等多久，他就要脆弱得等不下去了。

“郑超，起床了，吃早饭吧。”

丁子君穿着宽大的衬衫推门而入，看着呆呆坐在床上的郑超，诧异地问：“醒了？醒了就去吃饭吧，别发呆了。”

等走到他身边，丁子君才发现他眼眶竟然泛着一丝湿意，她没脑子地放声大笑：“哈哈哈，你不会是看不到我哭了吧？”

“我还以为是做梦，我还以为是又做梦了。”

郑超抬起头，眼里猝不及防的落寞让丁子君瞬间愣在原地，她从来没有见他露出过这样的眼神。

那么绝望，那么脆弱。

从她认识他以来，他就一直是个强大的存在，无论遇到什么事情，他都是一副运筹帷幄的表情，眼底从来都是淡然笃定的神色，连一丝犹豫退缩都没有。

所以，这样的他成了她最坚强的依靠，成了她遇到任何困难时唯一毫不犹豫的退路。

他在学生时代就已经是让人依赖的存在了，在分别了五年后，他变得更成熟，更加有安全感了。

可就是这样几乎无坚不摧的他，现在却露出了不加掩饰的脆弱。

这样的脆弱让她心疼，因为是她，给了他这样的脆弱。

“对不起。”丁子君伸手把他揽进怀里，轻轻拍了拍他的背，像是哄小孩似的哄着他，“你不是在做梦，我就在你身边。”

“谢谢你……还陪着我。”

两人温存了一会儿，丁子君揉揉他的发顶：“好了，吃饭吧。吃完还得去公司，我已经迟到了。”

身后的人跟个孩子似的亦步亦趋地跟着她，一只手扯着她的衬衫，事不关己地开口：“迟到了就不要去了。”

“你以为我是你吗？”丁子君扯开他的手，“想不去就不去啊，我上头可还有大 Boss。”

“大不了你去我公司好了，我养你。”

郑超的表情很认真，并不像在开玩笑，可丁子君不想就此把他的话当真，两人的关系还没有理清楚，并不是身体亲密缠绵之后，心灵上的沟壑就能顺势填满的。

在这样剪不断理还乱的情况下，她还是保持独立比较好，如果再牵扯了其他的因素，两人岂不是更加不清不楚了。

丁子君买了最大众化的早餐，豆浆和油条，看着那家伙一脸不情愿的表情，她明白，她似乎出现了决策性的失误。

“……你不愿意吃这个的话想吃什么？”

听她妥协，郑超立刻笑眯眯地开口：“我想吃你做的饭。”幸好他身后没长尾巴，不然这个时候一定会拼命摇给她看的。

“我只会做三明治。”

“我喜欢吃。”

无奈，因为这只大型犬的可耻卖萌，丁子君只好放弃了自己排队等了将近半个小时的早餐，给这个祖宗做三明治。

把鸡蛋磕进平底锅里，丁子君忍不住自我检讨，为什么她要伺候这个大爷呢？

三明治的面包还没有烤好，大爷就进来了，眼巴巴地看着她：“我饿了，怎么还没好？”

他的表情很可怜，可压不住他身子颀长，面容俊秀养眼，丁子君看着门框上倚着的美男，悠悠回答道：“饿了活该，谁让你不吃豆浆油条。”

面包腾地从面包机里弹出来，丁子君也没工夫搭理他，回身去取面包。

“马上就好，你别碍事，去外头等。”

还没等她把面包片摆好，门口的人就走过来从背后一把将她揽进了怀里，撒娇似的在她颈间蹭了蹭：“我饿了。”

“我知道你饿了。”丁子君没辙，只好把还没来得及切好的三明治递给他，“先吃这个。”

“不吃这个。”身后的人几乎是不假思索地就拒绝了。

丁子君把三明治一拍，在他怀里转了圈，面对他站着，瞪着眼睛训他：“郑超你怎么回事，说要吃的也是你，说不吃的也是你。你不是说饿吗，什么都不吃能不饿吗？”

被骂的人没有一点罪恶感，眨巴眨巴眼，特别理直气壮地顶嘴：“我饿，但我不想吃三明治。”

好，你是大爷，郑超，你赢了。

“好，你说，你想吃什么？”丁子君压下胸口的一团怒火，耐着性子又问了一遍。她发誓，如果这次这个家伙再把她当猴耍的话，她就直接把他从窗户扔出去，让他的早餐见鬼去吧。

面前的人顿了半天没说话，只是眼神不再是撒娇卖萌的模样，而是渐渐变得越来越深邃。看着他微微勾唇露出魅惑的微笑，丁子君心里涌出一种不祥的预感。

果不其然，还没等她抬脚，整个人就突然被压向料理台，郑超顺势俯身下来，一手撑在料理台上，一手握着她腰，在她耳边暧昧地低语：“我想吃你。”

如果他开启的是卖萌撒娇模式的话，丁子君基本上可以把他吃得死死的，可一旦他开启了这种腹黑霸道模式，她就半点招数都没有了。

而且，这个还不是重点，重点是她根本不知道他是什么时候转换模式的，她连自卫的时间都没有。

……

等收拾好，并且把那个庞然大物轰走之后，丁子君终于能安心去上班了。

虽然已经十一点多了，估计屁股都坐不热就要吃午饭，可态度认真很重要，她起码得装一下兢兢业业的好职员。

到了公司之后，丁子君才发现，就在她翘班的这一个上午，部门里已经完全变天了。当小倩过来汇报陈建国已经被调任到分公司的时候，丁子君脑袋轰的一声就炸了，下意识的反应就是，为什么陈建国不干了？是不是有人举报他利用女员工谋私利，他没脸待下去了？

“陈建国为什么不干了？”

小倩用了三秒钟才反应过来陈建国是谁：“哦，老总说是家里有事，调去分公司离家近一点。”

这个理由有点牵强，像陈建国那样唯利是图，掉进钱眼儿里的铁公鸡能为了少走几步路放弃了嘴边的肥肉？开什么玩笑，凭自己这两年对他的认识，他把老婆卖了换钱都有可能，还能有什么事让他毅然决然放弃了这个金饭碗？

玩笑归玩笑，丁子君才没有心情管陈建国的去向，她关心的是她的新一任老大，但愿能比陈建国强一点，不要随便把她推进合作伙伴的怀里。

“新 Boss 接任了吗？”

“上午就已经来过了，陈总本来吩咐您接应一下的，咳咳，您不是没来吗，所以新 Boss 就先离开了，下午再回来熟悉公司。”

老天爷，她的亲娘啊。也就是说她这一上来就给了新老大一个下马威，她竟然放了老大的鸽子，阿门，她日后没准就有穿不尽的小鞋了。

“对了，你把老大的联系方式给我，我给他打个电话。”看到小倩一脸的茫然不解，她只好补充了一句，“不是陈建国。”

“哦，好，新总裁叫安焱，是从美国留学回来的……”

还没等小倩说完话，丁子君就插了一句：“安焱？美国回来的？”

“好像最近才回来的。”

丁子君将信将疑地记下号码，第一时间拨了过去，手机响了几声之后就接通了，那头的人很官方地问了一句："你好，我是安焱，请问有什么事？"

一听这个声音丁子君就已经确定了，哈哈大笑两声后，故意压低声音，低沉地说："你好，我叫丁子君，找你叙叙旧。"

"丁子君，真的是你？"

对于他俩这种老乡见老乡，两眼泪汪汪的表现，丁子君有必要解释一下，这个安焱其实是她在美国留学时认识的一个学长，因为两人所学专业一样，又都是华人，所以很快就成了好朋友。

到后来，丁子君毕业回来工作，安焱又继续深造，两人就此分开，自从回国以后她也没怎么联系他。本以为两人就这样相忘于江湖了，却没想到会以这种机缘巧合的方式重逢。

啧啧，不过以什么方式见面，他始终比她官高一阶，从前是学长，现在直接成了老大。

两人闲聊了一会儿，约了个时间见面后就挂了电话。

对于安焱这个人，丁子君还是比较欣赏的，他是个很勤奋上进的人，为人低调，很会照顾人，虽然看起来文文弱弱，关键时刻却也是很值得依赖的。

在美国的三年里，她一直受他照顾，这期间他也曾谈及过想要和她交往的想法，可她果断拒绝了。

虽然他很好，很温柔，相处起来很舒服，可无论他有多好，却始终不及她心底那个人半分，那个人虽然霸道蛮横不讲理，任性起来像个孩子，可她就是爱得不可自拔。

曾经沧海难为水，除却巫山不是云，不管别人有多好，都再也入不了她的眼。

从那以后安焱就再没有提过这件事，两人以朋友的方式相处，倒也结下了深厚的革命友谊。

所以说，这次能和他共事，丁子君还是很开心的，他可比陈建国强了不止一星半点。

安排好工作，回复了几封邮件后，丁子君就下班回家吃饭，想着下午和安焱的见面，还有点小激动呢。

等她上楼看到家门口站着的郑超时，脸上的笑意瞬间凝固了：“你怎么又来了？”

她发誓，她这句话绝对没有恶意，真的只是在表达一下她的惊讶。一个两个小时前刚被她轰走的人，现在提了大包小包的东西又杵在她家门口，任谁都会有这个反应吧，她总不至于说“呀，吃饭了吗？来就来吧，还带什么礼物”。

虽然她的话没有恶意，可听的人立刻不高兴了，表情很委屈地看着她，声音蔫蔫的：“我就是给你买点东西，你不想让我进去的话我放下东西就走。”

丁子君想起自己空空如也，只有几瓶水的冰箱，很干脆地点了点头：“你进来吧，放下再走。”

郑超换了鞋，提着东西进了厨房，一边收拾东西一边唠叨：“蔬菜放在上头，保鲜期短的我放在外面了，吃的时候先吃这些；中间是肉类，我每样买了一点；下头的是零食，都是低糖低油的，不过你还是少吃比较好……”

他一个人在厨房叨叨，丁子君敷衍地应了一声就钻进卧室换衣服了，心里变得美滋滋的，总算不是她一个人吃饭了。

干脆让他下厨好了，她都多少年没吃过他做的饭了。

“郑超，你买鸡肉了吗？要是鸡胸肉就更好了。”丁子君换好衣服出门，溜达着进了厨房。

厨房里空无一人，她赶紧跑出来一看，果然，门口的鞋子也不在了，这个缺心眼的怎么真走了？

换衣服是来不及了，丁子君拿了钥匙直接穿着拖鞋冲下楼，他的车还在楼下，幸好还没走。

他垂着头靠在引擎盖上，他这个习惯依旧没变，在等待的时候总是习惯性地盯着自己的脚尖，唯一不同的是，现在的他，指间多了一支忽明忽灭的香烟，缭绕升起的烟雾模糊了他的侧脸。

丁子君轻咳了两声，等他抬头时，她才慢悠悠地走过去："中午我想吃辣子鸡丁。"

郑超眼底的落寞和颓丧突然退散，眼神变得晶亮一片，一脸惊喜地看着她："我做给你吃好吗？我会做辣子鸡丁，我也可以陪你吃，我现在也可以吃辣。"

他迫切地解释着，生怕她会拒绝。他这副小心翼翼讨她欢心的模样让丁子君看着心疼，他的孩子气、他的任性都给了她，只有在她面前，他才会变得这么容易满足、这么单纯，她的一句话一个微笑都能让他满足。

不管对外他有多强势霸道，在她面前，他始终是个长不大的孩子，缠着她，爱着她，小心翼翼地依赖着她。

这样的他，她怎么舍得他委屈。

"你是不是傻，我让你走你就走啊，你连我开玩笑都听不出来吗？"

身后的人亦步亦趋地跟上来，小声地回答，带着点心有余悸的意思。

中午是郑大厨掌勺，丁子君负责打杂和捣乱。

郑超要做辣子鸡丁、重庆小面，还要煲个汤，丁子君负责洗菜和焖米饭，两人分工明确，男女搭配，干活不累。

"小乖，你太浪费了。那些叶子不用择，也可以吃的。"

"……我一直以为这是不可以吃的，每次都扔，我就说嘛，叶子择了还能吃点啥？"

"……"

下午把郑超轰走后，丁子君来到和安焱约好的咖啡厅，刚进门，就看到了安焱。

他坐在靠窗户的位置，低头瞅着自己的咖啡杯，看表情像是在走神。他和从前一样还是喜欢穿颜色亮丽的外套，他今天穿了件嫩黄色的休闲西装，搭配上他白净的脸，清新得像颗新摘的柠檬。

啧啧啧，他哪方面都不错，唯一一点就是书生气太重了，跟郑趄比起来，缺点阳刚气息。

“这么早就过来了？等的时间长吗？”

丁子君拎包坐下，对面的人抬起头，打量了她一番才悠悠地说：“丁子君，你变得更漂亮了。”

“那是，两年了能不漂亮吗？”丁子君娴熟地冲他翻了个白眼，欣然接受了他的夸奖。她和安焱的相处模式其实和她同许辉的差不多，不用多端庄大方，可以撒泼，也可以爆粗口，更可以正儿八经地做一条汉子。

“下午带我熟悉熟悉业务吧，我刚回来，其实还不太熟悉国内的形势。”

“行，喝完就走吧。”

两个久未相见的人重逢以后也没怎么废话，闲聊了两句就直接回公司了。丁子君领着安焱上楼，来到了陈建国的办公室，这个一度让她产生心理阴影的地方。

“这里是你的办公室，里头的东西你可以任意支配，一会儿我把部门结构和人员发给你，顺便把公司的业务流程也找给你，你可以先熟悉一下。”

“行。”安焱推了推眼镜，跟着丁子君继续往前走。

“这里是茶水间，是你专用的。”

安焱探头看了看玻璃门后的茶水间，眯着眼微笑道：“其实太浪费了，不用这么大的茶水间，反正就我一个人用。”

“管他多大，你又不住在里面，大点喝水喝得嗨啊。”

被丁子君呛了一下，安焱也没作声，缓了半天后才推推眼镜道：“丁子君，我现在可是你的顶头上司，你这么说我太以下犯上了吧。”

“这不是还没到上班时间嘛。”

“……”

虽然丁子君各种吐槽安焱，可这个人的实力却是不容小觑的，她把资料给了他还不到两个小时，他就已经掌握了公司所有的现状。

办公室里，安焱翻看着最近的一个案子，从眼镜里漏出的余光瞟向丁子君：“这个案子是你负责的？”

站在办公室中央的丁子君犹豫了一下，还是违心地应了一声：“是我负责的。”

“这个案子的具体方案你给我来一份，市场份额这块我有点不满意，我想着再和这个……”安焱看了看合同上的乙方签字，“郑超谈一下，而且这个合作中有很多方面我都不太满意，我想重新聊一聊。”

重新谈个毛线啊，陈建国不都已经开过庆功宴了吗，还谈什么谈？新官上任三把火，你能不能自己点，干吗点别人已经灭了的烟屁股。

这个还不是重点，重点是对方可是郑超，如果说上次陈建国只是拉着她去凑数，她也和郑超装作不认识，情况不算复杂，可这次的情况明显就不一样了好吗？

双方坐上会议桌，安焱肯定会把她这个前负责人推出去和郑超谈判的，到时候，一头是自己的公司，自己的老大，一头是自己的爱人，自己的男朋友，她偏哪头都说不过去。

估计是看出了她脸色的不自然，安焱很体贴地询问她的意见：“你觉得呢？我个人认为我们可以获得更大的效益，到时候少不了你的红包。”

红包，红包，每次都是红包。陈建国是，安焱也是，他们一个个都把她吃死了，张口闭口就是谈钱，动不动就拿金钱诱惑她。她是那种见钱眼开的人吗？她就不能有一股为公司奋斗，舍小家为大家的凛然正气吗？

安焱笃定地冲她微笑，丁子君深吸一口气，好吧，她承认，她就是个见钱眼开的小人。

“我就给你解说一下，具体谈判得你自己来。”

“得了便宜还卖乖。”

丁子君抽抽嘴角，一副我就这样来咬我啊的表情，完全不在意安焱的讽刺。

和郑超见面的时间约在第二天上午九点，地点也很正常，就在顶楼的大会议室，联系好洽谈时间后丁子君就出去工作了。

下午五点半，丁子君还在埋头整理市场部交上来的汇总报告，安焱已经一身轻松地站在门口准备下班了。

“走吧，明天再做吧。”

见她完全没有要下班的意思，安焱优哉游哉地走过来，扶着眼镜盯着她的电脑屏幕看，边看边指毛病：“这个报告做得太糙了吧，一点都不简便，下头的人都是怎么办事的？”

“你能不能别说话，你想下班就先走，我得弄完了才能走。”

“好了，别弄了，吃饭要紧，总不能不吃饭光加班吧。赶紧走吧，先和我一起吃饭去。”

被安焱一路拖出了办公室，丁子君的心情有点复杂，悲喜交加，喜的是总算摆脱了被黑心老大压榨的阴影，悲的是今天不加班，明天这些工作也还是她的啊。

两人晃晃悠悠地下了楼。有市场部几个跑业务的公关过来和安焱打招呼，丁子君看着小姑娘们露在外头的大胸脯和小白腿，一阵寒战，赶紧躲到一边去了。

被生猛的公关部妹子围攻了差不多十分钟后，安焱才逃了出来，一副劫后余生的表情：“这里的小姑娘太恐怖了，一个个恨不得把我吃了，我虽然长得帅，可这样的攻势还是有点太生猛了。”

听着安焱面不改色地夸自己，丁子君毫不客气地损了他一句：“你放心，她们不是冲着你的帅和高去的，陈建国在的时候，那些妹子也没少往上冲。”

“陈建国是上一任总裁吗？”安焱连丁子君话里的讽刺意味都没听出来，一脸真挚的表情看着她。

丁子君友情提示了一句：“陈建国就是个谢顶、啤酒肚、满口黄牙、笑起来跟条沙皮狗似的死胖子。”

有了她的温馨提示，再联系上一句，安焱总算明白了丁子君话里的意思，他后知后觉地笑出声，抬手轻轻拍了她一巴掌：“你说话怎么这么讨人厌呢。”

“你又不是第一天认识我，更何况我说的都是实话，干吗打我？”

“那你就不能哄哄我，就算是骗骗我也好啊，为什么要拿我和那个陈建国比较？”

安焱嘴上虽然是在嫌弃她，脸上的笑意却一丝未减，丁子君知道他不会生气，很欠揍地又补了一句：“你俩多有可比性啊。”

两人说笑着出了公司。一出门，丁子君就看到门口停着一辆黑色的轿车，并且她一眼就认出了那是郑超的车。

车在，人却不在，丁子君急走了几步，在附近搜寻郑超的身影。

很快，那个在人群中会自动发光的男人就被她找到了。公司门口的香樟树下，他和一个打扮简单干练的漂亮女人面对面站着，两人似乎在聊天，气氛看着很融洽。

因为离得比较远，所以丁子君并不能看清他的表情，她把安焱丢在原地，一个人跑到树跟前，隔着一段距离看着郑超，等着两人谈话结束。

“郑总，我们公司上一个议案讨论得好激烈啊，各个部门的经理都快吵起来了。”

“嗯。”

“……哦，对了，今天市场部经理还和我抱怨来着，说是我们公司一些小辈太不懂事了，明明辈分还不够，开会的时候就敢直接顶撞他。”

“嗯。”郑超不耐烦地看了一眼兀自说个不停的女人，“你不是上去有事吗？”

“啊？”那个女人大概没有料到郑超会这么直接，脸上涌出一抹尴尬，磕磕巴巴地解释，“那个……我这就上去了，谢谢郑总。”

在旁边观战良久的丁子君终于明白了一个事实，似乎郑超和那个女人聊得并不是很高兴，他一直冷着脸，表情冷硬，一副拒人于千里之外的疏离样子。

见他突然往她这个方向走来，丁子君赶紧主动现身：“郑超，好巧啊。我刚才看见你车了，正好停在我们公司门口。”

对面走来的人脸上的冷漠还没来得及收回，表情生硬得让人有些胆寒，丁子君把剩下的寒暄咽回了肚子里，干笑两声:“那个，我们要一起回去吗？”

这个时候郑超才反应过来，眼底的薄冰瞬间化成了水，眉梢弯起，眼睛变成一弯小小的月牙，像是一汪温润的泉眼。他勾起嘴角欢快地说：“巧什么巧，我就是来接你的。”

又是这种巨型犬撒娇的表情，刚才不还是一副疏离孤傲的冷漠样吗？他是怎么做到一步到位转换表情的？

“郑超，你是不是有毛病啊？我总感觉你有点人格分裂。”

“你才人格分裂。”郑超屈指叩了叩她的脑门，一脸宠溺地看着她。

两人腻歪着走过来，郑超的车旁站着顶了张臭脸的安焱，丁子君这才反应过来，赶紧介绍：“这是安焱，我刚换的顶头上司，这是郑超，我……”

我男朋友？好像不太合适，她和郑超的关系似乎还没那么明朗，可总不能说这是我前男友吧？

就在丁子君犹豫时，郑超已经接过她的话：“我是她男朋友郑超，丁子君承蒙你照顾了。”

他的眼神微敛，眼底泛上一层礼貌得体的笑意，嘴角的弧度正好，弯腰伸手，另一只手压着衣襟，声音低沉温软，整个动作一气呵成，优雅得浑然天成。

相比于郑超的优雅得体，安焱的表现就有点随性了，他先扶了扶自己的眼镜，之后才握了握郑超的手，咧嘴笑了笑才回应道：“我是丁子君的直属上司，幸会幸会。”

同样都是总裁，同样都是受过高等教育，拥有良好家教的人，郑超的气场却比安焱的强大许多，虽然他并没有刻意表现什么，可他周身散发的震慑力就已经强有力地压倒了安焱。

不愧是她丁子君爱上的人，骨子里就有一种君临天下、唯我独尊的霸气。

告别了孤零零一个人去吃饭的安焱，丁子君蹭郑超的车回家。

车驶上路，身边的人状似无意地问了一句：“我觉得你们老总挺帅的。”

“哈？郑超你是不是眼光有问题，他那样阴气旺盛的男人能算帅？”

听到她的质疑，身边的人突然乐了，笑眯眯地回头看着她：“我也觉得他不帅。”

我的天，他也太幼稚了吧。故意这么问，其实就是想证明一个事实，那就是安焱没有他长得帅？这是一个二十多岁霸道总裁该说的话吗？

车子一路驶到丁子君家，她开门下车，关门的时候客气地跟他道别：“好了，我上去了，你路上小心哦。”

关上车门往楼里走，还没等她的脚抬上去，衣服后摆就被揪住了。丁子君诧异地回头，看着身后一脸不自然的某人，无言地冲他甩了个疑惑的眼神。

“咳咳，那个，我渴了，想上去喝水。”

如果不是因为他的眼神太过无辜，丁子君恨不得揪他的耳朵，问他，你车上的矿泉水是用来洗车的吗？

领着这只小尾巴上了楼，丁子君很配合地给他倒了满满一大杯水，在他纠结的表情中，温馨提示了一句：“渴了就赶紧喝吧。”

“好，我先晾凉。”郑超嘴角抽搐了一下，表情有点僵硬。

看他这副表情，丁子君更想逗他了，故意补了一句：“没事，不用晾，我倒的是凉白开。”

看郑超的脸突然变红，喝也不是不喝也不是的纠结表情，丁子君乐得不行，赶紧躲到厨房偷笑去了。

想上来就直说啊，还非要撒这么个蹩脚的谎，真是又好笑又觉得他可爱得紧。

在厨房躲了一会儿后，丁子君又出来乐此不疲地逗他了：“好了，喝完水你就回去吧，时间不早了，该吃晚饭了。”

沙发上的人愣了一下，把几乎没怎么动过的水杯放下来，可怜巴巴地看着她，小心翼翼地说了句：“……我不可以一起吃吗？”

丁子君心软得恨不得冲过去把他抱进怀里，可碍于他欺负她的次数太多了，所以她决定多多少少得讨点回来。

“不可以啊，我只做了自己的那份，你还是回去吃吧。”

见她态度坚决，郑超垂头沉默了一会儿，一脸失望地嘀咕了一句：“好吧，那我先走了。”

他的眼底俱是沮丧失落，像个讨不到糖吃的孩子，表情可怜得快要哭出来。丁子君没想到他会这么快就乖乖听话，有点措手不及，只能硬着头皮回答：“那好，你路上小心。”

关门声响起，屋子里只剩下了她一个人，丁子君看着空荡荡的客厅，恼得一巴掌拍在自己脑门上，她是脑子有病了才这么作。

这下倒好，郑超真走了，就剩下她一个人了，本来还因为他能上来而偷偷高兴，现在也乐不起来了，真正的自作孽不可活。

丁子君也没什么心思做饭，蔫蔫地给自己泡了碗面，看着泡面桶一个劲地唉声叹气，好好的两个人相处的机会就这样被她给毁了。

面快要泡好的时候，外头突然响起了敲门声，丁子君把泡面盖揭起来晾着，转身出去开门。

门一开，门口站着刚刚才离开的可怜家伙，他眼巴巴地看着丁子君，把手里的外卖举给她看：“我自己吃外卖可以吗？”

“……我没做饭，可以吃你的外卖吗？”

“好啊好啊。”

两人腻腻歪歪地吃了晚饭，丁子君收拾桌子，郑超猫在沙发里眯着眼睛不动弹。

“怎么了？很累吗？累的话就去卧室休息一会儿。”

“不用，我就在这里休息。”

还是一如既往的倔啊！沙发那么小，他这么大的人怎么睡得下，能舒服才怪了。

“听话，去卧室睡。”

“我不去。”

“去卧室睡，睡这里不舒服。”

“不，我就要在这儿睡。”

丁子君耐心耗尽，就快要抓狂了，这个人怎么这么难哄，跟个孩子似的，怎么就不能乖乖听话呢？

“你干吗非要睡沙发上，沙发哪里比卧室好了。”

“因为睡在沙发上可以看着你，睡到卧室就看不到你了。”

他说话的时候表情很认真，没有一丁点在开玩笑的意思。就冲他眼底的那份真诚，丁子君就知道，他是真这么想的。

她又是心疼又是甜蜜，心底五味杂陈，只能走到他面前，俯身亲了亲他的脸颊，柔声哄他：“我去卧室陪你好不好？在沙发上睡太不舒服了。”

“好。”

好不容易把这个巨婴哄回了卧室，哪知这家伙一进卧室就变成了狼，揽着丁子君的腰就把她甩到了床上，整个人紧紧压在她身上。

……

Chapter 06

毁灭爱情

PINGSHENGYINUO · WANJIEPIAN

睡醒之后，第二天早上两人相携着上班。

一路到了公司楼下，丁子君下车的时候和郑超道别：“我上去了，你路上小心，再见。”

车门打开，还没等她迈出右脚，衣摆就被揪住了，她回头，身后是郑超可怜巴巴的模样：“你就这么走了？”

“不然呢？我难不成还得做个祷告再上去？”

明知道郑超说的不是这个意思，但她故意这么说，就想看他一脸憋屈但又不能把她怎么样的委屈模样。

“我又不是这个意思。”郑超生气地皱起眉，有点想发火又发不出来的憋屈，眯着眼狠狠瞪她，恨不得扑上来咬她一口。

“好了好了，不逗你了。”丁子君乐够了，回身凑到他跟前，一只手撑着座椅，一只手扯着他的领带，仰着脸，吻在他的喉结上。

从车头溜了出来，丁子君回头冲车里的人挥了挥手。郑超扯了扯自己的领口，舔了舔发干的嘴唇，没好气地瞪了她一眼后发动车子离开。

丁子君进了办公室，还没等她把椅子坐热，安焱就推门进来了，手里拿着一摞表：“丁子君，你把这几份计划表好好看看，一会儿谈判的时候就冲着这几个方向去。”

“行。”

她仔细看了安焱写的计划表，看完之后难掩激动之情，飞奔到他办公室表达自己的崇拜。

“老大你真是太有才了，你比陈建国那个只长膘不长脑子的傻子强太多了。这次的计划表做得太完美了，老大，赞你一个。”

“好了好了，觉得我赞的话就去好好工作吧，努力做我的得力助手。”安焱摘了眼镜，双手按在眉心揉了揉，看模样有点疲倦。

也是，他自从上任以来都没怎么好好休息过，虽然他按时上下班，可丁子君知道，他一定是在家里头办公了，不然不可能几天就熬出了两个黑眼圈。

出了安焱的办公室，丁子君便把会议要准备的材料仔细收拾了一番，万事俱备，只欠东风，现在就差郑超他们的人了。

到了八点五十，郑超就带着秘书和副总过来了，丁子君负责接待。

公司门口，郑超从一辆黑色的商务车上下来，身上穿的还是早上的黑色西装，领带干净利落地贴在白色衬衫上，挺阔板正，头发梳得一丝不苟，整个人看起来精明干练，气场强大。

他身后跟着三个人，一水儿的黑色西装，个个不苟言笑，板着一张脸，有点凶神恶煞的样子。丁子君没敢继续打量，赶紧上前一步，微笑着和郑超打招呼。

“郑总您好，欢迎您来瑞星，我是丁子君。”

“你好。”

郑超冲她扯出一抹礼貌的微笑，轻轻握了握她的手，之后官方地问：“请问丁小姐，我们可以移步会议室吗？”

“请您跟我来。”

虽说公私分明是一个职场人该有的素质，丁子君也一直自诩是个公私分得很清的人，可在真正遇到这种需要把工作和私人情感分得很开的情况下，她却做不到预想中的游刃有余。

看着郑超礼貌却疏离的微笑，听着他温柔但官方的问候，她总觉得心里不舒服，着实不喜欢两人生生隔着一段距离的相处方式。

进了办公室，安焱和另一个副总已经到了，大家相互认识了一下后就陆续入座。

安焱不像陈建国，谈正事前总喜欢扯点无关紧要的废话，并且美其名曰联络感情，他喜欢开门见山、直奔主题，所以，他没有浪费大家的时间，直接开口道：“郑总，我们公司对上次的合作有一些疑问，所以这次想和你更深入地洽谈一下。”

商场上的人哪会把这样的客套话当真，哪有什么疑问，无非是对钱不满意而已。所以，郑超直截了当地回答：“那安总是什么意思，不妨说来听听。”

“既然郑总这么爽快，那我就直言了。对于这个合作市场份额的分配，我们不是太满意，新产品的冠名和销售流程不能只写华煜的名字，也得写瑞星的名字，新产品的设计和发布我们也要求全程参与。”

听安焱说完了要求，郑超云淡风轻地抬了抬眉，四两拨千斤地把安焱的话堵了回去：“你说的这些不满意，可是陈总之前满口答应下来的，当初他只说要最后的分红，并没有提这些要求，白纸黑字签了字，安总的马后炮来得不太合适吧？”

郑超的语气很清浅，透着一股漫不经心的随意，嘴角甚至还带着一抹微笑，可明眼人一眼就能看出他眼底的笃定。

真正的狩猎者不是咋咋呼呼虚张声势的野猫，而是看似慵懒不羁，身上的肌肉却时刻紧绷着的猎豹，只要出击，便是一击致命。

而此时的郑超，就是一头蓄势待发的猎豹。

“可是郑总不要忘了一个问题，现在我们签的只是初拟合同，并没有一锤子敲死的意思，所以，适当的调解还是可以行得通的。”

既然郑超不肯让步，安焱自然也不会退缩，上一任的总裁是个任人搓扁揉圆的软柿子，他安焱可不一样，不达目的誓不罢休。

两人之间的火药味越来越浓，两方其他人员也绷紧了神经，准备应战。

丁子君现在是彻底放空了，只要不牵扯到她，爱怎么吵怎么吵，她手心手背都是肉，偏袒哪一头都是受罪，还不如安安静静地当一个花瓶，看他们唇枪舌剑。

“丁子君是这个案子的责任人，对于郑总说的每个细节全部讲到的这种情况你怎么看？事实果真是这样的吗？”

安焱突然看向丁子君，直接把这个烫手山芋扔给了她，她应也不是，不应也不是，只能无言地冲安焱使眼色。你们吵你们的，为什么让我躺枪，关我毛事，陪陈建国讨论的时候我真心没想那么多啊。

见她一脸为难，对面的郑超淡然开口，很犀利地问出口：“丁小姐，我记得当时在讨论的时候，陈总说并不介意产品只冠华煜的名字，而你的意见是只要分红合理，你也并不介意。”

他虽然是询问的意思，口气却是坚定得不容反驳。

丁子君承认，她当时是这么说的，主要是因为陈建国那只满脑子灌了铜臭的猪只想着钱，所以千叮咛万嘱咐她，只要分红合理，其他的都可以不管。所以她奔着这个目标去谈判，完全没考虑到其他方面。

“是，我是这么说的。”丁子君抬头直视着郑超。既然是事实，她也没什么好反驳的。

“好，那我再问你一句，那个时候口口声声掐着分红不放，最后宁愿舍弃产品的设计环节，只求分红上调百分之十的人是谁？”

郑超的话说得刻薄，口气也有些咄咄逼人，完全是不给人台阶下的意思。

丁子君有些尴尬，但也只能硬着头皮回答：“是我说的。”

见丁子君羞愤得脸都红了，一旁的安焱赶紧救场：“郑总你把矛头指向一个产品总监不太合适吧？这个案子是你和陈总谈的，丁子君不过是一个协调者，她的话并不是完全代表了瑞星的意思，郑总你为什么死抠着不放？”

“协调者？安总以为商场洽谈是邻里纠纷吗？一个协调者啰唆半天，然后谈条件的再来啰唆半天，我没那么多时间浪费，凡是抛出条件的我都权衡过了，并且也合理地回应了，当初应允的是你们，现在反悔了，说她只是个协调者的也是你们。我只想问安总一句话，你们公司谈案子的都是这些协调者吗？可以三番五次悔改？”

郑超不疾不徐地把安焱的话堵了个无路可退，他的话有些刻薄，甚至透着一丝嘲讽，这样针锋相对的情况，丁子君并不是没有见过，甚至她被对方劈头盖脸骂的情况也不在少数。

她毕竟是在职场混了两年的人，深知在职场里，你的玻璃心根本无人理会，要想做人上人，就得吃别人吃不了的苦，什么颜面和自尊都不及一个大案子来得稳妥。

她深谙其中的道理，并且也努力地践行了，她以为自己足够坚强，足够淡然，可以做到不在乎这些人身攻击。

可直到现在她才发现，如果那个人换成了郑超，那她所有的努力都像是笑话。

她并不是要求他会为了个人感情而偏袒她，她没有那么幼稚，知道公私分明的必要性，她也做好了两人对峙的心理准备，可她怎么都没想到，他会做到如此地步，可以公私分明到有些冷血。

他可以不带任何情感地在这么多人面前讽刺她，把她批评得一无是处，毫不留情地指责她，潜台词是在说这个案子之所以失败完全是因为她不够专业，完全是她的错。

她承认，她的实力确实不够，可另一方面也有陈建国的原因，她的顶头上司说要以分红为重，她总不能自作主张地提出产品的冠名要求。

除了郑超对面那三个人脸上都露出了得意之色，看丁子君的表情还微微露着轻蔑。她低头不是，抬头也不是，尴尬得恨不得找条地缝钻下去。

“既然郑总这么说，那我也有必要解释一下，首先丁子君并不是你口中所说的那种协调者；其次这次的案子有很大一部分意思是来自于陈总，她并不是有实权的谈判者。所以，我希望郑总不要把焦点放在她身上。”

见郑超一个劲地针对丁子君，安焱有点看不下去了，有些不理智地替丁子君说话。

丁子君感动地抬起头，冲安焱微笑了一下，无言地感谢他替自己解围。

只是安焱这样有失理智的维护举动却让郑超钻了空子，他慵懒地靠在椅背上，左手在会议桌上轻轻叩击，一脸势在必得的笃定：“既然如此，按照安总的意思，案子唯一可信的人应该是陈总吧。那安总和我纠结的问题还有什么意义呢？”

呵，还有什么意义呢？绕了一圈话题又回到了原来纠结的问题上，他们亲手推翻了自己的理论，搬起石头砸了自己的脚，说不能只听陈建国一个人的是他们，说只能听陈建国的也是他们。

这样自己打脸的行为还有什么可狡辩的。

安焱总算见识到了郑超真正的实力，其实早在这之前他就听说过郑超的名头，说郑超办事果敢狠辣、雷厉风行，完全不给对手任何喘息的机会，擅长在最短的时间内干掉对手，是个绝对不可以轻视的人。

当时他还天真地以为先发制人怎么了，咄咄逼人怎么了，只要他按兵不动，郑超能把他怎么样？

直到现在他才知道，真正和郑超对峙时，他根本没有任何反击的余地，即便他按兵不动，但只要他开口说一句话，郑超就能抓住话里的关键，步步为营，一步步地占据优势，最后兵不血刃地获胜。

这样的人，他根本招架不住。

这场对决，他输得心服口服，就当给自己买了个教训，切记以后不可轻敌。

正当他准备散会时，一旁的丁子君却悠悠地开口了。

她的一句话让所有人都愣住了。

她说：“你那天晚上可不是这么和我说的。”

因为她这一句话，郑超脸上居高临下的表情终于溃散了，他眼底突然涌上一层冷意，直接起身，跨过会议桌，一把揪着她的手腕，强行把她拽出了会议室。

会议室外的茶水间，郑超一把将她压在门板上，难掩怒火地开口：“你干吗要那样说，和会议有关系吗？”

“对不起，是我错了，我不该多嘴，请郑总原谅我。”

“小乖，你别闹别扭了行吗？你知道你那句话会引起多少麻烦吗？以后你接我的案子，别人都会以为是我放水给你的，会说你是被潜规则的，你这几年的努力很可能就功亏一篑了。”

“我哪里还能接到郑总您的案子呢，我不就是个打酱油的吗？说话不过脑子，不就是个邻里纠纷的协调者吗，怎么配接郑总您的案子。”

“小乖，你别这样。我知道我刚才话说得有点重了，可刚才是公事，你知道我是不会把私人感情带进工作的。”

我知道你是个公私分明的人，也知道你将工作和个人感情一直划分得泾渭分明，可在你公私分明的基础上可不可以不要伤害我，别人怎么讽刺我、挖苦我、针对我，我都无所谓，可为什么那个一直让我下不来台的人是你？我没有你那么公私分明，所以做不到不在乎，不生气。

这些话她想说给他听，可又觉得没有必要，他没有责任和义务为她改变什么，接受不接受都是她自己的事。

“我知道了，以后不会了。”

丁子君矮了身子准备从郑超胳膊下头逃走，哪知他腾出一只手压在了她腰上，把她箍得紧紧的，她根本动弹不得。

“我向你道歉好不好？”郑超俯下身，凑到丁子君颈边吻了吻，声音软软的，带着妥协后的撒娇。

“没关系，又不是你的错。”

从头到尾是我自作多情而已，和你的工作比起来，我又能占到什么位置，你可以为了一个案子把我批得一无是处，自然可以为了工作继续伤害我，我何必自取其辱地证明什么。

没有什么好证明的，也没有什么能证明得了的。

你所谓的公私分明已经是你的态度了。

察觉到她是真的生气了，郑超也慌了，死活抱着她不让她走，一个劲地窝在她肩窝里撒娇：“对不起，对不起，我以后不这样了好不好，这次你就理解我一次好不好，我代表的是公司，我不能因为个人感情让公司利益受损，你也知道的，职场不都这么回事吗，对敌人仁慈就是对自己残忍。”

理解？又是理解，为什么每次都要她去理解他？为什么每次都是她应该做到善解人意、体贴大方？为什么他就不能理解一下自己？

“跟我有什么关系？我凭什么理解你？不管你代表的是谁，为的是谁的利益，跟我有半毛钱关系吗？更何况，不管你以后还会不会和瑞星合作，都和我没有一丁点关系，以后有和华煜的案子，打死我都不会再接了。”

见她眼底的怒意越来越盛，郑超实在慌得没有办法了，只能使出必杀技，一个劲死皮赖脸地撒娇：“你必须要理解我，我是你男朋友啊，你就可怜可怜我吧。”

“你凭什么说你是我男朋友，刚才在会议室里把我批得差点就要给你磕头谢罪了，哪里看得出来你是我男朋友了？”

想起他在会议室里说的话，丁子君就委屈得不行，现在他来卖乖了，说是她的男朋友，求她原谅，刚才呢，在那么多人面前冷嘲热讽她的时候，怎么没想到他是她的男朋友呢？

她没有那么大肚量，做不到全然不在乎。

“郑总，我要走了，请放开我。”

“那个……你听我解释一下，因为那个案子只有你和陈建国参与了，陈建国不在，我就只能说你了。我不过是为了抢案子这么做而已，我对事不对人，真不是故意要说你的，因为只有从你这儿打开突破口，我才能抢回主动权。”郑超慌乱地看着她，语无伦次地解释。

丁子君特别想反问他一句，你可以为了一个案子这么不择手段吗？不惜把我当作筹码？

现在这个时候她已经够不理智了，这样下去只会越吵越厉害。

“好了，我要出去了。”

丁子君挣脱郑超的怀抱，转身开门。郑超从后揽住她的腰，撒娇地箍着她不让她走。

“郑超，麻烦你放开我，我也是公私分明的人，现在是上班时间，我不准备浪费时间纠缠私人感情。”说完，她也不管身后的人是什么表情，拉开门头也不回地离开了。

回了办公室，安焱已经在等着她了。

丁子君收起了脸上闹脾气的表情，正色道："安总，我知道刚才我的行为太幼稚了，我下次一定注意。"

"我不是要说这个，如果究其原因的话，问题应该在我，是我说话太鲁莽，才给对方钻了空子。我想说的是，我个人认为你不该把你和郑总的关系拿到台面上来说，你知道职场最大的忌讳就是办公室恋情，虽然你和郑总不是一个公司，但以后如果真接了华煜的案子，你认为还有几个人会觉得你是靠实力拿到手的？"

这是丁子君头一次见安焱表情如此严肃地说话，她也知道自己刚才的行为太失分寸了，只是那时心头一阵阵地冒火，一不小心就说错了话。其实事后她立刻就后悔了，她生的是郑超的气，但把他们两个人的关系拿出来说事就不合适了。

"对不起，安总，我下次一定注意。"

"你不要觉得我是在训你，我就是害怕你被别人说闲话，你爬到这个位置也不容易，要是被说成靠潜规则上来的就太委屈了。"安焱生怕丁子君会生气，赶紧开口解释，眼神有些纠结，不说害怕她受伤，说了又害怕她会生气。

看出了安焱的为难，丁子君勾唇一笑，感动他的体贴，上前轻轻拥抱了他一下："安焱，谢谢你。"谢谢你毫无原则地维护我，谢谢你这么关心我，有你这样的朋友兼上司是我最大的荣幸。

"安总和下属的关系不错嘛。"

这个礼貌性的拥抱还没结束，门口就突然响起了一道嘲讽意味浓厚的声音。丁子君回头，门口站着铁青着脸的郑超。

他嘴角勾起一抹冰冷的弧度，眼底的寒意一点点泛上来，慢慢结成了一层薄冰，周身散发着压抑的低气压。

最先反应过来的是安焱，他淡定地直视着郑超，气定神闲地开口："丁子君不仅是我的下属，也是我的朋友，照顾她是应该的。"

"照顾下属都照顾到怀里了，是不是关系再好点，安总就要被请到家里喝咖啡了？”

郑超话里带刺，一针一针地戳进丁子君的心口，她虽然知道他可能是在吃醋，可这样的方式却让她接受不了，依旧是自以为是地下结论，完全不考虑事实的真相，只相信他所看到的，根本没有考虑过他在伤害安焱的同时也伤害了她。

“郑总，我觉得您的话有些偏颇，如果光是靠一个拥抱就能定义两个人关系的话，那郑总岂不是也有许多暧昧对象？”安焱并不理会郑超的话里带刺，很淡然地把问题抛了回去。

对面的人脸色瞬间铁青，再也没有了在会议桌上的淡定，几乎是咬牙切齿地开口：“我可不会逮谁都投怀送抱。”

他虽然看着安焱，话却是明明白白对着丁子君说的。她像是当众被扇了一耳光似的，整张脸羞愤到通红，呵，他还是这样，一点都没变，只要他生气了，什么话都说得出来，完全不经过脑子，根本不考虑他的话有多伤人。

不知道的人觉得他是咄咄逼人，可只有当事人才知道他的话有多刻薄、伤人。

听他话里的意思，她就是个可以随便投怀送抱的轻浮女人，而他，就是痴情专一、守身如玉的好男人。

丁子君敛了脸上受伤的表情，挑眉开口：“我就是个可以随便投怀送抱的女人，郑总不就是想说这个意思吗？我承认，你说得对。怎么，郑总还有什么要说的吗？”

见她梗着脖子反驳他，郑超更生气了，他心里像是打翻了醋坛子，酸意冲上头顶，把所有理智都冲散了。在会议室安焱就护着她，在这里安焱又护着她，有安焱给她撑腰，她竟然冷着脸和自己说话。

耐心彻底耗尽，郑超黑着脸扯着安焱的衣领把他揪了出去，顺势锁上了办公室的门。

办公室里只剩下两个人，郑超一脸铁青，眼底怒火中烧，丁子君没什么特殊的表情，淡定得反常。

见她毫不在意的表情，郑超更生气了，掐着她的腰狠狠地把她压在墙上，努力压抑着怒火，一字一顿地开口：“你是我的女人，却主动抱别的男人，你有没有想过我的感受？”

怀里的人别过脸，完全没有要回答的意思。郑超抬手掐起她的下巴，逼迫着她看着自己：“为什么要故意惹我生气，是因为刚才的事吗？好，我道歉，你让我做什么都可以，可为什么要用这种方式，你知道这样是最能伤我的是不是？”

丁子君看着他因为生气暴起的青筋，仍旧不准备开口。还有什么好解释的？难道要她说，其实刚才只是一个朋友间单纯的拥抱，并没有故意要惹你生气的意思？

虽然这是事实，可他从来不相信她口中的事实，他宁愿相信他所看到的“真相”，也不会选择相信她。

他口口声声说她伤害他，他却没有意识到，从头到尾，都是他在一次又一次地伤害着她，让她毫无还手之力。她忍着所有委屈不准备计较的时候，他却如此理直气壮地质问她，为什么要伤害他？

两人僵持着，郑超的怒火越来越盛，抬起丁子君的下巴，低头狠狠吻了上去。

因为他的怒意，这个吻来得更加凶猛霸道，他紧紧箍着她，好似要把她嵌进他的怀里，他的唇舌强悍地撬开她的贝齿，强迫她的舌尖陪他纠缠。

激情夹杂着怒意呈燎原之势迅速蔓延，被怒火冲昏了头脑的郑超再也管不了那么多，微微弯腰，张口狠狠咬在丁子君的锁骨上，她皱眉痛呼一声，还没来得及挣扎就被他压住了手腕。

“疼吗？那你知道我有多疼吗？你知道我看见你被别人抱在怀里时，心有多疼吗？”

郑超的手劲大得出奇，疼得丁子君不得不呻吟出声：“郑超，你轻点。”

“轻点怎么能让你疼，嗯？不让你长记性你更无法无天了。”

他在她身上肆虐，每经过一处都让她疼痛难忍。他让她长教训，用这种她快忍受不了的疼痛让她长记性。

在他张口咬在她锁骨的伤口时，她终于熬不下去了。

她一把推开他，冷冷地笑出声："郑超，我需要长什么记性？我唯一要长的记性就是你从始至终都是个以自我为中心的霸道男人，你只允许女人在你圈定的范围内打打闹闹，只有在这样狭小的范围内你才能做到宠她爱她，一旦事情超出了你所掌控的范围，一旦事情不能如你所愿了，你就不乐意了，宁愿伤害她也要让她继续匍匐在你脚下。郑超，你太霸道了，霸道得让人根本无法接受，但我希望在你让我长记性之前，你也应该长个记性，那就是，我和你只是暧昧关系，我从来没有承认过你是我男朋友，没有承认过我是你的附属物。所以，拜托你收起你的那套自以为是，我的一切，与你无关，你没有任何资格干涉。"

听她冷静地说完最后一句话，郑超整个人僵在了原地，脸上的表情彻底溃败，脸色变得惨白一片，就连眼里的怒火和占有欲都变成了受伤。

只可惜，丁子君没有心思在意他的受伤，理了理衣襟，打开门，冲着门外努了努嘴："郑总可以离开了吗，我要办公了。"

"丁子君，你怎么能说这样的话？"郑超的眼神很受伤，带着不敢相信的诧异死死盯着她，希望能从她眼底看出一丝异样。

呵，他也知道难过，也觉得心痛，他也知道话不能乱说，不然一不小心就容易伤害了别人，可为什么他在对待她的时候却总是意识不到这一点呢？

"小倩，你来我办公室送送郑总吧。"

郑超仍旧是一脸的不可置信，沉着脸盯着她："你怎么能这么和我说话？在你眼里，我就只是个陌生人？"

"那倒不是，不过……"丁子君放下听筒，冲他微笑，"这是上班时间，我公私分明，绝不把私人感情带到工作上来。"

这下郑超是彻底被噎住了，脸上的表情复杂得很，还没等小倩过来就自觉地开门离开了。

关门声响起时，丁子君脸上的淡定终于绷不住地彻底崩塌了，她懊恼地捶了捶自己的脑袋，颓丧地趴在桌子上。她口口声声说郑超说话不过脑子伤害她，可她自己不也一样吗？

她刚才说她从来没有承认过自己是他女朋友时，他的眼神都灰暗了，眼底的受伤那么显而易见，她虽然生气可本心并不是想要伤害他。

这下倒好，两个人算是彻底撕破脸了。

她揪揪头发，真是要无语凝噎了。

心情不太爽，也没什么心思上班，等她收拾东西准备起身的时候，安焱正好从办公室里出来。

“今天下班这么早？”平常她可是坚持把手里的活全部做完才走的，今天很自觉，五点三十分就准时下班了，准时得有点不太正常。

“今天心情不太好，没什么干劲。”

“……我想问你个问题，可能会有些隐私，希望你不要生气。”

两人一起拐下楼，丁子君有气无力地应了一声：“没关系，你随便问。”她和安焱的关系虽然没到无话不谈的地步，可也不需要这么客气。

“是不是因为我，你和你男朋友吵架了？”

他不说还好，一说丁子君就来气了。

“这不是你的问题，根本就是他的问题，他本着什么狗屁公私分明的理论把我批得里外不是人，而我不过是礼貌性地抱了抱你，他就不乐意了，一个劲地冷嘲热讽。照他的说法，要是他找个外国老婆，那每个跟他老婆做贴面吻的男人都和他老婆有一腿？那他不是头顶上天天顶着草原？”

虽然丁子君气得呼哧带喘的，安焱还是很不厚道地笑出声：“哈哈哈，丁子君你这样说你男朋友不合适吧。他不过是有点吃醋而已，你哄一哄就好了，干吗这么针锋相对，你俩又不是仇人。”

“嘿，安焱，你是哪头的啊？不许你替他说话，他说什么都对，说什么都有理，我就该有责任、有义务听他的，我又不是裹脚的小媳妇，讲究什么三从四德，夫为妻纲。两个人相处，互相平等不是最基本的原则吗？怎么他天天跟老大似的牛 × 哄哄的，我就一洗脚小丫鬟，天天看他脸色。”

下楼到了大厅，丁子君的嗓门一丁点都没小下来，走来走去的其他工作人员都一脸八卦地盯着她。安焱有点看不下去了，抬手拍了拍她的脑门，语重心长地宽慰她："发发火是好的，可发完之后还是要冷静，两个人都要反省一下自己，不要一味地责怪对方。还有，女孩子不要随便说脏话。"

"安焱你到底是站哪一派的，你到底替谁说话呢？"

"我当然是为了你说话，你现在正在气头上，发发火、骂骂人也正常，我要是真心不想帮你的话，现在就应该说郑超的坏话，挑拨离间，趁着这个机会把你抢过来。"

"……倒也是。"

这么一琢磨，安焱确实还挺仁义的，没有趁机挖墙脚，她其实只是嘴上碎碎念地抱怨一下而已，怎么可能真的讨厌郑超。

跟安焱发了一通牢骚，她的心情也重新明朗起来，两人出了公司，刚一出门，她就看见了车边倚着的郑超。

这时，安焱正好问她是自己开车回去，还是坐他的车回去。丁子君看了一眼欲言又止、一脸哀求的郑超，果断地选择坐安焱的车回去。

车驶上路，安焱忍不住调侃她："你是故意的吧？你刚才明明都看见郑超了，还非要坐我的车。"

"我就是故意的怎么了，总不能人家刚一妥协我就巴巴地原谅他了，那以后还能不能过日子了，我还不得被他吃得死死的。"

"哈哈哈，你想得太长远了吧。"

"那是，男人啊，有时候就得调教调教才行，不然怎么肯乖乖听话。"

不远不近的一段路程在两人调侃扯皮中很快就过去了。

丁子君拎包下车，关上车门冲安焱挥了挥手："路上小心，再见。"

上楼回家，丁子君换了衣服做饭，只有她一个人吃饭，也没什么心思做大鱼大肉，准备烧个茄子，煮一碗葱花鸡丝面打发过去算了。

水沸了以后，她抓了把面条下进锅里，面刚入锅，外头就响起了敲门声，很规律的三声，她把火调小，擦了擦手往门口走去。

她从猫眼里看了一下，门口站着的人果然是郑超。他垂着头，一只手撑在门框上，另一只手的袖口挽起，手臂上搭着黑色的西装外套。

领口敞开着，领带早就扯在了一边，虽然凌乱，随性中却隐隐带着一丝狂放不羁的性感。

就在她偷看得兴起时，郑超突然抬起头，锐利的目光瞬间迎了上来，她吓了一跳，下意识地蹲下身体躲在鞋柜边上。

他的眼神犀利，有些不耐烦，又有些生气的样子，整个人散发的气场让人生畏。丁子君咬咬手指头，决定不给他开门，如果把他放进来，两个人没准还得吵一架，还是等他彻底息怒了再说。

明明受委屈的是她，怎么到最后生气的倒成了他？

敲门没用之后，郑超开始打电话。茶几上的手机不知疲倦地一遍遍地唱着，丁子君头一次觉得手机如此魔音绕耳。

等铃声响到第十次时，丁子君终于听不下去了，冲过去接起了电话。电话那头的人也没什么废话，就说了两个字："开门。"语气要多霸道有多霸道。

丁子君撇撇嘴，很是不高兴，错的明明是你，你还理直气壮了，我就不给你开门，你能把我怎么样，有本事来咬我啊，哼。

"你回去吧，我们俩都冷静一下。"

"丁子君，你给我开门，我有话和你说，你要是不开门，我就一直等着。"

哼，还使苦肉计，没门，你爱等不等，关我什么事。我也得让你长长教训，我丁子君不是好欺负的。

挂了郑超的电话后，她才忽然想起一件重要的事，只是等她惨叫一声冲进厨房时，她的面已经成功地煮成了糊状，看着锅里头咕嘟咕嘟冒着白色泡泡的面糊，她忍不住仰天长啸一声，都怪郑超，把她的晚饭都毁了。

怀着一颗崩溃的心，她沮丧地把面糊倒进了垃圾桶，还没等她收拾好战场，手机又响了。她端着锅过去，屏幕上显示着那个罪魁祸首的名字，她撇撇嘴，哼了一声，果断转头回了厨房。

香葱鸡丝面泡汤之后，丁子君只好就着茄子啃馒头，手机叮叮咚咚作响，她抻长脖子看了一眼，还是那个罪魁祸首，电话打不通改发短信了，还真是执着。

把最后一块馒头塞进嘴里，丁子君拿过手机看了看短信内容。

“小乖，刚才发生什么事了？我听到你的叫声了，你没事吧？”

“小乖，快接我电话，我只想知道你有没有事，绝对不说任何你不想听的话，所以，拜托，接一下电话。”

“小乖，你是不是受伤了？快开门，让我进去。”

看着他刷屏似的发过来的短信，丁子君啃着茄子咧嘴笑出声，手指戳在键盘上，给他回复了一条。

“没关系，就是面糊了而已。”

她发出去还没有半分钟，郑超的回复就过来了，带着满满的劫后余生的释然：“那就好，那就好，你人没事就好，我快要被你吓死了。”

吃了饭，洗了碗，又洗了澡，等丁子君从浴室出来的时候，已经接近九点了，都到了这个点，他应该走了吧。

她裹着浴巾走到阳台边上，从窗帘缝里瞄了瞄下头的情况，原本停在楼下的黑色轿车不见了，马路上空荡荡的，只有几盏路灯苟延残喘地忽闪着，忽明忽灭。

从阳台上返回来后，她还有点不甘心，又跑到门口，凑到猫眼上看了一眼。

楼道里黑漆漆的一片，什么都看不清，她就这样执着地趴着，直到楼上有人下来，跺了一下脚后，楼道里才重新亮起来。

空荡荡的楼道寂静得没有任何多余的声音，别说是人了，连鬼都没有，她努力凑上去尽量把视野范围内全都确认了一遍后才失落地承认，郑超真的走了。

她本来也不指望他真能等她一晚上，毕竟这样的行为太矫情幼稚了，她还想着，如果他能坚持一会儿，她就肯定心软地放他进来了。

她是在生气，是要让他长点记性，又不是真的舍得欺负他。

这下倒好，他等都没等就走了，一点没有道歉的诚意，简直太过分了。

有哪个男人哄女朋友哄得这么敷衍的，这个讨厌的家伙。

在客厅沙发上赌气地坐了一会儿，丁子君还是忍不住往门口跑，她暗自宽慰自己，真的只确认这一次，如果他不在的话，那她就果断回去睡觉，并且发下毒誓，这一个月都绝对不会再搭理他了。

到了门口，她咔嗒一声开了门锁，楼道的声控灯应声亮起，她轻轻拧动把手，把门打开了一条缝。透过这条小缝，她猫着腰往外瞅，楼道里依旧空荡荡的，除了从门缝里灌进来的冷风以外，再无其他。

不管她怎么自欺欺人，结果都是不会变的，就算她不愿意相信又怎么样，事实就是这样，他离开了，外头连个鬼影都没有。

说不失落是骗鬼的，哪个女生不希望男朋友能毫无原则地宠着自己、哄着自己，不管方式有多恶俗、多矫情，都说明他是在意自己的。

可她倒好，一把年纪了，少女心没实现，倒是兜头被浇了一盆冷水下来，从里到外透心凉。

心里那点小小的希冀也彻底破灭了，丁子君直起腰，伸手准备关门。

就在她抬手的瞬间，门却突然被人从外面扣得死死的，还没等她反应过来，一个庞然大物就冲了进来，挟着一身的寒意直直地扑向她，反手把她压在了墙壁上。

“小妖精，总算肯给我开门了。”

郑超俯身看着怀里的人，她眼睛瞪得大大的，水汪汪的眼里是满满的不可思议，小嘴微张，虽然乖巧着没有尖叫出声，表情却是到位得很。

他毫不客气地吻了上去。

丁子君一把推开他，气冲冲地开骂：“你明明就在门口为什么要躲着我，我还以为你真的走了。”

“我哪有躲着你，我就是站得累了，去墙边靠一靠而已。”

“那你的车呢，刚才不还在路边的吗？”

“就是因为车停在路边不太合适，所以我开去地下停车场了。”

“你！”他这副云淡风轻，事不关己的态度让丁子君气极，她握拳用了最大的力道狠狠砸在他胸口上，边砸边骂，“你就不能说一声，走还是没走你就不能出个声，你是活人还是死人啊。”

“乖乖乖，打我可以，但不许诅咒我，要是我死了，那你岂不是要守活寡？”郑超笑眯眯地看着她，任由她的小拳头砸在自己身上。她虽然表情狰狞，像是拼了全力在捶他，力道却一点都不重，根本没有痛感。

“那你就是……就是……就是……”其实她刚才那句话也是气急了才脱口而出，现在真让她骂，她还真不知道该骂什么，不可以骂脏话，又不能说什么太过分的话，所以，她憋了半天竟然词穷了。

看她气得小脸通红，却是死活骂不出口时，郑超忍不住乐了，握着她的小拳头把她整个人揽进怀里，俯身盯着她，面带微笑地教她：“你可以骂我是个王八蛋、禽兽、人渣、流氓，随便哪个都可以，捡狠的来，骂到你爽了为止。”

他倒是开得了口，这些话是够狠，可他又不是自己的仇人，怎么舍得骂得这么狠。

“哼，你想做王八，我还不想做母王八呢。”丁子君冷哼一声，冲他翻了个白眼，一仰脖子，一脸傲骄地别过了脸。

郑超快被她这副可爱的小模样融化了，忍不住搂紧她，俯身蹭了蹭她的颈侧：“就知道你心疼我。”

他话音刚落，肩膀上忽然传来一阵锐痛，他把肩膀上的小脑袋扳下来，皱眉盯着她龇开的小嘴：“你是不是属狗的？”

“嗯嗯，我属狗的。”

怀里的人一脸小人得志的表情偷摸笑着，像是只偷腥成功的猫崽子，郑超揉了揉肩膀，再也忍不住，一手按住她的腰，另一只手抬起她尖巧的下巴，狠狠吻了下去。

激情来得汹涌澎湃，郑超按捺不住身体里升腾而起的欲望，拦腰抱起她，一路奔向卧室。

……

Chapter 07

如果这都不算爱

累惨了的丁子君几乎是一夜无梦，第二天一睁眼，那个折腾了她一晚上的男人已经起床了，床铺收拾得整整齐齐的，她伸了个懒腰，哼哼唧唧地叫出声。

还没等她清醒过来，郑超就推门进来了，他倒是一脸的神清气爽，丁子君狠狠地翻了个白眼，卷着被子滚到床中央，准备继续睡。

“乖了，起床了，快七点了，再赖床要迟到了。”

郑超坐在床边，把她连着被子卷进怀里，俯身亲了亲她的嘴角。

丁子君顺势钻进他怀里，把脑袋枕在他腿上，伸手圈上他的腰，糯糯地哼了一声：“我没刷牙你就亲。”

“我又不嫌弃你，好了，快点起床。”

洗漱完毕，收拾好后，两人就出门了。

到了停车场，郑超才一脸抱歉地说道：“对不起小乖，我今天不能送你去上班了，我得出差。”

“没关系，我可以自己开车去的。你去哪里出差？走几天？”

“也不远，就在邻省，差不多三天吧。”

“这样啊，那你的行李呢？都收拾好了吗？”

“……没有。”

丁子君本来还想补一句“你早上就要出差了，行李还没有收拾好？你是不是脑子进水了”，可转念一想，他从昨天晚上就一直在她这里了，哪有时间收拾行李，归根结底，错都在她。

“好吧，我陪你回家整理行李吧。”

“可是你上班要迟到了。”

拜托你在假装拒绝的时候能不能收起你晶亮的眼神，你就差在脑门上写几个大字“我好高兴”。

“那好，我去上班了。”

“你不是总监吗，偶尔迟到一下应该没事的吧？”

哼，被我揭穿了吧，让你继续装。

两个人又折腾着去了郑超家，丁子君哼哧哼哧地替他收拾行李，他眯着眼睛乐呵呵地负责跑腿。

“剃须刀、洗面奶、沐浴露、牙刷、牙膏、毛巾、浴袍、换洗的衣服、枕巾、床单……”

她说一样东西，他就乐颠颠地跑去取，取过来之后献宝似的递给她。丁子君看着他一脸求表扬的神情，真想摸摸他的脑袋，这样一个大男人，怎么跟条萨摩耶似的。

等把东西差不多收拾好后，丁子君又下楼买了些药上来，郑超好奇地凑过来，指着她手里的感冒药一脸嫌弃地说：“你不早说，感冒药和消炎药我家里有，不信我找给你。”

在他转身离开之前，丁子君冷冷地晃了晃手里的胃药：“那这个呢？你有吗？”

她一脸杀气，摆明了如果他敢说有，她就冲上去把他灭了。

郑超很识趣，乖乖地摇了摇头：“这个真没有。”

收拾好行李，丁子君又忍不住唠叨了：“出去不管跟谁在一起，都少喝酒知道吗？别人要敬你酒，就算拼了老命都要拒绝，吃东西尽量少吃辛辣的，还有要早睡早起，注意你的胃……”

她一个劲地叨叨，郑超并不回答，只是面带微笑地看着她，脸上的笑意好像冬日的暖阳，暖融融的一片。丁子君以为他不耐烦了，停下唠叨：“是不是觉得我太啰唆了？”

“没有。”郑超上前一步，伸手把她抱进怀里，在她肩窝里撒娇地蹭了蹭，声音软软的，“小乖，我好幸福，我好久没有这么幸福了，我以前出去都没人管我的，每次总是丢三落四的，东西总是带不全，也没有人提醒我要好好注意身体。”

“好了，不要撒娇了，我真得走了，不然去晚了要被老大批评了。”丁子君鼻子有些发酸，用力回抱了他一下后就转身离开了。

在两人分开的时间里，他们都受了太多的委屈，都吃够了相思的苦，都受尽了孤单的折磨，现在好不容易重新相聚，她一定要把失去的那几年补回来，拼尽全力好好地爱他。

郑超出差之后，丁子君的生活依旧一成不变地继续着，生活节奏没发生任何变化，可她知道，终究是不一样了，心底有了牵挂后，即便不刻意想起，那份思念仍旧悬在心头。

她变得无比期待郑超的电话、短信，想听他的声音，想问问他的状况，会特别关注他所在城市的天气情况，会不厌其烦地一遍遍地提醒他好好照顾自己，不要喝酒，不要熬夜。

这样的牵挂让她的心七上八下的，时时担心着，这样的感觉却也是甜蜜的，她的心总算有了着落，总算有了一个值得她挂念的人，不再漂泊无依了。

郑超出差的第三天晚上，丁子君兴致勃勃地给他打电话：“郑超，你什么时候回来，是不是明天？”

那头的人犹豫了一下，有些抑郁地开口：“我估计错误，这次的案子有点棘手，大概得一周才能完，我还以为就三天呢。”

丁子君本来还有点小失落，但一听他比自己还委屈的声音，反而释然了，反过来安慰他：“没关系，不就一周吗？这不是已经熬过三天了，再熬个三天就可以了呀。”

“可我熬不下去了，我好想你。”

他的声音沿着电波传到丁子君的耳膜里，带着电流化的磁性蔓延开来，她抿唇一笑，轻声回应道："我也想你。"

所谓爱情，不正是这样吗？并不需要多浪漫的表白或者太浮夸的纪念来证明，也不是靠秀恩爱和晒甜蜜来维持，真正的爱情无非是从柴米油盐的平淡生活中衍生出来的最朴素的感情。

下雨时，会担心他有没有带伞；变天时，担心他有没有穿厚一点；吃饭时，会下意识地挑去他不喜欢吃的东西……这种根植于心、深入骨髓的近乎本能的习惯才是爱情最具象的表现。

比如现在，所有的山盟海誓和甜言蜜语都不及他透过电波传过来的这声"我好想你"。

自从得知他必须出差一周后，他的电话几乎没断过，丁子君都忍不住怀疑，他到底是在什么时间段办公的？

"小乖，你在干吗？"

"老大，我在上班啊，理论上是不允许接私人电话的，所以，你要是没什么重要的事我们就先挂了，好吗？"

她原本以为自己说得已经够委婉了，哪知那头的人一听，立刻不乐意了："小乖，你是不是嫌我烦了？"

"哎呀，我的大爷啊。我哪是嫌你烦，我就是想说我们可以选择一个合适的时间段聊天，比如晚上下班以后，不一定非要在上班时间打。"

"没关系的，我不打了，反正我一个人也习惯了，不就是三天，有什么难熬的，我五年不都熬过来了吗……"

这个讨厌的家伙，又使用苦肉计。他还真是找到了她的弱点，知道她就心疼这个，就偏偏挑这个说。

"郑超你故意的是不是，你故意让我不好受是吗？你非要我心疼才肯罢休是不是？"

听她的语气突然变得严厉，那头的人立刻蔫了，弱弱地解释："我不是那个意思，我就是想听听你的声音，你别生气，我下次不敢了。"

她算是彻底败给他了，舍不得打，舍不得骂，偏偏他还是个撒娇好手，她算是被他吃得死死的了。

“……好了，就半个小时，时间到了我立刻挂电话。”

“好。”

到了郑超出差的第六天，丁子君也有点坚持不下去了，明明五年都熬过来了，可这一周的时间却漫长得像是一个世纪。

大约真是心里存了希望，所以等待才会变得如此漫长。

晚上一个人吃了饭，一个人看电视，一个人打扫屋子，郑超也许正在忙，电话也不接。

她拎着吸尘器满家转悠，心里头盘算着郑超什么时候回来，早上有一个七点的航班，坐一个小时就到了，从机场到她家里得一个小时，也就是说差不多九点多他就到了。

他回来又累又饿，她必须得赶在他回来之前给他做好早餐。

也就是说她明天上班又要迟到了。

说到早餐，丁子君扔下吸尘器，赶紧冲进厨房查看了一下存货。

冰箱里的东西还算齐全，够她发挥，明天早上干脆做香菇鸡丁面好了，就上一盘酱菜，应该比吃三明治舒坦。

一个人百无聊赖地晃荡到了十点多，临睡前她又给郑超打了个电话，依旧是无人接听。她想着，他是不是睡着了，毕竟明天还要早起呢，这样想着，她也不打算继续骚扰他了，自己回卧室准备休息。

只是躺回床上依旧睡不着，她卷着被子跟个山东大煎饼似的翻来覆去的，大脑始终清明一片，没有一丁点睡意。

不知道他工作累不累？有没有好好吃饭，有没有听她的话少喝酒，虽然他嘴上不说，可光从他沙哑疲倦的声音就可以听出来，他这几天一定是累极了。

时间一分一秒地过去，丁子君呈挺尸状躺了将近两个小时，终于在数了两百只绵羊，背了三次第三季度产品报表后有了睡意。

意识在半睡半醒间飘忽，门外突然响起了敲门声，声音很轻，像是在犹豫着要不要敲似的，敲一下停一下。丁子君一个鲤鱼打挺从床上蹦起来，一脸抓狂地抓了抓自己的头发。

那个敲门的人，来来来，我们好好聊聊人生。

敲门声响了三下就停了，丁子君穿着小熊睡衣，顶着炸了窝的鸟巢头晃悠到门口，凑到猫眼上瞄了一眼，外头黑漆漆一片，哪有半个人。

咦……该不会是见鬼了吧。

被自己幼稚的想法逗乐，她还没来得及笑出声，窗户里突然射进来一股妖光，唰地就把她的脸照了个惨白。

“不是吧，真见鬼了。”一个人嘀咕着往窗户边晃悠，她拉开窗帘，准确发现了妖光的来源。

原来是楼下一辆黑色的轿车开了远光灯，难怪呢。

呼，真是虚惊一场，她叹了口气，伸伸懒腰准备回卧室继续睡觉，只是躺回床上后，她才隐约发现哪里不对。

楼下的车，看着好像是郑超的。

远光灯很快就熄了，和夜色融为一体的黑色轿车里的人影轻轻晃动了一下，之后开了车门下车，叼了根烟倚在车头。

浓稠得化不开的黑夜只有烟尾一点猩红忽明忽灭，他抬头看了看那扇早已经熄灯的窗户，不自觉地叹了口气。

其实按照行程的话，他的航班应该是明天早上的，甚至是明天下午，可他等不了那么久了，虽然只不过是一晚上，虽然已经坚持了一周了，可这一晚上他却等不了了。

想要抱抱她，听听她的声音，感受一下她的温度。

心中的思念一旦泛滥便一发不可收拾，他连夜做完所有工作，安排好秘书收尾，之后订了午夜的航班，马不停蹄地赶了回来。

出了机场，他一刻都没有停歇地飙车来到她家，只是到了楼下，他才反应过来，这个点她应该早就睡了。

两相为难之下，他安慰自己，如果敲三声门她不应的话，那他就离开。

一个人在黑漆漆的楼道里等了很久，她并没有开门。他忍不住自嘲，明知道这么小的声音她根本不会察觉，他却还在这里自欺欺人。

不叫醒她的话，心中的思念无法疏解，可叫的话，又舍不得打扰她。

他受够了一个人回到空荡荡的家里，不管是累了还是倦了，打开门，迎接他的只有满室清冷，没有人会在意他累不累、饿不饿，出差的时候有没有好好照顾自己，不管有多累，他都得挣扎做饭，哪怕是煮一把面条，也得他自己烧水。

这样孤单落寞的生活他受够了，所以他宁愿在她楼下守着，也不愿意回家面对没有一丝温度的空房间。

抽完了烟，他转身打开车门，准备在车上休息一会儿，寂静的夜里突然传来一阵急促的脚步声。他诧异地回头，还没来得及看清楚，怀里就突然冲进来一个温软的小人儿，温暖得让他猝不及防。

“我就知道是你。”

怀里的人抬起头，一脸得意地看着他：“你怎么突然回来了，都不和我说一声，我还以为你明天才回来。”

郑超一句话都说不出来，只能俯身紧紧地把她搂在怀里。

他以为自己已经足够坚强，可以面不改色地应对任何风雨，却没想到他会如此软弱，因为她的一个拥抱，他便卸下了所有的心防。

他身处职场，是所有竞争对手闻之色变的狠辣角色，在别人眼里，他就是个除了利益以外什么都不在乎的冷血动物，是个为了金钱可以不择手段往上爬的人，永远不会满足的揽金机器。

只有他自己知道，他想要的其实并不多，并不是所有的幸福都和金钱成正比，只有怀里的人能够让他真正满足，可以让他放弃所有。

他仅有的唯一软肋，便是怀里的人。她是他致命的弱点，却也是他最坚硬的盔甲，因为有她在，他才可以所向披靡，一往无前。

他奋斗了这么多年，有了许多为人赞叹的丰功伟绩，有了别人艳羡的，梦寐以求想要得到的东西，他以为，作为一个男人，这样的他便是成功的。

可直到现在，他才恍然大悟，真正的成功并不是外在的物质条件把一个人包装得多么富丽堂皇，而是他内心的充实与幸福。

他的成功便是，在累极了的时候，他爱的人可以扑进他怀里轻声说一句“你回来了”。

所谓幸福，大约如此。

“怎么没睡觉？是我刚才吵醒你了吗？”他俯身爱怜地亲了亲丁子君的鬓角，伸手摸了摸她的脸颊，“我本来不想打扰你的。”

“没关系啊，你敲门的时候我还没睡着呢。”

“这么晚了怎么不睡？是不是失眠了？”

丁子君没有正面回答他，而是踮起脚亲了亲他下巴上冒起的青色胡楂，油嘴滑舌道：“要是睡着了，不就见不到你了。”

上了楼，丁子君催促郑超去洗澡，自己钻进厨房替他做饭。

等他洗完澡出来的时候，面条也好了。她把色香味俱全的面条端到茶几上，邀功似的看着他：“快尝尝我的手艺，哈哈哈，香菇鸡丁面。”

“外面的饭太难吃了，还是你做的好吃。”郑超毫不吝啬地夸奖，很赏脸地端着面大口大口地吃起来。

看他吃得香，丁子君也开心得不行，蹲在地上，仰着小脸瞅他。

郑超被她直勾勾的小眼神盯得根本没法吃饭，只好转移她的注意力：“你要是没事的话帮我擦头发吧，头发上的水都快滴进碗里了。”

“好。”丁子君听话地起身，跑到他身后，整个人趴在沙发上，探手替他擦头发，一边擦一边唠叨，“你稍微往后靠一靠……你脑袋别动……呀，不好意思，毛巾好像掉进你的碗里了。”

郑超把毛巾揪出来，毫不计较地继续吃面，吃着吃着就忍不住笑出声，他有多久没这么幸福过了，他一味地发展事业，一味地追求事业上的成功，无非是因为空虚的心灵无处安放，可现在，他有了深爱并且深爱着自己的人。

他的人生已经圆满，突然觉得好像就这样平平淡淡地过日子也不错。

两个人一起上班，一起下班，回来她做饭，他洗碗，两人扎着头巾大扫除，可以攒点钱带她出去玩。偶尔吵架的话他会首先道歉，可以跪搓衣板求她原谅，他的工资全部交给她保管，她要是可怜他的话，每个月给他几百块零花钱。

再过几年，他们可能会有一个可爱的宝宝，她在家里照顾宝宝，他努力赚奶粉钱，要把最好的东西都给宝宝，要让他们娘俩过上想怎么挥霍就怎么挥霍的生活。

这样想着，他似乎还得继续奋斗，他要给宝宝攒钱，给她和宝宝更好的生活。

“郑超，你一个人乐什么呢？”

只是吃个面而已，有什么可乐的？丁子君放下毛巾，转到他面前，一脸诧异地瞅着他。

“没事，就是想着还要挣好多好多钱，就觉得压力好大。”

“啧啧啧，果然啊，欲壑难填，你都挣那么多钱了，还一心想着挣钱，真是不知道满足。”丁子君把他吃得一干二净的碗收了过来，抽空问了一句，“吃饱了吗？”

“吃饱了。”郑超心满意足地拍了拍肚子，躺在沙发上。

安顿好后，两人就准备睡觉了，还没上床前，丁子君就明确地提出了警告：“今天晚上不许动手动脚，你要好好休息知道吗？”

某个吃饱喝足的人很乖地点了点头。

只是，刚躺上床，他就言而无信了。

“郑超，人无信不立，你刚才答应我什么了？”

“我只是动手，又没有动脚。”

“……你信不信我让你睡沙发。”

“……哦，那我不动了。”

一夜好眠，第二天一早，丁子君睁开眼的时候已经七点多了，她麻溜地爬起来，起身去卫生间洗漱。

等她收拾好后，郑超还在睡觉。她扎起头发，俯身叫他：“早上想吃什么？我去做。”

床上的人眯着眼睛翻滚了一下，没有半点要睁开眼的意思。丁子君无奈，只能跪坐在床沿上，扳了扳他的肩膀：“我不是叫你起床，你可以继续睡，我去做饭，你告诉我想吃什么？”

“想吃的不给吃，不想吃的做了我也不吃。”郑超依旧闭着眼睛，嘴里却念念有词，带着赌气的意思嘟囔着，整个人趴在床上，脑袋埋在枕头里，别扭得像个孩子。

啧啧啧，起床气还挺大。

“那你说你想吃什么啊？你总得说出来我才能判断可行不可行啊？”

床上的人悠悠地睁开眼睛，噌噌地爬过来，张开双手揽住她的腰，毛茸茸的脑袋在她怀里蹭了蹭：“我想吃你，给吃吗？”

“……你还是乖乖饿着吧。”

去厨房简单做了些早餐，临走前，丁子君还是回卧室嘱咐那个还在床上打滚的巨婴：“早饭我放在微波炉里了，热一热就可以吃，午饭的话我回来再做，你累的话就多睡会儿。”

“哼。”

床上的人傲骄地哼了一声，翻了个身把光裸的背对着她，看都没看她一眼。丁子君撇撇嘴，你爱吃不吃，不吃就饿着吧。

今天的任务并不重，月末总结已经结束了，新一季度的工作刚开了个头，还算轻松，丁子君收发些邮件，安排了工作之后就闲了下来，趴在办公桌上打盹。

昨天睡得太晚，起得还有点早，晚睡毁上午，早起傻一天，还真被她凑了个全。

正迷迷糊糊地打着盹，脑门上就被重重敲了一下，丁子君一个激灵坐起来，看着手里拿着一支钢笔，一脸不太友好笑意的安焱，下意识的反应是觍着脸傻笑：“安总，我就是眯一会儿，没睡。”

“和我你还装什么装，口水都快流到桌上了，还没睡。”安焱嫌弃地瞥了她一眼，损起她来一点情面都不留。

“你就不能说正事，你来这儿难不成是来看我流口水的？”丁子君擦了擦嘴，抬头瞪了他一眼。

“正事就是今天你得陪我下市场，我自从上任以来还没实地考察过，我想去感受一下。”

“老大，你想感受可不可以自己去啊，为什么要拉上我？”丁子君就快哀号了，所有的工作流程里她最不喜欢的就是下市场，不仅费腿还费嘴，一个市场跑下来，口腔溃疡都出来了。

“为什么每次我好好地拜托你，你总是推？你是非要我用低俗的手段胁迫你吗？”

丁子君翻了个白眼：“你非要把给奖金这样积极向上的事情说得这么猥琐吗？”

“这次的奖金上调百分之十。”

“十五。”

“成交。”

被安焱胁迫着下了市场，丁子君收起了脸上的不情愿，拿着报表仔细地核对：“这片的市场没什么问题，产品销量和走向和我们的预估差不多，因为这片区域的消费者大部分是二十岁到三十岁之间的年轻人，相对来说能接受我们的产品。唯一不足的是宣传不够，调查问卷显示有百分之十的人表示完全没有听说过我们的产品……”

都说认真工作的男人最迷人，这样的定律同样适用于女人，抛开工作的话，身边的女人就是一个长不大的孩子，无论是说话还是做事，有时候都幼稚得不行，一点都不成熟，可只有在工作时，她的精明和干练才能表现出来，眼底的自信让她整个人看起来都像是在发光。

她像是一座宝藏，总是能给他数不尽的惊喜。

“安焱你想什么呢？”身边的人拿着报表在他脸前晃了晃。

安焱这才回过神，神色不自然地回答：“没关系，你继续。”

“继续你妹啊，我已经说完了。”

丁子君毫不客气地把一摞报表拍在他脑门上，娴熟地翻了个白眼：“好了，我已经调整好考察地点了，先去最近的这个，把最棘手的解决了。”

“在哪里？”

“我设了导航了，你跟着走就行，话说你刚才是灵魂出窍了吗？你的记忆是被狗吃了吗？”

“哈哈哈，对不起，我刚才走神了一会儿。”虽然被骂，可安焱看着丁子君嘟嘴的模样，依旧觉得她可爱得不行。

或许，他真的该庆幸，他可以离她如此的近。

到了目的地，丁子君负责调查协商、收集资料，安焱负责双手插兜、杵在门口耍帅。丁子君看着被团团包围的安焱，真想仰天长啸一声，合着他就是肩膀上顶个脑袋来观战的，说好的她只是来帮忙的呢？

跑了一个市场下来，丁子君已经元气大伤了。上车之后，她就开启怨妇模式，一个劲地碎碎念：“你也太不厚道了吧，不是说好分工合作的吗？为什么到头来就是我一个人在忙，你到底干了什么？就是杵在门口当花瓶吗？”

安焱打了转向灯转弯，一脸无所谓地说：“有你在我放心啊，完全不需要我出手，更何况，长得帅也不是我的错。”

“行行行，你赢了。”丁子君冲着挡风玻璃指了指，“来来来，看着点路，别被自己帅瞎了。”

被安焱这个缺心眼的地主奴役了一上午后，在跑第三个市场的时候，丁子君终于扛不住了，整个人瘫在椅背上，有气无力地申冤：“安焱你太不人道了，就给我那么点钱让我一上午累成狗。你这么虐待我良心过得去吗？”

“为了表示我良心确实过不去，我请你吃饭吧。”

“好，我要吃西餐。”

好不容易能让他请客，一定要狠狠宰他，把自己这一上午流的汗吃回来。

“好，你想去哪儿吃？”

“去……”

正当丁子君埋头苦想该去哪儿吃饭时，她脑子里突然闪过一道精光，貌似她忘记了一件重要的事，她家里头可还有一个嗷嗷待哺的巨婴呢。

“要不还是别破费了，改天再去吧。”

“没关系，应该的，你忙了一上午，我要是再让你饿着肚子回去，那我岂不是太不人道了，别在乎钱，最起码请你吃饭的钱还是有的。”

看着安焱一脸的真诚，丁子君也编不下去了，干脆实话实说：“其实是我男朋友还在家里等着我呢，我得回去给他做饭。”

她以为安焱会理解的，却没想到他来了一句：“那是你男朋友，又不是你儿子，你不做饭也不会把他饿死的。”

他承认，自己这样的说法有点过分了，毕竟这是丁子君的私事，于情于理都不是他应该干涉的，可他偏偏咽不下这口气，他气那个男人可以拥有一个完整的她，气那个男人可以让孩子气的她变得小女人，气为什么陪在她身边的人不是自己。

因为嫉妒，所以口不择言。

“话是这么说没错，可我早上答应他了。”

“那你给他打电话，说中午不回去吃了，让他自己吃。”

听安焱一说，丁子君觉得这样做似乎还挺靠谱的，她已经累惨了，想着回去还要做饭，吃完饭还要洗碗就惆怅得不行，郑超那个大爷是肯定不会帮她的。

还是让他自己叫外卖好了，这个方法比较节能环保。

心里有了主意后，丁子君掏出手机给郑超打电话，那头的人接电话倒是挺利索的，接起来第一句就是：“小乖，你什么时候回来，我好饿。”

听他的语气挺委屈的，可好在还没有生气，丁子君趁机开口：“不好意思啊，我中午回不去了，你要不叫个外卖吃吧，我晚上给你做好吃的，好吗？”

那头的人一听立刻就奓毛了，沿着听筒丁子君都能感受到他的不满。

“你不是说中午回来给我做饭吗？你不是说人无信不立吗？你怎么能这样对我？”

他这副受气小媳妇的模样让丁子君瞬间就心软了，正当她准备妥协时，手机突然被安焱抢走了，在她瞠目结舌、完全没有反应过来的时候，安焱已经替她做了决定。

“郑总你好，我是丁子君的上司，今天她陪我跑市场了，所以我想请她吃顿饭。嗯……嗯……好，我知道了。”

等安焱挂了电话，丁子君一拳头捶在他胳膊上，气急败坏地吼：“你干吗抢我手机，你是不是想害死我啊？”

她之所以没和郑超说她要去哪儿吃饭、和谁吃饭，就是怕那个家伙会暴怒，要是让他知道自己为了陪另一个男人吃饭而把他一个人晾在家里，他醋意大发了，掐死她倒不至于，掐死安焱是绝对有可能的。

郑超本来就比一般男人的占有欲要强，她本着能装一阵装一阵的原则，有些没必要的事情她就不准备和他汇报了，嘿，安焱倒是好样的，直接挺身撞枪口了。

想象着郑超铁青的脸色，丁子君就恨不得挠安焱一爪子，他怎么这么爱管闲事呢？

“你到底在担心什么？害怕你不回去他会饿着？”安焱问。

“不是这个，我和别的男人出去吃饭，把他一个人晾在家里，他能不生气吗？更何况我还试图欺骗他。”越想越忐忑，丁子君恨不得现在就下车冲回家，好好地和郑超解释。

作为搞砸了事情的罪魁祸首，安焱表现得异常淡定，甚至有些冷漠。他冷冷地开口：“丁子君，你是他的女朋友，不是他的仆人，他对你来说是最重要的，却不是全部，你也有自己的社交生活，总不能因为他，而放弃了自己正常的生活。还有，我和你只是工作关系，同事之间下了班一起吃个饭有什么大不了的，你干吗这么紧张，我就不信，郑超在公司不和任何一个异性相处。这种事情是需要互相理解，互相尊重的，占有欲太强并不是什么好事。”

听安焱严肃认真地和她分析，丁子君仔细回味了一下，他的话似乎很有道理。她和安焱只是下属和上司的关系，更何况只是两个人下班之后吃个饭而已，并没有什么特殊。

她虽然没有郑超那么公私分明，可起码现在她和安焱出去是不带任何私人情感的，仅仅是同事关系而已。

再说，他们都已经是成年人了，思维方式和处世原则都应该更加成熟了才是，不应该再像学生时期那样，为了一点小事就争风吃醋。如果以后他和女同事出去吃饭，她应该也会理解的，谁没有个工作需要。

这样想着，她心里的石头才放了下来。

“对了，他刚才和你说什么了？”

“没说什么，就是让你不要太累，晚上早点回来，记得给他打电话。”

听郑超的意思应该是同意了。丁子君诧异，他可真是难得没有生气。

和安焱去吃西餐，丁子君理所应当地把他切好的牛排端过来，把自己面前那份推过去，一边吃一边感叹：“好久没这么端庄地吃过饭了，自从回国我就没怎么吃过西餐，可能是在国外吃腻了，回来之后一点都不想碰了。”

“我其实一直想问你个问题，可那会儿和你不太熟，没找到机会说。”安焱给她的高脚杯里添了红酒，试探性地开口。

丁子君抬头，丝毫不介意地开口：“你想问什么就问吧，我一定知无不言。”

“你和郑超不是回国之后才认识的吧？”

早在美国留学时，他就发现了异样，她要么一个人发呆，眼神涣散，要么就是盯着手机偷偷地抹泪，但跟她谈话时，他发现这种悲伤并不是来自于她的父母。那个时候，他就在猜想，这样的悲伤可能来自于她的男朋友。

“大学时我们就在一起了，后来因为一些误会分了手，之后我出国留学，最近我们两人才重新联系的。”

安焱看着面前一脸平静的人，半天说不出话来。他以为，这件事情会是她心里永久的一道疤，即便已经愈合，也绝不会让任何人触碰。

但他没想到，她可以如此平静地诉说这件事，表情淡然得像是在说别人的事。她留学时期的颓丧和几近万念俱灰的狼狈，他是目睹过的，这样的伤怎么可能不留一丝疤痕，变得如此云淡风轻？

“上学的时候两个人都太幼稚，为一点小事都要吵架，其实分手的原因很可笑、很幼稚，那个时候觉得无所谓，总觉得失去了就是失去了，总觉得自己可以找到另一个像他一样的人，可等慢慢成熟以后才发现，当初的想法有多可笑。他其实并没有别人看到的那么优秀完美，他毛病很多，很霸道、不讲理、自以为是、很容易冲动，一冲动什么话都说得出来，有时候还特别幼稚，跟小孩子一样胡搅蛮缠，不懂得换位思考，一根筋轴着，吃起醋来一句话都听不进去。”

她嘴上明明是在责怪，眼底的温柔却像是雪花消融一般流淌开来，就连嘴角的弧度都柔和了不少。安焱不自然地扯了一抹笑，死死捏住手里的叉子，一言不发。

“可我就是喜欢上他了，不管是五年前，还是五年后，不管他变了多少，我变了多少，那样的爱意一点没变，明知道他有那么多的缺点，明知道待在他身边可能还会受伤，可就是舍不得离开他。你知道弃猫效应吗？”

说话间，丁子君突然停下来，抬头问安焱。

他回神，低头掩饰了自己眼底的落寞，慌乱地摇了摇头：“不知道。”

“有的流浪猫被新主人收养后会乖得不像样子，并不是因为它改变了本性，而是因为它害怕再次被抛弃。我现在就是那只流浪猫，要努力变得更乖，不能让他再抛弃我了。”

她话音刚落，安焱的脸瞬间就变得灰败，他有些失控地起身，说了句“我去个洗手间”，就匆忙离开了。

洗手间里，安焱看着镜子里自己落寞的神色，忍不住自嘲，他什么时候变成这样了？不是说好了和她只做朋友的吗？在第一次表白被拒后，他就发誓，既然她不愿意，那他愿意后退一步，和她保持最适宜的距离，只是看着她。

可为什么在知道了她和郑超的感情纠缠后，他心底想要把她据为己有的冲动又不可抑制地涌了上来？

因为心疼她会受伤害，心疼她会受委屈，心疼她爱一个人爱得如此小心翼翼。

如果她属于自己，那该多好？他一定会把她宠得无法无天，怎么可能舍得说她一句，怎么舍得让她受一丁点委屈？

可为什么她偏偏要爱上郑超，那个伤害过她，不懂得好好爱惜她的男人？

他一直觉得“我哪里比不上他”这样的话很可笑，因为爱一个人往往不需要什么理由，只要心动了，那其他人都变成了将就。

直到现在，他才体会到了这句话背后的无奈与心酸，那个人对你绝对不会比我对你要好，我可以比他做得更好，可以更努力，拼尽全力地爱你，所以，我哪里比不上他？

这句话并不是外在条件的对比引起的心理不平衡，而是心疼自己爱的人没有得到等价的爱。

等安焱调整好心情回去的时候，丁子君已经把他盘子的牛排切去了一块，见他回来，觍着脸挤出一抹笑：“我有点饿，今天跑得太累了。”

“饿的话我再帮你点一份？”安焱喝了口红酒，敛了神色，微笑地看着她狼吞虎咽的样子。

“我吃饱了。”

吃好后出门，安焱终究没忍住，问了她一个特别俗的问题：“郑超到底哪里好了？值得你这么爱他？”

丁子君难得没有吐槽他，而是一本正经地回答：“很多方面啊。他那个人就是表达方式不恰当，可心很真诚的，爱我爱得特别坦诚，只有在我面前，他才会像个小孩子一样，放下所有心防，全然依赖着我、腻着我，有时候吃醋也是因为太在乎我。比如说他在我面前会撒娇，变得很小孩子气，但在别人面前却很冷酷高傲、爱搭不理的样子，会因为想我大半夜跑回来，但又害怕吵醒我，一个人在楼下待着，会把我一直一直放在心里。大概就是这样吧，说起来也没什么太特别，可能只有失去了才知道，看似没什么特殊的事情却是只能属于他的独一无二。”

安焱勾唇苦笑，他输就输在了那句独一无二，并不是那些小事情有多么特别，多么令人感动，只是因为做这些事的是她爱的人，所以，不管多小的事都能根植于心，经久不息。

两人喝了杯咖啡就继续出发了。

下午安焱的表现明显好多了，总算拿出了要视察的态度，一直在不耻下问。

“这个产品这样改一下是不是比较好？有接近百分之五十的顾客反应这样的设计不是很方便，那我们为什么不试着改变一下呢？”

“这个方法我们也考虑过，但是并不可行。如果一改设计，成本肯定要增加，到时候用习惯了老产品的顾客不一定会接受新产品，差价补不上来，就相当于弄巧成拙了。”

“把新产品和老产品对比着宣传，我相信很多人会愿意尝试的，更何况还没有尝试就下结论是不是为时过早？没有人能预测一个产品的销售量，只有投放市场了才敢保证，为了一个并不一定存在的顾虑放弃了一片新市场，这样岂不是很可惜？”

被安焱一开导，丁子君顿时茅塞顿开，之前她被陈建国灌输了太多保守的思想，凡是有风险的事情就保守进行，坚决不冒风险，久而久之，她也养成了习惯，只要有风险的，宁愿不挣更多的利益也不会放手一搏。

现在她竟然隐隐心动了，对啊，没有试过的事情谁能知道可不可行呢？

试了不一定成功，但不试，是绝对失败的。

被安焱激发了斗志，丁子君摩拳擦掌地准备出手：“好，那就先从这片下手，放手一搏吧。”

因为突如其来的昂扬斗志，丁子君跟打了鸡血似的异常兴奋，收集资料、问卷调查、销量分析，忙得不亦乐乎。

等视察完市场，两人又回办公室讨论了一下新产品的改良计划，等计划初步拟订好之后才算完工。

看着手里的计划表，丁子君狠狠地伸了伸腰，心满意足地开口：“我好久没这么大的干劲了，头一次为了事业奋斗，而不是为了奖金而奋斗。”

“只要这次计划能成，奖金也少不了你的，你可是大功臣。”

“哈哈哈，那必须啊。”

等他们俩收拾好下楼后，天已经黑了，丁子君抬手看了看表，将近八点了，她一拍脑门，忽然想起她答应郑超晚上要给他做饭，这次要是再食言，她可真是一点诚信都没有了。

告别安焱之后，丁子君自己开车，用了她实力允许范围内的最大马力赶回家。

一路狂奔，一开门，屋子里黑漆漆的一片，一阵刺鼻的烟味扑面而来，她捏着鼻子满脑子疑惑，郑超去哪儿了？

听到开门声，黑暗里传来一声低低的问候，语气不善：“你还知道回来？”

对于他这种话里带刺的讽刺，丁子君也顾不上在意，毕竟是她有错在先。

她开了灯，适应了刺眼的光线后，一眼就看到了窗台上坐着的郑超，他叼着根烟，银灰色的烟灰落了一身，他的表情冷漠得不辨喜怒，这是他生气时最明显的反应。

只有生气时，他才会用这样淡漠的表情面对她。

“对不起，我下午跑市场了，回去加班做了个产品改进表，没想到出来就这么晚了。”

“中午吃什么了？”郑超没有理会她的解释，从窗台上跳下来。

丁子君犹豫了一下才开口：“吃了牛排。”

“你在国外吃了几年还没有吃腻吗？”

如果是平时，他说这样的话，丁子君一定会翻个白眼，冲他撒娇，我就是想吃怎么了，你管我。

可现在，他冷着一张脸，嘴角带着若有似无的冷笑，这句话的意思就不再那么单纯了。

这样诡异的气氛，丁子君有些受不了，直截了当地开口："郑超，你想说什么就说，不用拐弯抹角地讽刺我。"

"我哪有讽刺你，我只是在说一个事实而已。"郑超状似不在意地撇了撇嘴，脸上讽刺的意味却是丝毫没有减退。

如果是五年前，面对这样的情况，丁子君的第一反应一定是失控地和他争辩，不管他相不相信，她都一定要把自己的想法说出来，绝对不允许他这样平白无故地冤枉自己。

可归根结底，现在已经不是五年前了，她不再是那个为了一点小事就斤斤计较、大吵大闹的小女生了，这五年间她学会的第一件事就是，信任不是吵出来的。

如果他相信你，那么无须多言；如果他不相信你，那么百口莫辩。

"我累了，我去洗澡。"

跑了一天的市场，她累得快要虚脱，好不容易回了家，她并不想和他一见面就吵架，冷静下来对两个人都很有必要。

她拎着包从他身边走过。

郑超身形未动，她以为他是默认了她的离开，她犹豫了一下，还是埋头往前走。

"别走，我陪你。"还没等她迈开步子，腰身就突然被他从后面揽住。

他的嗓音不辨喜怒，声音依旧低沉，带着动情后独有的沙哑，一切看起来似乎很简单，他接受了她的不解释。

可丁子君知道，他声音里潜藏的冷硬从始至终没有消失过。

她宁愿他和她发火，和她争吵，质问她为什么和安焱在一起，为什么失约把他一个人冷落在家里，如果他问出来，那她自然会耐心地解释。

可他没有，他从始至终都没有过问事情的原委，只是一味冷硬地闹着别扭，非要用这样让她极其不舒服的方式来报复她。

他在逼着她求饶，逼着她承认自己错了。她怎么能熬得过他，她见识过他有多强硬，几乎是不择手段地逼着她求饶。

他要教给她，什么叫作不知好歹。

“郑超……我错了……我……不敢了。”

是她太自以为是，以为自己可以拗得过他，或许今天他生气的并不是她的消极抵抗，而是她在犯了错之后还敢反抗他的态度。

听到她的求饶，郑超终于放过了她，准备抱她起来。

“不用了，我洗一下澡，你先出去吧。”

听到关门声后，丁子君才挣扎着从地上起来，膝盖疼得厉害，小腿几乎是麻木的，等看到镜子里的自己后，她还是没忍住冷笑了一声。

在浴室里冲了个澡，吹了吹头发，等她终于有了个人样时，才一瘸一拐地出来。卧室里只亮着一盏床头灯，光线不是很充足，可她还是一眼就看见了在窗台上坐着的郑超。

“疼吗？”郑超开口，没什么特殊的表情。

丁子君其实想问，你说的是哪里？膝盖，还是心里？可问了能怎么办，嘴硬了能怎么办？他要的不是她此时的委屈，而是她是不是认真的妥协，既然已经决定咽下心底的委屈了，又何必多此一举。

“还好，就是有点累，我想休息了。”

“晚安。”

虽然心底的委屈像是涨潮一样一波波地涌上胸口，让她难过得想要哭出来，可奇怪的是，她躺下去还没十分钟就睡着了。

因为太累，所以连委屈的力气都没有了。

Chapter 08

你怎么舍得我难过

P I N G S H E N G Y I N U O · W A N J I E P I A N

第二天睁开眼，身边的人已经走了，丁子君活动了一下筋骨，下床准备洗漱。

郑超人走了，行李却还在，衣柜里有他的衣服，洗漱台上有他的洗漱用品，就连茶几上都放着他带来的杂志。丁子君犹豫了一下还是没乱动，等他自己收拾吧。

到了公司，安焱立刻注意到了她的无精打采，关切地问了一句：“怎么了？昨天晚上没有睡好？”

丁子君只能敷衍地来了句：“有点失眠，老毛病了，你也知道的。”

这个理由倒是真的，她只要有心事，晚上一定会失眠，在美国最初的几个月，她几乎没有几天可以好好睡一觉，作为唯一的朋友，安焱也早就知道她有这个毛病。

“怎么又失眠了？你不是说回国之后好多了吗？是不是遇上什么烦心事了，不介意的话可以说给我听，虽然我不能替你解决，可我会当一个合格的垃圾桶，你想说什么就说什么，想吐槽什么就吐槽什么。”

安焱温润如水的攻势让丁子君有些招架不住，她不怕郑超那样强硬的态度，顶多是求饶妥协，她怕的是像安焱这样的温柔，总是在她最脆弱的时候从四面八方围拢而来，瞬间瓦解了她所有伪装的坚强。

“没关系，可能是最近工作压力有点大吧，没什么。”

她想把心里的委屈都说出来，说自己其实很难过，自己其实很在乎，昨天晚上很疼，身体疼，心里更疼，因为郑超的蛮横感到委屈，因为他的不讲理而委屈，因为他不考虑自己的感受随便发脾气所以委屈。

因为心底的委屈太多太多，多得她不知该从何说起，也不知道该和谁诉说。

安焱可以听她发牢骚，但她要把自己在另一个人身上受的伤害转述给他却是不合适的，他曾经追求过自己，哪怕现在两个人的关系已经维持在了普通朋友的范畴内，但该有的分寸还是要掌握的。

憋到最后，她还是什么都没说出来，安焱也没有继续追问，嘱咐她好好休息后就离开了。

上午的工作很少，忙完之后丁子君拎着自己的马克杯去茶水间冲咖啡，安焱也在，她挥了挥杯子冲他打招呼："安总好，你竟然会来公共茶水间，真是稀罕。"

"我又不是天生就高人一等，偶尔体察一下民情还是可以的。"

两人举着咖啡杯碰了一下，丁子君像喝啤酒似的咕咚咕咚地把杯里的咖啡一饮而尽，喝完还不忘调侃安焱："我干了，你随意。"

"随意什么随意，你以为我们俩是撸着串喝扎啤呢。"

"你继续品，我要回去工作了，努力工作，努力赚钱才有扎啤可以喝。"

"等等，把这个拿上。"

"什么？"丁子君看着安焱手上的创可贴，表情有些僵硬，"你给我这个做什么？"

"你早上来的时候走路就一瘸一拐的，一定是膝盖受了伤，不然你干吗特意穿条黑丝，虽然我不知道你什么时候落下的伤口，给你个创可贴装一下也好表现我的绅士风度。"

粉色的创可贴上还印着一只胖嘟嘟的猫崽子，这种少女系的东西让她贴在膝盖上，太幼稚了吧。

见她半天没反应，安焱低头看了看她的腿，又一脸恶寒地瞅了瞅她："你该不会是老寒腿吧？"

她扑哧笑出声，冲他翻了个白眼：“你才老寒腿，你全家老寒腿。”

维持着僵硬的笑容，等拿着这个小小的创可贴回办公室后，丁子君才卸下了伪装的笑意。她有些凄凉地看了看手里可爱的小玩意，悲凉地想着，为什么送这个给她的人不是郑超？

为什么在她受伤后安慰她的不是她爱的人？为什么做到如此细心体贴的人不是她爱的人？

如果可能，哪怕有一点点，郑超可以有一点点像安焱这样暖心就好了，那样的话，她就不会爱得这么辛苦了。

创可贴自然是没什么用，丁子君把它放进自己办公桌的抽屉里，埋头继续工作。

这件事情她原本以为就此结束了，郑超发了火，她也不准备计较了，也没什么好惦记，只是她忽略了一点，郑超怎么会是那种轻易放过她的人，她不真诚地道歉，他就继续别扭下去，绝对没完。

事情从她回到家说起，她发现郑超的东西一点没收拾，还在她家里零零散散地扔着，他的人却是不见踪影。她给他打了个电话，想要问问他这些行李该怎么办。

电话接起来，那头的声音异常嘈杂，音乐声、歌声还有女孩子娇笑的声音，歇斯底里地从听筒里传来。丁子君下意识地抬高嗓音：“郑超，你在哪儿？你的行李怎么办？要我帮你收拾吗？”

“没关系，我自己回去收拾。”他的声音低低的，绵软而含混不清，带着微醺的沙哑，联系着听筒里传来的背景音，她猜想，郑超应该在酒吧。

“好。”

既然他要自己回来收拾，那么她也不好随便乱动他的东西。

挂了电话后，丁子君才忽然想起来，她忘记问他什么时候回来了，要不要给他留晚饭？

她就又给他打了个电话，只是这次接电话的却不是他本人，而是一个甜美娇软的女声：“喂，请问你找谁？”

“废话，还能找谁，我打郑超的电话还能找你不成？”

她才不管郑超有什么特殊原因让别的女人接了电话，也不管什么风度不风度，她很不爽，也没必要给一个来路不明的女人面子。

“超啊，他喝醉了，在沙发上休息呢，我把电话给他。”

听筒里传来一阵细碎的交谈声，虽然背景声音嘈杂混乱，可丁子君还是清清楚楚地听清了他们的对话。

那个女人说：“超，你的电话。”

郑超说：“谁的？”

那女人说：“来电显示是小乖。”

郑超一听，很干脆地回绝：“不接。”

听到这儿，丁子君扬声冲话筒吼了一声：“麻烦你把酒吧的名字告诉我。”

那女人无所谓地回答：“就在皇城，胜利大街那个。”

挂了电话，丁子君换了衣服就往皇城奔去。呵，还跟她来这招，还给她来了一遍情景模拟是吗？想让她体会一下他的心情是吗？

很好，她很明确地感受到了他的怒意，所以，他们俩很有必要好好谈一谈。

进了酒吧，丁子君很快就找到了郑超，没什么特别的原因，就他身边花蝴蝶围得多，辨识度高得很。

她几步走到郑超面前，冷静地开口：“郑超，有什么事我们回去说，何必刻意演给我看。”

“小乖，怎么样？你生气吗？”他表情淡然，整个人慵懒地躺进沙发里，神色迷离，眼底眉梢俱是不以为意。

丁子君生生压下心中的火气，轻声开口：“是，我很生气，和你一样生气。我知道，昨天的事是我的错，可我觉得那样的小事只要解释一下你就应该能理解的，昨天你完全可以开诚布公地和我说，为什么要一直闹别扭？”

“我怎么理解你？你敢说你不知道安焱喜欢你？他的眼睛恨不得戳穿你了，你怎么做到视而不见的？”

他又冷嘲热讽了，一旁坐着的女人一脸八卦地看着丁子君，毫不掩饰地开口："哇，这么劲爆，她劈腿了是吗？"

丁子君听出了她的声音，是接电话的那个女人，人长得比声音还甜美，水灵灵的年纪。

她可以容忍郑超的小孩子气，可以容忍他的不成熟，甚至容忍他偶尔的尖酸刻薄，因为她知道，他之所以这样，是因为在乎她，所以患得患失，变得不像他。

可她受不了别人对他们的感情指手画脚，他却表示默许。

心底压抑着的委屈突然涌上来，她自嘲地想着，她何必要这么委屈自己呢？就算她忍了，就算她宽容了，可他会领情吗？

不，他不会，他只会认为这是她应该做的，因为她做错了，所以她应该要道歉。

"是，我知道安焱喜欢我，并且留学那几年他曾经明确提出过想要和我交往，可我不假思索地拒绝了，甚至没有要试一下的意思，因为他不是我爱的人，所以我不愿意将就。回国之后，他机缘巧合地成了我的上司，我觉得如果非要和他保持一定距离的话反而显得刻意，所以，和他相处依旧是从前的样子，很随性。他喜欢我是他的事，而我喜欢谁是我的事，你不能因为他喜欢我，就认为我和他在一起也是暧昧的。"

"就是因为他对你有非分之想，所以才会故意想要和你独处。"

听了她的解释，郑超没有一点要理解的意思，眼神反而更加冰冷，像是审视犯人似的看着她，加上旁边看好戏人意味不明的眼神，丁子君最后的心防终于崩溃了。她何必这么辛苦，就算她不任性，他也不会心疼，她何必这样勉强自己。

做好了破罐子破摔的准备，丁子君冷了脸，眼底一直隐藏的凄凉终于浮了上来，她几乎是失控地吼出声："郑超，你够了。不用你说我也知道，我也在后悔，后悔我为什么会爱上你，为什么我爱上的不是安焱，为什么我爱上的会是这样的你，霸道、自以为是、执拗得不可理喻，永远学不会成熟。我跟着你受了多少伤害、受了多少委屈你知道吗？你口口声声说爱我，但你的爱呢？你的爱就是不分青红皂白地怀疑我？你让我怎么全盘接受你的爱？”

说到这儿，丁子君忍不住落了泪，积压在心底的委屈和怨恨涌上来，越想越难过。她擦擦眼泪，哽咽道：“爱你爱得太累了，真的，郑超，特别辛苦，你和五年前一样，一点都没有变，依旧是锋芒毕露，你看不到自己身上竖起的刺，因为你伤害的总是离你最近的我，你嘴上说着喜欢我，却又让我这么难过。”

酒吧的灯光扑朔迷离，朦胧一片，并不是太明亮耀眼，丁子君看不清郑超的表情，她擦了擦眼泪，转身离开，而他，没有追出来。

其实她说这些话并不是要分手的意思，毕竟不再是小孩子，她知道自己的心意，也知道自己确确实实离不开他，哪怕受伤，哪怕难过，也只想留在他身边。她这么说，只是想让他知道，光是遵从本能的爱并不一定是最好的，要懂得你爱的人需要什么样的爱，那样的爱才是圆满的。

他们就像两只刺猬，明明爱着彼此，可每次拥抱总是伤痕累累，因为找不到最合适的距离，所以只能一次次地受伤。

回了家之后，她直接收拾好郑超的东西，装进他的行李箱里，并且很矫情地想着，干脆明天给他快递过去算了，连见面都免了。可转念一想，自己也记不清他的具体住址，只能傻笑着作罢。

一直憋在心里的负面情绪终于释放出来，丁子君突然觉得很轻松，不管郑超会怎么做，她心上压着的大石头总算是移开了。

爱情本来就是这样，跌跌撞撞、磕磕绊绊，像两个本不契合的齿轮，忍痛磨去自己的棱角，只为更好地适应对方，没有生下来就完美契合的两个人，要想更好地爱自己想要爱的人，就要受得了被打磨的疼痛。

郑超是第二天早上过来的，大概七点多，当时丁子君正在厨房做饭，她也没有刻意躲着不见他，自然地给他开门，并且嘱咐道：“走的时候顺便把行李拿走。”

门口站着的人一直没有说话。

丁子君把煎蛋装盘端出来，看了一眼还在沉默的人，随口说了句："不好意思，我只做了我自己的份。"

等她把牛奶端出来的时候，他终于开口说话了，嗓子沙哑得不正常，她不知道他是不是又在用这种苦肉计博取她的同情，总之，她只当没听出来。

"小乖，我想和你谈谈。"

呵，连道歉都是这么高姿态，这么霸道的口气，根本不给她拒绝的余地，既然仍旧放不下身段，那又何必勉强自己来道歉。

"好，你想谈什么。"

丁子君从沙发上起身，双目直视着他，给了他足够的尊重。她不会像他一样，完全不听别人的解释就妄下结论，他既然要解释，那她就洗耳恭听。

"昨天那个女人是我一个哥们的女朋友，我和她没有关系。"

"你要跟我说的就是这个？"

"不然呢？"他一脸理所应当的表情，感觉他肯为这个道歉就已经是给了她最大的宽容了。

这是他想给的道歉，可她并不稀罕。

她在意的不是那个女人是谁，在意的是他为什么可以把手机这样私人的东西给别人碰，并且还很嫌弃地和那个女人说不接她的电话。她介意的是当那个女人嗤笑她的时候，他为什么可以面无表情地表示默认，和一群看好戏的人一起看她那么狼狈。

她在意的是他为什么永远意识不到自己到底哪里错了。

"没有没有，我谢谢你能和我道歉，毕竟这样的道歉对于你来说是很困难的，不管这个道歉是不是真诚我都该感恩戴德，好歹是你头一次这么严肃地跟我道歉。"

丁子君的话说得语无伦次，她不知道自己现在是该生气还是应该觉得悲凉，她握紧双手，努力控制着，让自己的声音听起来平稳："可是郑超，我希望你能明白一件事，那就是，道不道歉是你的事，接不接受却是我的事。

呵，怎么办？我并不是很愿意接受你的道歉。”

“为什么？”

郑超的表情很受伤，好像不接受他的道歉，她就是个罪人，是不可理喻的。丁子君眨眨眼睛，不让眼角的泪流下来，她也想继续抱怨，说自己心里的不满，可说了又有什么分别？

除了把她的伤口赤裸裸地揭开让他一遍又一遍地往上撒盐外，还能有什么用？

她像个泼妇一样埋怨流泪，他能悔过半分吗？江山易改本性难移，她没有资格让他为自己改变什么，从前没有，现在，亦是。

“没有为什么，郑超，从来没有为什么，你觉得是什么样就是什么样吧。我受够了，我想冷静一下，你走吧。”

“丁子君。”郑超厉声吼了她一声，表情有些许的不耐烦。

她忍了很久的泪终于落下，她的消极应战终于惹怒他了，超过了他的忍耐范围后他便不再纵容她了。

还有什么好说的，就算她现在哭着说自己多么委屈、多么难过又能怎么样呢？他可以哄她，两个人可以重归于好，然后呢？这样的事情会没完没了地上演，他永远不会主动改掉自己的缺点，她也永远摆脱不了被伤害的宿命。

“郑超，你去找一个愿意低三下四陪着你，愿意看你脸色，提心吊胆过日子，愿意承受你给的一切伤害的女人吧。我，受够了。”

听她放了狠话，郑超铁青着脸走上前。她知道，因为她的这句话她又有罪要受了，他会不择手段地让她悔过，让她下辈子都不敢有这样荒唐的想法。

还没等他走过来，丁子君就端起桌上装煎蛋的盘子狠狠砸在了他的脚下，尖锐刺耳的声音迅速扩散，碎瓷片飞溅开来，甚至直接划在了她脸上。

脸上似乎有温热的液体流下来，丁子君伸手一抹，指间上有些红，她懒得计较，抬头看着止住脚步的郑超：“你准备怎么办呢？又要折磨我，逼着我跟你磕头谢罪，说我以后再也不敢了？”

因为她的话，郑超的脸又黑了几分。

“丁子君，你不要无理取闹。”他站定，皱眉看着她。

丁子君抹了把脸上的血，弯腰抽了纸巾压在脸上，疼得皱了皱眉，到了现在这个时候，他在意的还是她强硬的态度，从头到尾，没有关心过她的伤口，没有问她，疼不疼，要不要包扎一下。

大约他觉得，这是她自作自受，活该疼着。

“我就这么无理取闹，你能把我怎么办？自从和你交往，不管是从前还是现在，你总是口口声声地说要我理解，要我不要任性，要我乖乖体谅你，我可以捂着良心说，我做到了。你爽约不理我，好，我理解你；因为工作，你在那么多人面前训我，好，我也理解；你公私分明，你和其他女人在一起，让她接你电话，行，那是你哥们的女朋友，跟你没有半毛钱关系，好，我也理解你。可是郑超，你有没有想过，在我一次又一次理解你的时候，你在干什么？我告诉你，你在伤害我，从前的苏然，现在的安焱，你连一丁点要理解我的意思都没有，想怎么对我就怎么对我，凭着你的意思来，从来不在乎我的想法，只要你的目的达到了，那就够了。

“就算是普通人相处起码也得懂得什么叫己所不欲勿施于人，而你，明明是我的男朋友，却连这一点都做不到。郑超，我忍你，我理解你，我独自扛下所有的委屈，并不是因为我坚强懂事，而是因为我爱你，哪怕受尽了委屈，我还是舍不得离开你，你不会理解我的难过，所以用我对你的爱一次又一次地伤害我。你不过是仗着我爱你，所以这么嚣张地伤害我。”

大约是她这样凄凉的话终于打动了他，他的表情总算不再冷硬，稍微柔软了一点，就连语气都温柔了不少：“小乖，你不要这样。”

打一个巴掌，再给颗甜枣的事，她丁子君受够了。她后退一步，把手里已经濡湿的纸巾扔了，又换了一张捂在脸上，抬手打掉了他伸过来的手：“郑超，如果我爱你，那你是我的一切，可如果我不爱你，你就什么都不是。你走吧，我累了，不想和你吵了。”

郑超终于着急了，露出她好久没见过的惊慌失措，几乎是语无伦次地解释：“小乖，你不要这样，我错了，你不要随便说这种话，我知道是我不对，你给我点时间，我一定改，你别这样好吗？”

丁子君挣脱他的怀抱，走到客厅中间，把他的行李扔出门外，大开着门看着他：“郑超，你走吧。”

她的态度从来没有这样强硬过，她一直是个温柔懂事的女孩，虽然偶尔撒撒娇，耍耍脾气，可真正遇到事情的时候，她总是最能理解他的那个人，一直以来，他把她的这种理解当成了理所当然，却忘记了，她这份理解背后的容忍。

这次，她大约是真的不会原谅他了。

郑超离开后，丁子君颓然地摔进沙发里，客厅里一片狼藉，她自己也是一片狼藉，脸上血泪交融，还真是要多狼狈有多狼狈。

刚休息没一会儿，外头又响起了敲门声。

她诧异地打开门，门口站着郑超，手里拿着一摞创可贴，她冷笑一声：“郑总一直都喜欢马后炮的吗？真是不好意思，辜负了您的一片好心，我的伤口都快愈合了，创可贴来得有点迟了。”说完她干脆利落地摔上门，完全没在意他眼底的落寞。

大早上就折腾得这么累，等到了办公室，丁子君直接累瘫在桌上，安焱把报表拍在她办公桌上，很不满地训斥她：“我是你老大还是你是我老大，有像我这样一个劲往下属办公室跑的老总吗？你能不能有点作为别人下属的自觉？”

“老大我错了，我下次一定注意。”丁子君装作揉眼睛顺势挡住了脸上的伤口，要是被他看见了，一定会啰唆个没完。“更何况，不是有内线电话吗，你按一下我就火速飞奔过去了，你何必自己跑过来。”

安焱掩饰了脸上的不自然，支支吾吾道：“我不是……嫌内线太慢嘛。”

嫌内线太慢所以自己一趟趟地跑，什么神逻辑？

“倒是你，眼睛怎么了？怎么一直在揉？”安焱顺势转移了话题，俯身瞅着她，一脸的关切。

完蛋了，要露馅了。丁子君干笑两声，动作迟缓地捂上眼睛：“啊呀，就是有点迷眼睛，我再揉揉。”

“你光揉怎么行，容易角膜发炎，别乱动，我帮你看。”安焱一把按住她乱动的手，俯下身来，准备替她吹眼睛。

“你……这是怎么了？”

手被拿开，脸上的伤口也就暴露了，虽然伤口不太深，血也止住了，但那道血痕看着还是挺吓人的。安焱的脸色不太好看，沉声问她：“怎么弄的？”

她乖乖回答：“碗碎片蹭的。”

“丁子君你可真是好样的，你吃饭拿脸吃吗？还能刮了脸。”

“我不是拿脸吃饭，我是靠脸吃饭。”丁子君嬉皮笑脸地回答。安焱虽然生气，可她知道，他从来不会真正地吼她，大多数是气她太不小心。

果然，她刚说完，安焱就无奈地叹了口气：“好好好，你靠脸吃饭，先跟我过来，把伤口处理一下。”

进了安焱的办公室，他蹲在地上，手里举着棉棒给她消毒。丁子君咧了咧嘴，倒吸了一口气，他吓了一跳，赶紧停下，小心翼翼地问：“很疼吗？”

她傻笑，一脸的狡黠：“没有，我骗你的。”

“你能不能别老这么嬉皮笑脸的。”安焱恼怒地捏着她的脸颊。

丁子君揪揪他的手，赶紧求饶：“老大，老大，这次是真疼。”

消了毒，又贴了一个创可贴，安焱这才放心，想起了正事：“你是不是和郑超吵架了？”

丁子君原本还想装作茫然地否认一下的，但禁不住安焱猜得这么准，下意识地脱口而出：“你怎么知道？”

“还用猜吗？难不成真是吃饭磕到脸了？”安焱知道，能让她这么反常的，也只有郑超了。

“其实也不算是吵架，我骂了他一顿，本来想要帅摔个碗吓吓他的，没想到碎片蹦了自己的脸。”

她说得随意，安焱松了口气，没有深究原因，只要这个伤害不是郑超直接造成的就好，自己把丁子君让给他，是让他好好爱她的，不是让他伤害她的。

下班回家，一出公司门，丁子君就看到了郑超的车，安焱也注意到了，冲着郑超的方向抬了抬下巴："你男朋友等着你呢。"

"他不是我男朋友，我不认识他。"丁子君看都没看郑超一眼，转身往前走。

安焱难掩惊喜地问她："你们分手了？"

"我分手你就这么高兴，你缺不缺德。"丁子君抬头白了他一眼，她还没分手，他幸灾乐祸个什么劲。

"咳咳，不好意思。"安焱赶紧转头，掩饰了自己脸上的笑意。

之后的几天里，郑超一直在丁子君身边出没，晚上会在她楼下待到很晚，上下班的时候会一直开车尾随她。最初还给她打电话，但她傲骄地表示，你不是不想接我电话吗？我成全你，我也不接你电话。

最后他电话也不打了，但会按时给她发短信，异常频繁，差不多一个小时发一次，从早上七点到晚上十点，差不多持续了一个星期。

短信的内容没什么特殊的，没有道歉求原谅，也没有什么博同情的段子，只是简简单单的问候，些许叮咛，偶尔还会说说他自己的情况，比如说他又接了一个案子特别忙，他又去哪里应酬了，那个老板长得很像陈建国。

这样温润不突兀的联系，丁子君倒也喜欢，即便不回复也会细细地看完。

直到一周后，她最后一次收到他的短信，内容也没什么特别的。

"我今天开车的时候听到手机响了一下，还以为是你回复我了，结果就被交警扣下了，他警告我，郑总，以后开车不要看手机。其实当一个公众人物挺好的，被交警拦下也不会被开罚单。"

她只当是一条普通短信，没有注意，看过之后就删除了。

然而，从那条短信以后他就再也没有给她发过短信了，他的车也再没有出现在她的视线范围之内，每次下班她总是习惯性地寻找那辆黑色轿车，但当视线落到的地方只是一片空地时，她又忍不住自嘲，人啊果然是个矛盾体，在的时候，故意视而不见，不在的时候却又止不住地惦念。

郑超消失了一个月后，丁子君终于坐不住了。这一个月里她又是矛盾又是纠结，一边想着他是不是放弃她了，一边又想着他是不是因为出什么事了才会杳无音信。

好在机会很快就来了，关于上次和华煜合作生产的产品市场调研出来了，所以结果需要向郑超汇报一下，丁子君很积极地向安焱毛遂自荐："老大，让我去吧。"

"这是秘书的活，你去干什么，你还嫌不够累啊？"

"我秘书病了，所以还是我亲自去吧。"

"小倩现在在茶水间冲咖啡，你能不能找个合理点的理由？"

"……好吧，其实我是想听一下华煜对于这次产品调研有什么看法，我们也好扬长补短。"

安焱无言地看着她，一副你继续编的表情。

"好吧，我想去看看郑超在不在。"

"你的小心思我还猜不出来，还在这儿装。怎么过去，需要我送你吗？"

"不用，我自己开车就好。"

一路驱车到了华煜楼下，丁子君倒车进了停车位，心里还是有些小忐忑，如果郑超真的就此把她当作路人了，她该怎么办？

这么想着，心里就拔凉拔凉的，可既然都到了楼下，哪有再回去的道理，她硬着头皮进去，在秘书的带领下来到他办公室的门口。

秘书敲着门，声音像是砸在她心上似的，咚咚作响，无论如何，她都必须端住架子，不管他是什么态度，她都必须保持镇定，就像他说的，要公私分明，他们现在谈的是公事，绝对不能带任何私人感情。

秘书推开门，请丁子君进去。

丁子君心里咯噔一下，腿都要软了，她实在没有自己想象的那么淡然，可以面不改色地见那个将近一个月没见的人。

怀揣着一颗上蹿下跳的小心脏进了办公室，等看到办公桌后坐着的人后，丁子君的心瞬间凉了半截。

谁能告诉她，为什么这个人不是郑超？

也就是说他之所以消失是因为被调任了？这可是他自己的公司，开什么国际玩笑。

“丁子君你好。”那人倒是热情得很，起身快步走来和她握手。

丁子君敛了脸上失望的神色，回握了一下他的手：“你好，这是产品调研报告，你看一下。”说完，她就想转身离开。

这个人叫什么，他为什么知道自己的名字她完全不在意，她现在满心满眼想的是，为什么郑超不在？为什么他会突然失踪？

见她要走，身后的人喊了一声：“我在表哥的手机上见过你，他天天念叨你，所以我一眼就认出来了，你本人比照片好看多了，更白点。”

呵呵，这么大岁数的人了还学小男生搭讪，我白不白，好不好看关你屁事，又不是给你看的。

丁子君回头礼貌地笑了一声，转身快步离开。

出了门，她就迫不及待地给郑超打电话，什么骄傲、什么低声下气她都不在乎了，不管他说什么她只想问问他，他现在在哪儿，好不好？

只是这次他并没有接电话，电话里传来机械甜美的女声：“对不起，您所拨打的号码是空号，请核对后再拨。”

突然失踪，公司也不去了，手机号也注销了，他不会是被人拐卖了吧？

怀揣着这样的想法心急如焚地赶回公司，她直接飞奔进安焱的办公室，上气不接下气地开口：“老大，怎么办，郑超失踪了。”

安焱抬头看着她：“失踪了？他不在公司？”

“他消失一个月了，也不在公司，今天我头一次给他打电话，我的亲娘，号码都注销了，他是不是被人拐卖了？”

看着丁子君一脸的惊慌失措，安焱赶紧安抚她：“你不要这么紧张，谁知道他是不是今天休假，一个月不联系你可能是他想要冷静一下，号码可能是他做了什么设置，这些都不是问题，什么拐卖不拐卖，像他那样的人精，他不拐卖别人就谢天谢地了，哪个人敢拐卖他。”

听了安焱的话，丁子君也觉得自己的逻辑有些可笑，她抓抓头发，百思不得其解："那他为什么不接我电话呢？为什么突然不联系我了？就算分手也好，冷静一下也好，总得告诉我一声啊，突然让人家这么担心算怎么回事。"

"好了好了，你先冷静，想一想你认不认识郑超的朋友或者家人之类的，可以联系下，问问他的近况。"

"哦，对，我想起来了。"那个自称是郑超表弟的人，人家明明说了我表哥怎么怎么了，她当时脑袋充血，一心觉得他是个调戏良家妇女的流氓，呵，丢人丢大发了。

"想起什么了？"

"现在替代郑超在公司的好像是他表弟，我去问问他表弟，看能不能打探到消息。"

"需要我陪你去吗？"

"那倒不用，只要你给我准假就可以。"

"无所谓，反正落下的工作也还是你的。"

"……"

Chapter 09

风继续吹

半个小时后，郑超办公室里，那个自称郑超表弟的人热情地给丁子君端上一杯咖啡，很不客气地调侃她：“我刚才就说郑超是我表哥，你还一脸嫌弃地跑了。”

“刚才不是没反应过来吗……”丁子君尴尬地笑了笑，抿了口咖啡掩饰自己脸上不自然的笑容。

“我表哥现在回家了，他妈在照顾他。”

“照顾？他病了吗？”

“你不知道？”郑超表弟惊讶地看着她，一脸的不可思议。

拜托，这个很奇怪吗？她又不是郑超肚子里的蛔虫，怎么可能事无巨细都知道，有点盲区也是正常的啊。

“他出车祸，小腿骨折了，你竟然不知道？你不是他女朋友吗？”

丁子君只感觉晴空里劈下一道雷，轰的一声把她炸了个灰飞烟灭，让她半晌都反应不过来。

她还以为他是神秘失踪了，可结果似乎比失踪更严重，难怪这一个月他一点音讯都没有。

现在这个时候再问什么他伤得严不严重，疼不疼就没什么实质性意义了，丁子君敛了神色，问道：“那郑超父母家在哪里呢？我想去看看他。”

“可以是可以，但你不能说是我把消息告诉你的。”

丁子君挑眉，冲郑超表弟使了个为什么的眼神。

郑超表弟心领神会，赶紧解释：“因为表哥说了，他不见你，所以不许我们任何一个人透露风声。”

他的话像是一块巨石压在丁子君心上，压得她喘不过气来，到这个时候了他还在闹别扭，明明自己是他最亲近的人，她却是最后一个知道消息的，他都快好了，她却刚知道他受伤的事。

她曾经嘲笑过他马后炮式的关心，现在，他算是以其人之道还治其人之身了。

根据郑超表弟提供的地址找到了郑超父母所在的高档小区，看着里头独栋别墅自带小花园的户型，丁子君长长叹了一口气，不自觉地脑补了一出恶婆婆欺负小媳妇的悲情戏码。

自从两人交往以来她从来没有见过郑超的父母，他似乎也不太愿意和她说家里的事，这样完全没有任何防备地去见他的父母，既莽撞又带着点忐忑。

到了目的地，丁子君深深吸了一口气，给自己鼓足了勇气后坚定地按响门铃。

“您好，请问您找谁？”门铃里传出来一个女声。

“我找郑超。”丁子君回答。

“请问您贵姓？”

“我姓丁，我叫丁子君。”

“好，麻烦您稍等一下。”

等了半分钟门就开了，丁子君由一个保姆样子的阿姨领进了屋，虽然她给自己做了很多心理建设，可在看到郑母的时候，她还是忍不住有点紧张。

郑母看着很年轻，眉眼凌厉，眼神深邃锐利，打扮得精致得体，虽然面带微笑，可气场很强大。

“伯母您好，我是郑超的朋友，我叫丁子君，我来看看他。”

“丁子君？”郑母细细咀嚼了一下她的名字，若有所思地看着她，起身解释，“他现在恐怕不方便，正在开会，你能稍微等一下吗？”

“没关系的，我可以等。”

两人落座，阿姨端上了茶水和水果，郑母取了一块火龙果递给她：“喜欢吃这个吗？刚上季的，我吃着还不错。”

“谢谢。”丁子君接过火龙果，虔诚地塞到嘴里，心里暗自嘀咕，郑母并没有她想象的那么严厉，和郑超一样，属于外冷内热型。

“他自从来这里后没少和我闹别扭。”

丁子君赶紧放下手里的水果，仔细听着。

“他的脾气和我一样，特别倔，一旦有了主意后十头牛都拉不回来，我们俩几乎没怎么好好说过话，我非要管教他，他偏偏不让我管，所以，虽然我是他妈妈，可我们的感情并不是太好，早些年我一直在忙事业，确实忽略了他。”

郑母突然和她说这些是什么意思啊？她完全不知道该如何回答，难不成要说没关系，只要是亲生的，总有一天会亲密的？还是应该说，确实，郑超那家伙真是死倔。

呵，开什么玩笑。

她本来就不是能说会道的人，加上本身就有点紧张，现在更是半句话都说不出来，憋了半天来了一句：“那伯父呢？”

她下半句还想说可以让伯父管教，您可以负责当一个慈母啊。还没等到她说下半句，郑母就开口了：“在他十岁的时候，我就和他爸爸离婚了，一直是我带着他。”

丁子君眨巴着眼反应了好一会儿，才尴尬地道歉：“对不起，我不是故意的。”

“没关系，大概是因为这个原因，郑超的性格特别偏执，有时候有点极端，是我的问题，没给他一个健康的成长环境。”

难怪他会那么霸道，那么自以为是，总是意气用事，不懂得考虑别人的感受，外表看起来刀枪不入，内心却总是患得患失，缺乏安全感，原来根源在这里。

两人正聊着，楼上突然传来一阵吵闹声，郑母见怪不怪：“他自从受伤之后脾气更差了，逮谁骂谁，翻脸比翻书还快，不用管他，让他冷静一下再进去，他气来得快也消得快。”

郑母表情淡定，一脸的习以为常，看来已经在这样的环境里找到了和郑超相处的最好方式。她一副过来人的模样，丁子君却替她心疼，明明是自己最疼爱的人，却爱得这么无奈。

不一会儿，几个炮灰就下来了，领头的那个人擦了擦额上的冷汗，向郑母请示：“廖总，今天的案子麻烦您和郑总再说一说，我们最多只能让百分之十。”

“好，我一会儿和他商量吧。”

“谢谢廖总。”

几个炮灰离开后，屋子里又恢复了安静，丁子君担心地看了看楼上：“伯母，我可以上去看他了吗？”

“可以是可以，只是他现在在气头上，要是他发火了，其实也没有针对你的意思，希望你不要介意。”

“我不介意。”

郑母领着她上楼，来到郑超的卧室门口，轻轻敲了敲门：“郑超，我可以进去吗？”

“出去。”

里头传来一声怒喝，丁子君吓了一跳，她从来没有见过他真正生气的样子。和她在一起时，他生气顶多是冷着脸对她冷嘲热讽，但没和她说过一句重话，现在听到他的这声怒吼，她还挺害怕。

“你朋友来看你。”

没等郑超继续吼，丁子君就赶紧自报家门：“郑超，是我。”

一紧张，她也忘记说自己是谁，但里头的人早就听出了她的声音，低低地喊了声：“进来吧。”

郑母拧动把手推门进去，丁子君小心翼翼地跟在后面。

卧室很大，地上铺着烟灰色的地毯，把脚步声吸得干干净净，郑超半靠在床沿上，腿上放在笔记本电脑，等看到进来的人后，随手摘下鼻梁上的细边眼镜，面无表情地看着郑母："是你告诉她的？"

丁子君知道他的意思，他以为是郑母告诉了自己他受伤的消息。

"不是，我从别人那里打听到的。"丁子君连忙说道。

"看够了吗？看够了就回去吧。"

床上的人从始至终没有抬起头看她，表情冷冷的，一副要送客的样子。

郑母有点尴尬，赶紧解释："他最近脾气不太好，你不要介意。"

"没关系，我习惯了。"

丁子君径直向床边走去，一巴掌把他的笔记本电脑扣下去："累了就休息一下，别看了。"

郑母被她这一举动吓了一跳，郑超这个火药桶，他们一般能躲多远就躲多远，她倒好，还点了把火上去。

"关你什么事，你出去。"郑超冷着脸甩开丁子君的手，重新把电脑打开。

"为什么不告诉我，你受伤的事？"就这样莫名消失了一个月，一点音讯都没有，是故意用这种方式惩罚她吗？

"呵，丁子君你继续装，是不是一会儿还要问我疼不疼？戏演得真足。"郑超嗤笑一声，看都没看她一眼，继续办公。

"明明是你不联系我，我怎么装了？我给你打电话，你的手机是空号，你让我怎么联系你？"

"丁子君，我在出车祸后第一时间就给你发了短信，我的手机碎了，卡坏了，我借了别人的手机发给你，你看了吗？整整一个月你对我不闻不问，现在突然想起来了，过来装模作样地慰问我，我要是死了，你上坟都迟了！"

依旧是冷冰冰的口气，他虽然没有吼她，可丁子君知道，他是真的生气了。听他这么一说，她隐约想起，好像之前是收到过短信，可被她当骚扰短信拦截了，随手删除之后就没在意。

那条短信应该就是他发的。

她以为他不联系她，或许是在给彼此冷静的时间，但对于他来说，他受伤了，第一时间告诉了她，她却一点反应都没有，他这么高傲的性子自然不愿意主动求她。

这么一拉扯，怎么能没有误会。

“这真的是个误会，我知道跟你解释你也不会听，我确实对不起你，既然你不愿意见我，那我就先走了，你好好休息，再见。”说完，丁子君转身离开。

床上的人面无表情地看着她，什么都没说。

下了楼，丁子君准备和郑母道别，郑母打量了她一下，后知后觉道：“你是郑超的女朋友吧？”

到了这个时候，丁子君也没有隐瞒的必要了，很大方地承认了。

郑母又说：“他经常提起你，今天一看，你果然挺特别的，一个月了，头一次见他能压着嗓门和别人说话。”

郑母的话里是满满的调侃意味，两人心照不宣地笑出声。

正说着，郑母的手机就响了，她接起来，那头的人不知道说了什么，她下意识地看了丁子君一眼后才回答：“还没走，不过马上就要走了。”

啧啧啧，一听就是郑超的电话，还真是不待见她，都迫不及待要轰她走了。

“伯母，那我先走了，我过几天再来看他吧。”

丁子君往门口走去，郑母把她的话转述给郑超，还没等她摸到门把手，就被郑母喊了回来：“子君，你先别走。”

“嗯？”

“你再上去坐坐？”

看着郑母意味深长的眼神，丁子君点了点头，两人再次心照不宣地笑出了声。

再次来到郑超的卧室，这个傲骄的家伙倒是没说她为什么又上来了之类的话，垂着脑袋看电脑显示屏，就是不看她。

呵，真是别扭。

他瘦了很多，本来就轮廓分明的脸颊就跟刀削过一般，只剩下了骨骼，家居服穿在身上空荡荡的，整个人憔悴了很多。

在他最需要她的时候，她非但没有陪在他身边，就连基本的关心问候都没有做到，反而是一个劲地计较之前的小矛盾，她这个女朋友当得真是太失败了。

“你最近是不是没有好好吃饭，瘦了好多。”丁子君坐在床沿，伸手握上他瘦得只剩骨节的右手，只是她还没来得及握紧，就被他抽开了。

“跟你没关系。”

“有好好听医生的话吗？我可不可以看一下你的腿？”丁子君也不计较，收回手，又摸他的腿，这次他没有乱动，乖乖让她看了。

他右腿小腿骨骨折，石膏已经拆了，但钢钉还没取，所以小腿上还安着固定腿骨的夹板。丁子君小心地摸了摸坚硬的板子，问了句：“疼吗？”

“你说呢？”

听着他赌气的声音，丁子君忍不住笑出声，俯身凑到他跟前，仰头吻在他唇上，在他唇间吞吐道：“对不起，是我的错，你原谅我好不好？”

被吻的人没有说话，犹豫了一下，把电脑扔到一边，一把将她拉进怀里，按着她的后脑勺加深了这个吻。

这是第一次，两个人睁着眼睛接吻，看着对方眼里自己的倒影，看着彼此眼底的缱绻眷恋，一遍遍地缠绵。

在她被吻到快要缺氧时，她通红着脸退出他的怀抱，软声问他：“想我了吗？”

怀抱着她的人眼底的冰冷已经化成了水，温润的一片，他低头窝进她的肩窝里，紧紧地抱着她，很坚定地点了点头。

“那你刚才还要我走？”丁子君回抱住他，明知道他刚才是在闹别扭，可还是忍不住想逗他。

他没有回答，埋头在她颈侧咬了一口，嘟囔道：“丁子君，你怎么这么讨厌。”

把怀里闹别扭的巨婴哄好后，丁子君是彻底走不了了，只要有五分钟她没有出现在他的视线里，满屋子就回荡着他的呼唤声。

“小乖，你在哪儿？”

“我在卫生间。”

“小乖，你在哪儿？”

“我在洗水果。”

“小乖，你在干吗？”

“郑超，你能不能让我好好上个厕所。”

“……哦。”

到了傍晚，丁子君看着外头黑下来的天色，试探性地问了问床上的人：“天黑了，我要走了，再晚的话我一个人回去不安全。”

她本来想打个同情牌，却没想到把自己绕进去了。听她说完，郑超一把将她揽进怀里，眯着眼蹭了蹭她的发顶，心满意足地说：“天黑了正好，直接住在这里好了。”

“……”如果说只有他们两个人还好，可还有他妈妈啊，她就这样住下怎么想都有点不合适。

“我出去和伯母商量一下好不好？”

“你是留下来陪我，干吗和我妈商量？和我商量就行了。”

“和你还有商量的余地吗？”

“没有。”

“这不就结了。”

书房里，丁子君找到正在办公的郑母，简明扼要地表达了她要离开的意思。听完她的话，郑母思忖了一下，有些为难地开口：“子君，你不能留下来吗？郑超就听你一个人的话，他跟我在一起时脾气说来就来，我一点办法都没有。”

郑母的表情像是吃够了苦头终于找到组织一般，简直把她当救星。

这下好了，母子俩一条心，她还怎么走。

丁子君留下来后，郑母是最高兴的，干什么都指使她。

“子君，让他把药吃了。”

“子君，把这盘水果给他送上去。”

“子君，一会儿帮他做做复健。”

“子君……”

丁子君领命上去，把药递给还埋头盯着电脑的人，顺势拍了拍他的脑门：“好了别看了，先把药吃了。”

“我不吃，这个药太难吃了。”郑超皱眉躲了老远，一脸的嫌弃。

丁子君坐在床沿，把他的脑袋扳过来：“乖，哪有药是好吃的。”

“我不吃。”

“不吃你的腿还要不要了？”

“不要了，反正我不吃。”

“你不要腿我就不要你了。”

“……好吧，我吃。”

虽然郑超这种拒绝吃药的行为有点幼稚，但丁子君在见识到这种药的真容后，竟然有点能理解郑超的心情，这么恶心的药任谁吃都得有强大的内心。

它不是苦，而是有股无比恶心的腥味，像是生物课上的肝脏研磨液似的，光是闻着，胃里就翻江倒海了。

郑超皱眉吞下药，干呕得眼泪都出来了，看他喝完，丁子君伸手环上他的脖子，及时地送上一个甜蜜的吻。

“怎么样？甜吗？喝药后的福利。”

“我还要。”

“不行，喝药之后才有。”

“那我再喝一次。”

“你喝药喝傻了啊？”

两人腻腻歪歪地打情骂俏，不知不觉就到了睡觉时间，郑母敲门进来叫她：“子君，你和我去隔壁睡吧。”

还没等她说话，郑超就不乐意了，冷冷地来了一句：“她和我睡。”

郑母无奈："你腿上还有夹板，两个人睡着多挤。"

"这么大的床怎么会挤？"

"郑超，你不要总是顶撞我，我这是为了你好，你以为我是在害你吗？"

两人的嗓门都不小，火药味迅速弥漫，谁都不让。丁子君总算明白了郑母话里的意思，他们两个人就是性格太像了，所以谁都不愿意先妥协。

最后还得丁子君出面调解："伯母，您放心，我一定会小心的，我睡相很好的，绝对不会碰到他。"

有了丁子君递来的台阶，郑母也就顺势而下了："也好，不过子君你过来一下，我和你说几句话。"

两人出了卧室，郑母一本正经地嘱咐她："我知道你们小情侣正是如胶似漆的时候，可医生说了，他现在不能进行剧烈运动，不然很容易造成骨骼畸形的，我的话他是半句都听不进去，所以，我希望你能把伯母的话放在心上，小心一点。"

虽然郑母说得很隐晦，可丁子君怎么能不明白她话里的意思，一张脸顿时涨了个通红，磕磕巴巴道："我一定……注意。"

回了卧室，丁子君看着床上奸计得逞的人，翻了个白眼，毫不留情地打击他："伯母说了，不许你剧烈运动，你别瞎得意了，洗洗睡吧。"

两人乖乖睡觉，连一点非分之想施展的余地都没有。

第二天，丁子君起床后认真严肃地看着郑超。

郑超抬手摸了摸她的脸颊："你是不是要去上班了？"

丁子君点了点头。

床上的人默不作声，又垂了头，双手把玩着金丝边眼镜，好久才缓缓抬起头，很平静地开口："我想和你在一起。"

丁子君为难道："可我得工作。"

"你不需要照顾我，我自己可以的，你可以继续上班，继续工作，只要能让我和你一起住就可以。"

郑超表情坚定，眼神虔诚，虽然他尽力在装镇定，可眼底的落寞还是止不住地涌上来。丁子君心软，无言地叹了口气，就当默认了。

“那我今天就过去好不好？”一看她答应了，郑超立刻高兴起来，眼底瞬间晶亮一片，双眼放光地看着她。

虽然委屈憋得住，高兴却是难以掩饰，无论何时，在她面前，他始终是个心无城府的孩子。

客厅里，丁子君看着堆了一地的行李和沙发上眯眼看她的男人，一口老血涌上来，真想一巴掌拍傻自己，她是脑子短路了才会接他打的同情牌。

这下倒好，自作孽不可活。

沙发上的大爷自然是不敢随便乱动的，丁子君只能撸着袖子一个人哼哧哼哧地整理行李。

“小乖，书替我放在书房里。”

“小乖，跑步机推到客厅，那里空间比较大。”

“衣服熨过之后再挂起来，不然容易皱的。”

还真把她当奴才使了，丁子君手里抱着他的西装，随手甩在他身上，怒吼一声：“再废话信不信我把你从窗口扔下去。”

沙发上的人终于听话不出声了，丁子君抹了把汗，认命地继续收拾。

收拾好行李，又把沙发上的人安顿好，丁子君伸了伸酸痛的腰，抬头看了眼挂钟，已经接近十一点了，这个时候再去上班有点不太实际，她掏出手机给安焱打电话。

“老大，我下午再过去吧，上午有点事耽搁了。”

安焱没有在意她的马后炮，关切地问：“郑超怎么样？没事吧？”

哦，对，她昨天下午离开公司说要去找郑超的，郑超倒是找到了，却没想到给安焱汇报一下，亏他还惦记着，她倒忘了个一干二净。

“他没什么事，挺好的。”

沙发上的人自然知道是在说他，小声地嘟囔：“骨折算没事吗？那怎样才算有事。”

听到他不满的嘟囔，丁子君回头甩了一记冷眼给他，见他眼神避开后才继续和安焱说话。

“我落下的工作多吗？不行的话我今天晚上加班吧。”

两人又聊了几句就挂了，丁子君回头看着沙发上赌气的人，郑重地解释：“这是我们两人之间的事，安焱只是一个外人而已，没必要的事就不用说了。”

大约是对于她这句安焱是个外人的话比较受用，郑超总算收起了那张臭脸，露出了一抹得意的微笑。

郑超就这样堂而皇之地住了下来，丁子君认命地照顾他，那个口口声声说可以照顾自己的人却是连口水都不愿意倒，只要她回去了，肯定是被使唤的命。

她要回去做饭，端到大爷嘴边，等大爷吃完了再洗碗，要不停地收拾他扔下的垃圾，每天要洗两个人的衣服，还要收拾房间，甚至还得帮他洗澡。

她活脱脱就是个粗使丫头，毫无出头之日。

这样奴役的生活持续了两个星期后，丁子君终于爆发了，导火索不是郑超，而是他那个含糖量五个加的小秘书。

这天中午，她累得呼哧带喘地冲回家，边上楼梯边琢磨着要给那个大爷吃什么，只是门一打开，屋里的情形就彻底把她震住了。

客厅里除了郑超还有另一个人，她认识，是郑超的秘书，准确地说是负责公关的秘书，两人围坐在小茶几跟前，一人一碗热气腾腾的面，从她这个角度看不清是什么面，只知道他俩吃得还挺高兴。

郑超先注意到她，腾开手冲她招了招手：“这是婷婷，我秘书，你见过的，这是丁子君，我女朋友，你俩应该认识吧。”

那个叫婷婷的女人慢条斯理地抽了一张纸巾，仔细擦了嘴之后才回头，甜腻腻地说：“子君姐你好，很高兴再次见到你。”

丁子君回了她一个微笑，未发一言，低头换鞋。

她承认，自己并不是一个大度的人，也做不到热情好客，对谁都真诚善良，如果是她看不爽的，她从来不会勉强自己去迎合。她可以不在乎那个婷婷打招呼的时候不站起来，也不在乎被看起来似乎比自己年龄还大的人叫姐，更不会在乎一个陌生女人穿了自己的拖鞋。

她在意的是这个女人凭什么把这里当作自己家一样泰然自若，连一点作为外人的自觉都没有。

客厅里两个人还在吃面，丁子君转身进了厨房，里面一片狼藉，面粉洒了一地，袋子的口还没有系上，柜子上还洒了一摊，大概是那个婷婷想自己和面，但折腾了半天没有成功。

和面失败后，那个女人又拆了她的面条，把冰箱里所有的东西都刨了一遍，又胡乱塞了回去，塞不进去的就直接扔在了料理台上，有一根胡萝卜甚至滚到了橱柜下头。

料理台也不能幸免，油盐酱醋全部摆在上面，植物油沿着台子边沿流到了洗碗池里，煮面条的锅还在燃气灶上放着，锅盖随手扔在地上。

丁子君气得肝疼，被一个蛮横不讲理的客户纠缠了一上午，她心情本就郁闷得厉害，加上最近照顾郑超确实很吃力，她整个人精神都不太好，回来就看到这种情况，她怎么能不生气。

这是她的家，是她无依无靠奋斗了两年才买来的只属于她的小屋，这个屋子除了她父母、李珊珊和郑超以外没有其他闲杂人等来过，就连许辉都没来过。

只有在自己这个小窝里她才能真正放松下来，这里的一砖一瓦，每一个小摆件，每一个小装饰都是她亲自挑选的，这个家凝结了她全部的心血，是唯一能给她安全感的地方。

她不是排斥别人来做客，她只是受不了那个叫婷婷的女人如此放肆地在她家里撒野，完全没有尊重她这个真正的女主人。

深呼吸了好久她终于压抑下了心中翻滚上来的怒火，准备先收拾一下厨房，让自己冷静一下。她拎着扫帚扫了地，把料理台上的调料盒归位，正打算整理冰箱时，那个女人进来了，手里端着吃完的饭碗。

看到她正在收拾厨房，那个女人很自然地把碗扔进了洗碗池。

丁子君发誓，如果她只是放下碗出去的话，自己兴许还能继续忍着，可惜，那个女人就是这么不识相。她把碗扔进洗碗池后，很理所应当地说了句："顺便把碗也洗了吧。"

丁子君瞬间冷了脸，狠狠甩上冰箱门，几步走过去，一把揪住她的领子，轻而易举地把她扯到了玄关跟前："换鞋。"

"子君姐，你怎么了？"

丁子君揪着的女人个头矮她一截，这副模样搭配上这样的表情真是让人生怜，可惜，丁子君不吃她这一套。

"老娘二十五，可比你小多了，少在这儿砢碜我。"丁子君松开手。

那个女人踉跄了一下，表情楚楚可怜，很自然地向郑超发出求助的信号。

沙发上的郑超也注意到了门口的战火，小心翼翼地挪过来，开口问道："小乖，怎么了？"

呵，怎么了？他随便把一个陌生女人招到自己家里来，任由她祸乱自己的厨房，跟一朵白莲花似的在这里喧宾夺主，现在他反过来问自己，怎么了？

没怎么，心里不爽而已。

"你出去，不要等我发飙，不是每个女人都像你这么喜欢装白莲花，惹怒了我，我打得你连你妈都不认识。"

丁子君忽视了郑超解围的问话，一把将那个女人推到门口，伸手开了门，冷着脸道："出去。"

"小乖，你怎么了？婷婷是我秘书，她今天是来给我汇报工作的，因为来的时候已经接近中午了，她见我还没有吃饭，所以才煮了面。"郑超很自然地替那个女人说话，话里话外都在维护那个女人。

在他眼里，自己就是个恃强凌弱的恶霸，不问缘由就欺负一个弱女子。

"你给我滚，不要跟我装，这是我和郑超之间的事，跟你没有半毛钱关系。"丁子君见那个女人还死皮赖脸着不走，拎了地上的高跟鞋冲楼道扔了出去，顺势把那个梨花带雨的女人也一把推了出去。

等屋子里没了碍眼的人后，丁子君才回过头，直视着郑超开口：“来谈工作的是吗？例会是吗？好，好，好，郑超，你行。”

她气得语无伦次，根本不知道怎么开口。在他眼里，那个女人就是来汇报工作的，正好赶上饭点，所以人家特好心地替他煮了碗面，郑超认为，她应该感到高兴，毕竟她回来不需要给他做饭了。

他怎么可能切身体会到她的心情，那种自己精心维护，倾注了全部心血的私人空间被别人糟蹋的心情。

他永远不会理解她，所以才可以如此云淡风轻。

“小乖，你其实不需要这么小题大做的，稍微忍一下，等她走了就好了，没必要发脾气的。”

他话一出口，丁子君就气得差点哭出来，这种气到一句话都说不出来的感觉让她整个胸腔都憋闷得快要炸开，可惜，她什么都不能做。

她刚才的行为在郑超看来已经很不能理解了，无论她再计较什么，再争辩什么，他都以为她是因为愤怒冲昏了头脑后的口不择言，除了劝她冷静外，他不会反省他自己。

这样的事情她经历过多少次，她哭过、骂过、争辩过，可又有什么用呢？每次除了让自己更难受外，她没有收到过任何实质性的效果。

“是是是，对不起，是我冲动了。”丁子君低声道歉，伸手开门，把在门口哭得梨花带雨的女人拉了进来，顺势道歉，“小妹对不起，我刚才脑子被驴踢了。”

“……没关系。”那个女人理直气壮地接受了她的道歉，穿着她的拖鞋径直进了客厅，抱腿蜷缩在沙发上。

郑超看了丁子君一眼，又看了那个女人一眼，松了口气道：“谢谢你理解我。”

“不客气。”丁子君说完绕过他穿过客厅，径直进了卧室。

客厅里的两个人终于开始办公了，场面极其融洽。丁子君从卧室里出来，拉着行李箱停在郑超面前，没给他提问的机会，直接开口：“你们一个要汇报工作，一个腿不好需要人照顾，谁都舍不得谁走，我是最闲的那个人，所以，你们不走，我走。”

郑超慌张地起来拦她。

丁子君甩开他走到门口，那个女人装模作样地跑过来，拉着她的手泪眼汪汪地道歉：“子君姐你不要走，我不是故意的，我就是看郑总不方便，所以随手给他做了点饭，你要是不喜欢我的话，我以后再也不来了。”

呵，当了婊子还想立牌坊。那也得看我给不给你这个面子。

“我自然不喜欢你，姐姐我性取向正常得很。还有，你随便做个饭都能把我厨房弄得跟车祸现场似的，你要是大展身手，我这小屋还不得被你炸了。谦虚可以，装 × 就不用了。”

那个女人被骂得脸上青一阵白一阵的，大约是生在红旗下，长在新中国的文明人，没有见过她这样粗鲁蛮横的泼妇。

那个女人缓和一阵后就又黏上来了，全然把自己当成主人似的挽留她：“姐，你别走了，歇一会儿吧，你中午还没吃饭吧。”

丁子君狠狠翻了个白眼，在郑超挪过来之前，她利落地开门离开，没有再看他眼底的任何神色。

不管是指责还是诧异，抑或是不理解，她全都不屑一顾。

中午水米未进，倒是攒了一肚子气，光是气都气饱了，丁子君拉着行李箱气势汹汹地拦了一辆出租车，直奔李珊珊家而去。

到了李珊珊家，她男朋友给开的门，李珊珊正穿着睡衣四仰八叉地躺在沙发上，看的不知道什么节目，笑得跟只打鸣的公鸡似的。

见丁子君进来，李珊珊特敷衍地打了声招呼：“哟，来了啊。”

“珊珊，我想和你住几天。”

“为什么啊？好好的家不回，来我这儿当什么电灯泡。”

丁子君把行李箱扔在门口，坐在李珊珊身边，抢下她手中的薯片：“我受气了，家里待不下去了。”

李珊珊的准老公从厨房出来，端了一个果盘，插嘴道：“不高兴的话就和珊珊住几天，我回公司那头住。”

丁子君就自觉地住了下来，到了晚上，李珊珊的准老公果然言而有信地离开了。

躺进被窝里，两个人又像是回到了学生时代，天南海北地胡侃，从诗词歌赋聊到人生哲学，最后不可避免地绕回到男朋友身上。

李珊珊终于想起了一件重要的事：“对了，你说你受气了？怎么了？

“和郑超吵架了？

“为什么呀？”

丁子君把最近和郑超发生的几次让她又难过又生气的矛盾说给李珊珊听，说到激动的时候，声音大得李珊珊都要捂耳朵。

等她像是精神分裂似的又是吵又是叫，不时还配几声冷笑地讲完后，李珊珊终于分析了。

“你这个算屁事啊，还不都是因为你自己作的吗？男人没有那么多心思的，不管一个男人再体贴，也总有他注意不到的地方，他不可能花费全部心思揣摩你今天脸色不好是因为什么，是不是和他生气，到底为什么生气。你每天这么纠结，不神经衰弱才见鬼了。”

啧啧啧，这个丫头果然是交了男朋友，和学生时代完全不一样了，要是这种事情放在学生时代，她早提刀杀到男生宿舍了。

“我知道，郑超原本就不是什么都考虑得很细腻的人，可再糙也不能糙到这个地步啊？我都那么生气了，他一点都察觉不到？”

李珊珊的话虽然说得没错，可到底也得看情况，像今天这样的事情，就算她再怎么心胸开阔，也做不到完全不在乎。

“这就是你一直纠结的原因，你和学生时候一样，有什么事情不是想着说出来两个人一起解决，应该谁退让，谁改变，下次注意一点，而是喜欢把事情藏着掖着，总以为自己独自承担着就是圣母了，可你这样的圣母在感情中是很忌讳的。”

“……你才圣母，你全家都是圣母。”

“所以圣母和你说，不管他为你可以做什么改变，你首先要学会为他改变，心里有不满了就说出来，为什么不高兴了或者希望他以后怎么做，你都开诚布公地和他说，不管他接不接受、改不改变，他心里总归是有个谱的。其实男人是种很缺乏安全感的生物，你这样闷不作声地生气，让他一头雾水，是很容易使他忐忑不安的，让男人的心思老处在这种摇摆不定的状态也是很危险，说不准哪天攒够了给你兑换个小三出来。”

“李珊珊，你尽咒我。”

“好了，明天回去两个人谈谈，把心结打开了好好过日子，相亲相爱的两个人有什么说不开的。”

听李珊珊这么一说，丁子君的心境顿时豁然开朗，这个丫头看似大大咧咧，但每次分析起感情问题总是头头是道，细腻透彻，让人打心眼里膜拜。

Chapter 10

爱我的人和我爱的人

P I N G S H E N G Y I N U O · W A N J I E P I A N

第二天中午丁子君就回家了，听李珊珊的话，决定回去和郑超好好谈一谈，他们以后要在一起生活的时间还很久，如果每次都采取这种冷暴力的话，感情也热乎不了多长时间。

他们都是爱情的初学者，有迷茫有退缩，也曾经任性地放弃过，但既然重拾了这份珍贵，那就不要再轻言放弃。

到了家门口，丁子君犹豫了一下，还是掏出钥匙开门。

客厅里空无一人，她低头准备换鞋，她的拖鞋却不见了，她赤着脚往里走，一回头，就看见了在厨房里做饭的郑超。

他穿着白衬衣和卡其色的休闲长裤站在料理台前，脖子上系着她的粉色围裙，粉嘟嘟的两条带子垂在他的腿边，因为受伤的腿不能负重，所以他弓着腿，把重心放在另一条腿上。

正午的阳光透过玻璃钻进来，肆意地泼洒在他的眉眼上，把他原本深邃的眉目晕染得温润一片，他低垂着头，表情认真，迎着暖融融的阳光，浑身上下都散发着不可言说的暖意。

光是看到这一幕，丁子君的气就都没了。

她捡起郑超腿边的两条带子，交叉在一起，在他精瘦的后腰上打了一个结。他停下打鸡蛋的手，没有回头，轻声开口：“昨天的事是我的错，对不起，我已经把她调离了，换成了男秘书，以后我绝对不擅自把陌生人放进来了，你可不可以不要生气了？”

丁子君从身后圈上他的腰，眼眶有些酸涩："男秘书也不行，万一他也喜欢你呢。"

听出了她话里的玩笑，郑超放下了打蛋器，摸了摸她的手背："那我就告诉他，我已经有女朋友了，我的性取向很正常，我只喜欢女人。"

丁子君扑哧一声笑出声，低声嘟囔："昨天我之所以生气，一来是因为那个女人有点喧宾夺主，没一点眼力见儿地随意祸乱我的家；二来是你和她太亲近了，两个人腻腻歪歪的，我看不顺眼。"

"我哪有和她腻腻歪歪。"郑超挣扎着转了一个圈，背靠着料理台，面对她站立，伸手把她圈进怀里，低头吻了吻她的额头，"你不要冤枉我，我们就是正常的工作关系而已。"

"还有一个原因，因为你总是维护她，根本就是在火上浇油，你越是帮她我越是火大，我恨不得手撕了她。你是不是觉得我跟个泼妇似的，一点教养都没有？"

现在想想，她昨天的行为确实有些过激了，都二十五的人了做出来的事还跟小孩子似的，真是火气上来脸说不要就不要了，冷静下来再回想一下，还真是丢人。

"我维护她就是想让你以后少后悔一点，她毕竟是个外人，也算是我公司里唯一知道我们俩关系的人。更何况，那个女人嘴上没有把门的，我就怕她到处乱说，到处抹黑你，我最讨厌别人在背后议论你，我想尽力维护你的形象，哪知你越骂越起劲。"

郑超的声音温润如水，娓娓道来，语气里哪有半点责怪的意思，满满的都是宠溺。他倒是没有怪丁子君，她自己反而不好意思了，羞红了脸趴在他胸口蹭了蹭，低声嘟囔："对不起，我昨天气过头了。"

"好了好了，你回来就好，我还以为你不要我了呢。"郑超摸摸她的头，声音温柔得快要融化。

趁着这个和谐的氛围，丁子君赶紧开口："对了，我还有话和你说。"

"你说。"

“不是很好听的话，你能接受吗？”

“只要不是分手，我什么都可以接受。”

“怎么可能说分手，你讨不讨厌。”丁子君嗔怪地捶了他一下，从他身上爬起来，严肃地开口，“我想给你提点改进意见，你愿意接受吗？”

“你说，我一定接受。”郑超双手撑在料理台上，把重心移在上半身，跺了跺发麻的脚。

丁子君注意到了他这个动作，犹豫了一下，揪着他的衬衫下摆往外走。

把他安顿在沙发上后，丁子君抱膝坐在地毯上，清了清嗓子，郑重其事地开口：“我想说一下你的毛病，你有时候太霸道了，完全不尊重我的意见，在一段感情中两个人应该是平等的，你不能老是压迫我。还有，你做事太容易冲动，眼见不一定为实，你要理清来龙去脉之后再开口，不要随随便便发火。再者，你有时候太幼稚了跟个孩子似的，还说我无理取闹，你才是无理取闹。”

她说得认真，郑超听得也认真，听完之后发表了被批感言：“你的意思是我以后不可以跟你撒娇是吗？”

虽然有点以偏概全，可应该就是这个意思了。

“差不多吧。”

“我知道了，我努力改进。”

“好，我说完了，到你了，你觉得我有什么毛病可以说出来，我也努力改进。”

轮到郑超说时，他皱眉纠结了半天，愣是想不出来有什么可说的，最后定定地看着丁子君，茫然道：“没什么好说的，你一直很好。”

“嘁，你这么一说岂不是显得我很小心眼？只有我一个人在批斗你，而我在你眼里就是完美无瑕的，你讨厌不讨厌。”

丁子君双手吊在郑超脖子上，瞪着眼睛逼问他：“是人就总会有缺点的，你好歹说几条。”

“有时候有点太泼辣了，比如说昨天。还有，我不喜欢你说脏话，你以后不要说了，这个可以吗？”

“好。”

两人温存了一会儿，直到丁子君肚子咕咕叫了一声，她才脸红地摸摸肚子，冲郑超眨巴眨巴眼，一脸无辜地说：“我饿了。”

“我去做饭。”

“我陪你一起去。”

虽然郑超说要做饭，可丁子君实在心疼他一瘸一拐地在厨房里挪来挪去，就把他支出去切水果了。

两人简单吃过饭，郑超自告奋勇地要洗碗，丁子君给了他这个改过自新的机会，自己背着手满屋子溜达，卧室衣柜里的衣服重新叠过，分门别类整理好了；浴室里的脏衣服全部洗干净了，浴缸刷得锃亮；阳台上，她的套装和他的衬衫随风摇摆，窗台上摆着她的粉色拖鞋。

她美滋滋地跑进厨房，发现冰箱也彻底大扫除过了，她回身猛地扑在郑超背上，软乎乎地哼了一声：“郑超，好样的。”

虽然这只是一些小事，可放在从来不做家务的郑超身上，就显得难能可贵了，它的意义远超过了它本身，更多代表的是，郑超愿意为她改变，愿意为了更好地和她在一起接受自己从来没尝试过的事。

心结打开之后，下午上班的时候丁子君又神采飞扬了。

安焱看着一趟一趟往自己办公室跑的丁子君，打趣道：“你中彩票了，这么高兴？”

“那倒不是，主要是爱情滋润的原因，心情倍儿爽。”

她把资料放在桌上，把给他冲的咖啡放在桌角：“只有速溶咖啡，你不要嫌弃。”

安焱伸手推了推眼镜架，掩饰了自己眼底一闪而过的不自然，顺势接过咖啡，想都没想就往嘴边送，还没等丁子君制止出声，他已经被烫到了。

见安焱一脸狼狈又是皱眉又是吐舌头，丁子君很不厚道地笑出声：“哈哈哈，我还想告诉你咖啡烫，你怎么这么着急。”

“习惯了，别人帮我冲咖啡都是晾好了端过来的，有点不适应这么烫的。”安焱很淡定地吐槽，伸手扯了桌上的纸巾擦桌上的咖啡渍。

“喊，矫情。”丁子君翻了个白眼，一脸嫌弃地出门。

关门声响起，安焱才放下了手中的咖啡，伸手摘下鼻梁上的眼镜，食指和中指掐在眉心，忍不住苦笑出声，他安焱也会有这么凄凉的一天。

他从来就不是个不自信的人，甚至还有点自负，凡是他想得到的，就没有得不到的。因着这份自信，他觉得，就算丁子君暂时不接受他，等他强大后，总有一天会被他吸引。

曾经他是这样信誓旦旦地决定的，却不曾想，等他强大起来了，她却早已被另一个更强大的人保护着了。

从始至终他都知道，她和郑超是真爱，除了生离死别以外，大约没有什么东西能让他们分开，他不愿意插足，想要就这样闷不作声地看她幸福，他以为，看到她难过就是他最心疼的时候，却没想到，看到她幸福，他却更难过。

为什么能够左右她情绪的人不是自己？为什么能够让她笑靥如花的人不是自己？

自己能给她同样的幸福，也能给她同样的爱，她却从不稀罕。

看到她和郑超闹矛盾的时候，他总是忍不住想，如果他乘虚而入的话会怎么样？挑拨离间，说郑超的各种不好，在她最受伤的时候把自己的怀抱借给她，如果他这么做了，是不是结局会有所改变？

透过百叶窗看着在办公室忙碌着的那个瘦小的身影，安焱无奈地笑了笑，他怎么舍得。离开了郑超以后，她怎么可能快乐。

晚上回到家，家里的“田螺姑娘”已经做好了饭，见她换了鞋嗒嗒嗒地跑进厨房，郑超顺势把勺子塞进她嘴里：“怎么样？咸吗？我好像盐放多了。”

“没有啊。正好，反正我挺喜欢重口味的。”她咂咂嘴，满意地眯起眼睛，后知后觉地夸赞道，“好好喝。”

“你反射弧真长，好了，帮我盛一下米饭吧。”

“马上。”

两人吃了饭以后就窝在沙发上看电视，郑超腿不好，整个人横躺在丁子君的腿上，她手里抓着包薯片，低头问他：“吃吗？”

郑超看电视看得出神，摇了摇头：“不吃。”

丁子君把薯片递到他嘴边，他张嘴含了进去。丁子君故意逗他，又问：“还吃薯片吗？”

他又摇头：“不吃。”

但等丁子君把薯片喂到他嘴边时，他又乖乖地张嘴吃了。

丁子君笑得整个人都在抖，郑超不明所以地转过身看她，嘴角还有一点薯片的碎屑：“你笑什么，笑得我的脸都在颤。”

“你继续看你的电视。”丁子君俯身，伸出舌头舔了舔他嘴角的碎屑，原本无意识的一个动作，他却突然浑身痉挛了一下。

丁子君吓一跳：“怎么了？”

“没……没事。”郑超不自然地转过身，僵硬地侧着身体，眼睛盯着电视屏幕，再不敢看她。

丁子君虽然有些茫然，也差不多猜出了几分，低下头吻他。

激情来得很快，两个人都全身心地投入，因为一个多月没碰触过彼此，所以这次的亲密格外用力，等激情褪去后，丁子君已经彻底累瘫，抱着郑超的胳膊沉沉睡去。

彼此坦诚后的时光总是温馨而柔软，虽然郑超不可能在短时间内改掉霸道的习惯，可他积极改变自己的态度还是让丁子君很感动，终于她成了那个唯一一个能让他改变自己的人。

她上班的时候，郑超就在家里做做家务，看看书，或者和公司的人开会，等她快要下班回家了，他就会系着围裙给她做饭。

她在公司里忙得晕头转向，回来后一开门看到的就是窗明几净的家，冒着热气香喷喷的饭菜，和她爱的人。

所有的疲惫一瞬间就烟消云散了，郑超成了她最好的减压阀。

饭桌上，丁子君不止一次地调侃郑超："我们俩的角色好像反了，我成了赚钱养家的，你反倒成了洗衣服做饭的家庭煮夫。"

郑超把盘子里她不喜欢的洋葱挑出来，懒洋洋地回答："你要珍惜这段时光，等我的腿好了，就不能在家陪你了，养病这一个多月，工作都快堆成山了。"

"没关系，到时候换我照顾你。"

幸福的时光总是过得飞快，等丁子君回过神的时候，她和郑超的同居生活已经过去了差不多一个月，从这周开始他就要上班了。

也就意味着，中午回来的时候，屋子里除了孤身一人的她以外就是一片清冷，晚饭她也得一个人吃，她睡觉睡得早，如果郑超工作得比较晚的话，她兴许一天都见不到他一面。

这种从天上到地下的反差让她难以接受。她揪揪郑超的衣摆，撒娇道："就不可以再歇几天吗？你的腿还没有好彻底，不都说伤筋动骨一百天吗？你才休息了六十天，还差很多呢。"

她的模样可怜又可爱，嘴上说要他养伤，其实就是舍不得让他上班。

郑超抬手摸摸她毛茸茸的发顶，柔声安慰她："没关系，中午没时间回来的话，我尽量晚上早点回来。"

"那你要是晚上也早不了呢？"

"……那我就赶在你睡觉之前回来，好不好？"

"一言为定。"

虽然嘴上应允了，可当丁子君中午回家之后，心里还是止不住地难过，屋子里空荡荡的，厨房里也没有那个系着围裙给她做饭的男人，偌大的屋子就只有她一个人，说句话都能听到回声。

思念泛滥成灾，不过是这样的分别她就已经受不了了，越和他待在一起，她就越害怕分别，满心满眼想着时时刻刻和他在一起，天天黏着他。

到了这么大年纪才少女心泛滥，她也是没救了。

没什么心情吃饭，她掏出手机给郑超打电话，听到他熟悉的声音后她立刻委屈了，嘴一撇，都快哭出来了：“郑超我一个人好无聊啊，没心情吃饭，没心情动弹。”

“乖了，先去吃饭，不吃饭怎么行？”

“那你呢？你吃饭了吗？”

“没有，一直在忙，连喘口气的时间都没有。”

“那这样好了，我去找你吧，我们俩一起吃饭。”

“也行，你等一会儿，我去接你。”

等了大概二十多分钟郑超就到了。丁子君拎着包一路飞奔下楼，等看到郑超从车里出来时，她一路跑过去，直接冲进他的怀里。

“好想你啊，一回家就只有我一个人，太难受了。”

她在郑超怀里轻蹭着，毫不掩饰自己的思念之情，一个劲地撒娇。郑超宠溺地回抱着她，俯身亲了亲她的额头：“乖了，慢慢就会习惯了，我只是去工作，又不是不回来了，好了，走吧，去吃饭。”

“去哪里吃？”

“你想吃什么？”

“随便。”

“我朋友刚开了一家私房菜馆，那就去他那儿捧捧场吧。”

“好，都听你的。”

自从郑超尝试着改变后，就很少有他冲自己撒娇的时候了，也不会像小孩子似的胡搅蛮缠，效果极其显著。相反，丁子君自己却变得幼稚了许多，每天就想腻着他，像只猫似的，天天冲他撒娇。

这样才是情侣相处的正常模式啊。丁子君暗自腹诽，或许她的私心根本就是想要被郑超宠而不是让他改变什么。

到了传说中的私房菜馆，郑超把她介绍给他的朋友，又把他的朋友一一介绍给她。丁子君礼貌地问好，表情和态度都是满分。

等两人坐下来吃饭时，她才悄悄地开口："其实你刚才说的那一堆名字，我压根对不上号，我也不敢随便乱叫，只能一个劲地傻笑。"

"看你那一脸的傻笑我就猜出来了。"郑超嘴上损她，眼底的笑意却温暖得快要融化，他伸手摸摸她的发顶，"没关系，只要他们认识你就够了。"

虽说这家菜馆坐落在偏僻的地段，店面不大，甚至连招牌都没有，菜色却是出奇地好，无论是菜品还是口味都很新奇，相比于外头千篇一律的所谓经典菜色，这样的私房菜很是讨喜。

丁子君一脸幸福地逐个品尝，郑超宠溺地看着她，不时地拿餐巾纸替她擦沾了油的嘴角："要是喜欢吃的话，可以经常过来。"

"你有时间陪我来吗？我一个人吃多没意思，我连人家老板叫什么都不知道。"

"可以在家里吃。"

丁子君把剥好的虾仁喂到他嘴边："不可以的，人家不送外卖，等你有时间，带我来就行了。"

郑超张口吞下了虾仁，没有说话，过了一会儿起身说："我去厨房看一看汤。"

"好。"

郑超还是头一次看这个丫头吃得这么香，两只大眼睛都在冒光，之前因为两个人口味有差异总是吃不到一块儿去。

好不容易遇到她真心喜欢的东西，他自然不会委屈她。

厨房里，郑超靠在门框上，看着正在煲汤的老板，斟酌着开口："兄弟，给我女朋友送外卖吧。"

灶旁的人一副不可理喻的表情瞪着他："大哥，你逗我玩呢？我店里一共就两三个人，少一个人这生意都做不下去，你让我撂下摊子去送外卖啊？"

"又不是让你送，你雇一个人。"

郑超抛出的建议，对方并不是很乐意接受，自顾自地搅拌盅里的汤，嘴上嘟囔着："你女朋友一顿饭能吃多少，我还为了她专门开一条流水线，我吃饱了撑的啊。”

“人力、物力、财力全部由我出，你只管做饭就行。”

“那也不行，万一你是要卖我的方子怎么办。”

“……”郑超无奈，勾勾嘴角，看来软的是不行了，还得来硬的，“你去年管我借的钱还没有还，买下店面的钱也是我的，我本来想着兄弟一场不准备要了，看这个情况，你也不太把我当兄弟，那干脆两清好了，我算算多少钱……”

郑超的话还没说完，煲汤的人立刻甩了勺子奔过来，觍着一脸的笑深情地注视着他：“哥们一场谈钱多伤感情，你女朋友就是我以后的嫂子，给嫂子做饭多大点事啊。”

“人手还够吗？”

“那必须够啊。”

“还有人卖方子吗？”

“那必须没有啊，我们哥们俩谁跟谁。”

“好，那就这么说定了。”

郑超勾唇一笑，大获全胜地离开，剩下老板一个人在厨房里憋屈得直跺脚。

“汤好了吗？”丁子君已经吃饱了，一脸满足地看着从厨房出来的郑超，眯着眼睛等待最后压轴的汤。

“快了，还有，以后想吃他家的菜，打这个电话，可以送外卖。”

“哇，真的吗？我还以为这种私房菜馆都不会送外卖呢。”丁子君惊喜地掏出手机记号码，全然没有意识到外卖小哥其实就是店老板，所谓外卖就是专门为她提供的服务。

吃完饭后，两个人分头去上班。中午和郑超共进了午餐，丁子君下午的心情格外好，安淼看到她眉飞色舞的表情又例行公事般调侃：“怎么又乐成这样啊？又被爱情滋润了？”

“这只是一方面吧，还有一方面是吃到了自己喜欢的东西，所以心情比较舒爽。”

“那趁着这股舒爽劲陪我看下市场吧。”

“老大，你怎么能钻我空子？”

“我只有你一个得意助手啊，要是叫别人的话会很麻烦的，他们都没有你的业务能力强，带过去也很费劲。”

“不要用糖衣炮弹，我是不会上当的。”丁子君不为所动地翻了个白眼，完全不接受他的抬举。

安焱无奈，使出了必杀技：“好吧，你想要多少提成？”

“……”又是这招，他还真是把她吃得死死的，他还真以为她掉进钱眼里了吗？她就不能有点原则吗？

“……百分之十五。”

“好，成交。”

这次下市场看的是他们新上市的一款日用品的销售情况，因为市场部的调查反馈不是很乐观，销售量和顾客的评价并没有达到预期的效果，安焱不太放心，决定亲自过问。

按照惯例，丁子君负责收集顾客意见和销售参数，安焱负责和经理洽谈，事情进行得很顺利，没有人会预料到意外的发生。

当置物架顶部的箱子砸下来的时候，丁子君正在埋头记东西，神色专注，完全没有意识一场重大事故将要发生。

对于这起意外事故，她唯一的印象便是安焱一脸紧张地冲过来，下意识地把她搂在怀里，自己却没来得及避开。尖锐刺耳的轰响随之响起，有重物直接砸在安焱的背上，隔着他的胸膛，丁子君都感受得到那强烈的震动。

店里的工作人员是最先反应过来的，有人负责取车，有人负责收拾现场，大家很快有条不紊地忙乎起来，只有丁子君还在愣怔着，半晌反应不过来。

她一直以为在自己拒绝了安焱的表白后，两人就退回到了普通朋友的关系，她是这样认为的，安焱也是这么做的，无论是工作上还是私底下，他总是和她保持着合适的距离。

关心她但不显得暧昧，照顾她却不显得突兀，他总是站在合适的距离和她相处，不会带给她任何压力。也许正是因为他这种温润无声的关心方式才让她产生了一种错觉，让她以为安焱给她的仅仅是兄长般的温柔。

但刚才那一刹那，他冲过来的时候眼底的紧张和关切，她看得清清楚楚，那种超越了他们平时相处的担心毫不掩饰地流露出来，他冲过来抱紧她，宁愿自己受伤也要保护她的下意识反应让她彻底醒悟，安焱对她的感情终究不是普通朋友那么简单。

人只有在紧急状况下才会表现出自己真实的情感，不管平时伪装得再好，遇到紧急的状况也只剩下了本能的反应，那种源自心底的最真切的反应。

安焱的第一反应是保护她，而不是保护他自己，这样的他，她还怎么敢骗自己，他只是把她当妹妹看？

安焱被送去医院，丁子君犹豫了一下，选择了打车跟过去，没有和他们一起。

一路上，她心里五味杂陈，说不上来是什么感觉。如果安焱依旧喜欢她的话，那她目前为止所做的一切都是对他的伤害，随意向他宣泄自己的感情，和郑超吵架了和他说，郑超受伤了，也向他全盘托出自己的担心，就连她和郑超的幸福也毫不避讳地讲给他听。

她以为，他并不会在意，毕竟他们俩的关系已经退到了合适的范围，她觉得，刻意回避这些话题反而有点别扭。

她一直是这样认为的，所以从来没有在意过他的感受。

如果他还喜欢她的话，那她每一次的伤心、每一次的委屈抑或是每一次的幸福都是对他的伤害，这份幸福里没有他的份，她却逼着他共享只属于她的幸福。

她没有体会过喜欢的人不喜欢自己的感觉，所以她并不能深刻体会到安焱的感受，可她只是设想了一下郑超和别的女人在一起就已经难过到不行，那种喜欢却无法开口，难过却只能强颜欢笑的感觉她更是不敢设想。

而她，把这种伤害强加在了安焱身上，让他难过了那么久却浑然不知。

到了医院，丁子君擦了擦眼角的泪，在检查室外的长椅上坐下，等着安焱出来。

结果很快就出来了，医生说除了软组织挫伤以外并没有其他伤害，回去休息休息就没事了。看着安焱从检查室里走出来，丁子君眼眶一酸，眼泪差点流出来，她一直觉得哪怕给不了他想要的爱，那起码不要伤害他。

毕竟在她孤苦伶仃的时候，唯一陪伴在她身边的就是安焱，却没想到最后，伤他最深的还是她。

"哭什么哭？你没听到医生说没事吗？就是有些瘀青而已，脑子还是好使的。"

他越是这样，丁子君越是愧疚，她哽咽着问："你为什么救我？换我被砸好了，你这样我很难过。"

"胡思乱想什么，换作任何一个男人都会那么做的，我是受过高等教育的人，怎么能眼睁睁地看着女士受伤？"安焱替她擦了擦眼角的泪，轻声安慰她。

丁子君不甘心，又追问了一句："不是我，要是别人的话，你也救吗？"

"当然啊，不过要是对方是个男人的话就不一定了。"

"可你刚才冲过来的时候明明很紧张。"

丁子君依旧不甘心，他的眼神骗不了她，她从来没有见他露出那么惊慌失措的表情。

"紧张肯定是有的，带你出来的人是我，要是你有三长两短，我怎么向郑超交代？华煜可是我们最大的合作伙伴，要是把郑超惹毛了，我岂不是吃不了兜着走？"

"真的吗？"

"当然是真的，你想什么呢？你该不会以为我是喜欢你，才这么紧张的吧？"安焱失笑出声，捏了捏她的脸。

丁子君也不避讳，坚定地点了点头："不是吗？我真是那样认为的。"

“少自作多情了，我怎么会喜欢你？早在你拒绝我的表白之后，我就对你死心了，更何况我喜欢的是熟女御姐，你这样长不大的丫头片子有什么意思，我又不是为了养女儿。”

安焱的眼底是满满的鄙视，丁子君松了口气，头一次觉得被人鄙视能让她安心。这么说倒也是，她脾气不好、太孩子气，有时候很幼稚，任性还心思敏感，安焱能包容她就已经不错了，还谈什么喜欢。那次他之所以向她表白，大约也是因为没有看清她的真面目。

没有继续思考安焱话里的漏洞和他语气的异常，还有他眼神的闪躲，丁子君心安理得地接受了这个答案，心中的负罪感总算减轻了一些。

两人一同出了医院，丁子君在前，安焱缓步跟在她身后，他的肩膀还有些生疼，右手抬都抬不起来，脖子还有些僵硬，他看着前头瘦小的背影，无比庆幸，受伤的是他，而不是这个小人儿。

如果是她受伤的话，他一定会失去所有的理智和自控，无法继续隐瞒自己的情感，到时候，该怎么坦然地说出那句“我并不喜欢你”。

其实，他一出检查室就看到了她眼底的泪，在听到她的问话后，他终于可以肯定，她是因为无法回应他的感情所以愧疚，毕竟，在那堆重物倒下来的时候，他眼底最真实的感情，她看得一清二楚。

她一定知道了他还喜欢着她的事实。

他甚至想着，就这样承认了是不是也不错？可以光明正大地喜欢她、照顾她、亲近她，看她笑靥如花，不用连爱她的心意都要藏着掖着，离得太远舍不得，离得太近又害怕她会为难。

如果开口承认了，自己就不会喜欢她喜欢得这么辛苦了。

可在看到她的眼泪后，他终究还是不忍心。知道他的心意后，她一定会努力和他保持距离，努力疏远他，努力不去伤害他，到时候他们之间就不再像现在这样亲密无间，她也不会毫无保留地冲他微笑。

他不想让她因为自己的这份心意而为难，不想让她因为自己这份得不到回报的爱而愧疚，因为舍不得她难过，所以他只能继续自己难过。

当那句“我怎么会喜欢你”说出口时，安焱清晰地听见了自己心底有什么东西碎裂的声音，那么清晰，那么疼痛。

是啊，我怎么会喜欢你？你那么喜欢哭鼻子，动不动就发小孩子脾气，总是莫名其妙地生气，却又不说为什么，总喜欢把事情装在心里憋着，有时候还特别任性，特别不讲理。

这样满身缺点的你，我为什么要这么执着地喜欢着？喜欢到看到你不高兴了我会难过，看到你和郑超很幸福我依旧会难过。

他身边从来不缺追求者，各型各款，小家碧玉的、大家闺秀的、温婉贤淑的、热情火辣的，比丁子君优秀的大有人在，愿意死心塌地喜欢他的人也一抓一大把，可他偏偏认了命，喜欢上了一个永远不可能属于自己的人，不可自拔。

如果时光可以倒流，五年前，在教室门口的草坪上，他就不该对孤身一人的她说出那句“同学你也是中国人吗”。

如果她没有抬起头露出一抹粲然微笑，也就没有他现在无法挣脱的难过。

郑超自从上班以后就没有清闲的时候，虽然他嘴上承诺晚上会早点回来，中午尽量和她一起吃午餐，可真正忙起来的时候却是连给她打电话的空闲都没有。

一开始丁子君也极度不适应，中午总是缠着给他打电话，他一边和她说话，一边还要抽空回答下属的问题。当他和别人说话时，她就在听筒这头安静地听着，听着他温润的声音丝丝缕缕地沿着电波传来，揣摩着他的表情。

怎么蹙眉，怎么凝神，怎么握手机，空着的那只手是不是在轻叩桌沿，虽然他没有和她说话，她也乐在其中。

一般这样的通话持续十几分钟就结束了，一来是她不愿意总是打扰他工作，二来是他实在太忙，即便握着手机，和她通话的时间也很少。

晚上他回来的时间也越来越迟，起初的时候他耐不住她的撒娇，总会尽可能地早点回来，回来之后在客厅抱着笔记本电脑办公，她在厨房做饭，两个人都静悄悄的，在煲汤或者熬粥的间歇，她会跑出来看他一眼。

他喜欢把两条长腿搁在她的小茶几上，笔记本电脑放在大腿上，噼里啪啦地在键盘上打字，看到她跑出来，会抬头冲她笑一下。

虽然两人的交流并不是很多，可这种状态还是让丁子君感到很安心。

可惜这样和谐的氛围持续了差不多一个星期就被打破了，原因是有一次他回了家之后照例在网上办公，可由于资料没有带全，几个人讨论了半天也没有讨论出什么实质性的结果。

没有办法，郑超只能又回了趟公司，把需要的东西都带齐之后又赶回家里开会。这样的情况发生了几次，为了能在家里陪丁子君，郑超总是一趟一趟不厌其烦地往公司跑，带一堆东西回家。

当这样的事发生第五次的时候，丁子君终于有些不忍心了，和郑超谈了一下，让他在公司开完会再回来，迟点也没关系，总比这样一趟一趟折腾要好。

郑超问她："那你怎么办？"

丁子君笑："我等你回来啊。"

两人有了这样约定的默契后，郑超回家的时间就更晚了，因为他回来得太迟，丁子君习惯了等他，把晚餐留在微波炉里，等他回来后，趁他换衣服，她就去厨房热饭。

郑超有时候吃，但大多时候只是喝口汤，到后来，丁子君就不替他留饭了，只在高压锅里热点汤。

她以前习惯了早睡，但自从郑超回家晚了之后，她就习惯晚睡，客厅里留着一盏灯，做点无聊的小手工，电视里演什么也不在意，纯粹是为了打发时间。

有时候也会因为太困在沙发上睡着了，郑超回来后脱了外套抱她回卧室，她迷迷糊糊地睁眼问他："你怎么没穿外套？"

郑超笑着回答："脱了，我刚从外头回来，外套上有寒气。"

她也笑，伸手圈紧他的脖子。

两人在早上更没有见面交流的时间，丁子君属于贪睡赖床的主，不到卡死的点是绝对不会起来的，即便强迫自己起床，也总是一脸的萎靡不振，郑超却相反，不管他什么时候睡下的，早上五点半会准时起床跑步。

等他回来洗了澡，做好早餐，丁子君还在睡觉。偶尔郑超会把她叫醒亲昵一会儿，丁子君神志不清地猫进他怀里，一个劲地嘟囔："从我和你在一起就没见过你睡懒觉，你都不困的吗？"

郑超会无奈地笑笑，宠溺地亲亲她的嘴角，面不改色地调戏她："怎么没睡过懒觉，只要你有精力折腾我一晚上，我早上肯定起不来。"

虽然偶尔会温存一会儿，在他怀里蹭来蹭去地撒娇，但大部分时间她是迷迷糊糊睁不开眼的，所以，叫了几次后，郑超就舍不得打扰她了，每天只是无言地亲亲她的嘴角就离开了。

随着时间慢慢推移，丁子君和郑超能正儿八经在一起的机会越来越少了，晚上他回来得太迟，她在睡觉；早上他走得太早，她还在睡觉。

每次她都下定决心要晚睡，要早起，可一旦困意袭来，她又困得跟捣蒜似的，连头都抬不起来，哪里还记得坚决不睡觉的誓言。

这样忙碌的状态持续了差不多一个月后，郑超终于在周末有了闲暇的时间，丁子君制订了一份完美的约会计划，早上去游乐场，下午看电影，晚上吃烛光晚餐。

计划很是详细周密，她把手写的情侣一日游递给郑超，他坐在沙发上一个劲地笑："没必要写得这么细吧。"

她在计划里写了很多应对突发状况的措施，比如说晕车怎么办，比如说想上厕所而附近没有厕所怎么办，甚至还写了如果做海盗船吐了怎么办。

"详细点不好吗，万一真遇到这种情况，我好有心理准备啊。"

"听你的。"

两人开车到了游乐场。

因为是周末，到处都是人，丁子君手里举着棉花糖，踮着脚四处观望："我们去坐过山车吧，好像人不是太多。"

"你确定？你不是恐高吗？"郑超抽了张纸巾替她擦了擦嘴角的糖渍。

对于这类游乐设施，大部分人不身临其境是无法体会到那种刺激的，有多少人在上去之前不屑一顾，下来的时候哭着喊着再也不坐了。

“我没有坐过，不过看着也没什么。”

“那我去排队买票，你就在这儿等着。”

二十分钟后，等两人从过山车上下来时，郑超才深深地懊恼，刚才就不该让她上去的。

她全程尖叫，吼得他耳膜都快要破了。等下来之后她腿都软了，整个人挂在他身上，小脸煞白。郑超把她抱到休息的长椅上，买了瓶水给她，还不忘嘲笑她：“谁之前说没什么的，上去叫得好像被追杀似的。”

丁子君还没缓过劲来，抬脚踹在他小腿骨上，不甘示弱地翻了个白眼：“我又没坐过，哪知道这么恐怖。”

休息了一会儿后，两人继续在游乐场转悠。

丁子君瞪大眼睛四处张望，寻找自己下一个要征服的目标，跳楼机前就是鬼屋，她长这么大还从来没玩过这个，一来是她胆子太小，二来是没个人陪着，一个人傻乎乎地去玩有什么意思。

这次拉着郑超，绝对要了却她多年夙愿。

到了鬼屋门口，她举着冰激凌在树荫下等着，郑超去买票，过了十多分钟就回来了，但一副心事重重的表情。

丁子君心里咯噔一下：“是不是特别恐怖？还是有吓晕过去的人被抬出来了？”

郑超摇了摇头，手指捏着两张门票，欲言又止。

丁子君又问：“难不成是你在害怕？”

“也不是。”郑超敛了眉，神色突然严肃起来，“小乖，我得去公司一趟，刚才助理给我打电话，让我回去处理一些事情。”

丁子君的心瞬间凉了半截儿，她预想了很多突发状况，却唯独没有想到这个。

她像是被人兜头浇了盆冷水似的，从头顶凉到脚底，说不失望，不难过是假的，她好不容易能有个和他腻在一起的机会，这样的温存却要被硬生生截断了。

像是小时候春游一样，早在一个星期前就开始准备东西，要带饮料，带食物，带自己做的蛋卷和面包，结果到了当天，却突然下暴雨临时取消了，她又失落又愤懑不平，会忍不住抱怨为什么偏偏是现在。

这种失落却是说不出口的，她毕竟不再是去不了春游闹脾气的小孩子了，她是一个已经二十五岁的成年人，早分清了孰轻孰重，怎么可能要求郑超弃公司不顾，陪她在这里浪费时间。

“你去吧，要尽早回来啊。”她说。

“我尽量，你一个人可以吗？你开我的车回去，我坐助理的车去公司就可以。”

“不用了，助理还要折腾一趟过来接你，你直接开车走吧，我打车回去。”

“那就这样吧，你路上小心，有事记得给我打电话。”

嘱咐完之后，郑超就匆忙离开了。

丁子君看着他离去的背影，长长地叹了一口气。

一个人在游乐场也没什么意思，对什么都感兴趣的兴奋劲也烟消云散了，丁子君把手里的票给了后面排队的小情侣，那个男生还很客气地问她多少钱，她摆了摆手，径直走了。

就当回好人，积德了。

中午她随便找了家快餐厅解决了温饱，途中给郑超打了个电话，无人接听，他大概还在忙。餐厅里不乏刚从游乐场出来的情侣，一对对腻歪着，她一个人的凄凉感更甚了。

郑超也不能陪她一起看下午的电影了，可让她一个人回去孤零零地独守空房也挺凄凉的。几番斟酌，丁子君还是决定自己去看电影，运气好点，等电影看完，也许郑超也忙完了，两个人能一起回去也不错。

自然不能选爱情缠绵类的电影，也不敢看恐怖片，犹豫半天，丁子君选了一部喜剧片。

抱着爆米花进了演播厅，里头已经三三两两坐了人，有情侣，有闺蜜，也有两三个男生一起来的，唯独她，孤零零的一个人，抱着比头还大的一桶爆米花，看着就凄惨。

电影开播，开头无聊得很，前排两个女生笑得花枝乱颤，丁子君面无表情地咔嚓咔嚓吃爆米花，完全领悟不到其中的笑点。电影演到高潮，满场的人都此起彼伏地笑，唯独她表情未变，除了有点困以外，没有任何反应。

她的笑点不是很高，也并不是这部电影真烂到她看不下去的境界，主要是身边没了那个陪着自己的人，做什么都意兴阑珊了。

好不容易熬到结束，丁子君拎着爆米花桶跟着人群往外走，深刻体会到自己就是花钱买罪受来了，还不如回家看电视呢，起码还能脱了鞋把脚搁茶几上，比在这里轻松多了。

出了电影院，她眯着眼睛适应了一下刺眼的阳光，掏出包里的手机看了一眼，不看还好，一看心又凉了半截。

郑超给她打了三个电话，发了一条短信，短信内容是这样的："对不起小乖，我晚上可能要晚点回去了，公司这头的事情有点棘手，等过几天闲下来我一定带你出去好好玩。"

丁子君撇了撇嘴，把手机扔回包里，招了一辆出租车回家。

她心里很难过，也想过任性地让他放弃工作回来陪她，不要把她一个人晾在这里，可也仅仅是想一想，她不是小孩子了，她要做他的贤内助，而不是绊脚石，她的感情要成为他的动力而不是他的羁绊，为了这个原因，她也只能忍着。

回了家，一屋子的清冷，她脱了鞋赤着脚满地溜达，顺手打开电视放点背景音。她从杂物箱里取出做了一半的手工，盘腿坐在沙发上，开启例行打发时间的模式。

她正做的这个手工是从网上学来的一对卡通小人偶，一个男生，一个女生，样子乖萌可爱，虽然程序烦琐，可好在简单易学，她已经做好了男生部分，现在正在做女生部分。

抬头看看钟，下午五点，等郑超忙完回来，她的女生部分应该也做好了。

一边无聊地打发时间，一边在心里不停地抱怨，等她回过神来，已是晚上八点了，她伸伸懒腰，起身去厨房做饭。

插电饭锅的时候，不知道是因为她手上沾了水还是其他什么原因，插座里噼里啪啦地冒火花，等她反应过来时，屋子已经一片黑暗了。

保险丝断了。

她下意识的反应不是找蜡烛而是打电话给郑超，可他还是没有接电话。听到自动挂断后的忙音时，她才意识到，现在，他不在她身边，她能靠的只有自己。

孤身一人的这几年，她一直过得自立且坚强，无论出了什么事，不到逼不得已的时候，她绝不会求助任何人，就这样坚持了五年，她还以为这种坚强自立已经渗到了骨子里。

却没想到，郑超不过在她身边陪了几个月，锻炼了好多年的自力更生就崩塌了。

她所谓的坚强，只不过是被现实逼出来的不得不坚持下去的坚强，有了郑超这个依靠，她自然而然就卸下了所有的心防。

如今唯一的照明工具就只剩下手机，她打开手机电筒，回卧室找蜡烛，从她住进来到现在，屋子几乎没怎么出现过重大故障，下水道不通、马桶堵了、洗菜池漏了或者停水停电这类的事情都少有发生，偶尔发生了，只要打给物业或者自己折腾折腾，基本上也就很快解决了。

唯独这次，还真是祸不单行，头一次烧了保险丝，并且还是晚上，就算报了物业，也得明早过来修。

偏偏家里还没有蜡烛这种古董级的东西。

说实话，一个人在伸手不见五指的空荡荡的屋子里，还真有种说不清道不明的惊悚，她不敢坐在沙发上，害怕会突然从沙发背后伸出只手来，只能跑回卧室，锁上门，裹着被子躲在床上。

在这样黑暗与恐惧交织的折磨下，丁子君终于挺不住了，又给郑超打了个电话。

这次他接得很快，估计还在忙，语气很急促：“小乖，怎么了？”

“郑超，家里保险丝烧断了，灯全灭了，黑漆漆的，我有点害怕。”

“床头灯还能用吗？”

“我看看，”丁子君裹着被子探手过去按了按床头灯的开关，没有反应，“不能用，它们是一条线路的。”

“家里有蜡烛吗？先点根蜡烛。”

“没有，我找了，家里没有准备。”

郑超没有说话，听筒里传来的声音很模糊，估计是在和别人说话。过了一会儿，他才重新开口：“你要是没什么重要事情的话，要不就早点睡吧。等我回去再看看，我现在有点抽不开身，你看这样行吗？”

丁子君其实想说，她晚饭还没有吃，现在也不困，不想睡觉，家里黑漆漆的，很恐怖，她连厕所都不敢上，可憋到最后却什么都没有说，他那头不时传来讨论的声音，应该是忙得不可开交，她现在再说这些，多少显得小题大做。

“没事，那就等你回来好了。”

挂了电话之后，她点开手机电筒，继续发呆，脑袋越清醒，想到的恐怖片就越多，有索命的野鬼从衣柜里钻出来，天花板上藏匿着尸体，血一滴滴地滴到床上，还有镜子里的女鬼，血肉模糊，伸出一只白骨森森的手。

越害怕越是不停地想，越想越害怕，到最后她都快被自己吓哭了，不敢上厕所，生生憋着。

忍到最后，她只能颤颤巍巍地又给郑超打电话，只要听到他的声音，她就能安心下来，她保证，等她上完厕所回来立刻挂电话，绝对不再打扰他。

只是这次郑超并没有和她多说什么，还没等她说话，他就满是抱歉地开口：“对不起小乖，我现在有点忙，一会儿给你回电话，乖啊。”说完，也不管她要说什么，径直挂了电话。

丁子君欲哭无泪，脑袋缩进被窝里，把四个角都掖上，裹得严严实实的，只有这样才能有点安全感。

郑超没空搭理她，她只能给李珊珊打电话，那个丫头很快就接了电话，不过张口就开骂：“丁子君你个孙子，要是不说出个感动中国的理由，老娘一定和你没完。”

“珊珊，我家保险丝烧断了，灯全黑了，屋子里黑漆漆一片，我快被吓死了。”

“郑超呢？”

“在公司，他很忙，没空回来。”

“物业呢？”

“物业晚上来不了，更何况，我一个人在家，叫一个陌生人进来也不合适啊。”

“哦，也对。”李珊珊反应了一会儿才问，“那你给我打电话干吗？你不会是想让我过去帮你修吧。”

“不是，我就是一个人在家容易胡思乱想，害怕得不行，想找个人聊聊，你和我聊天的话，我就不那么害怕了。”

丁子君人㞞胆子小，李珊珊是见识过的，这丫头从来不害怕现实生活中存在的东西，什么死耗子、毛毛虫、大蜘蛛、甲壳虫，凡是正常女生应该害怕的东西，她没有一个害怕的，就害怕那种虚幻的东西，比如说妖怪、鬼魂、僵尸之类的。

李珊珊曾经鄙视过丁子君，为毛要怕这种虚无缥缈的东西，你又看不到。

结果丁子君说，看不到可以脑补啊。

大学时期，每次丁子君晚上要去厕所的时候，李珊珊总是那个专业陪厕的，虽然有些人可能不太理解丁子君这种略显浮夸的害怕，可作为她的资深闺蜜，李珊珊敢保证，那丫头真能自己把自己吓死。

“虽然我很同情你，可我男朋友还在等我，你说该怎么办？”

“你继续，我挂了。”

结果，李珊珊这个充满同学爱的家伙还真的挂了电话，丁子君听着手机里传来的忙音，想哭的心都有了。

现在已是十二点了，郑超还没有回来。丁子君点亮手电筒，挣扎着上了个厕所，等从厕所出来她突然发现，好像也没那么害怕了。

之所以害怕是因为还有所期待，期待郑超会不顾一切地回来哄她，只可惜那样矫情的桥段都是现实中不存在的，就像小孩子摔倒了，不管痛不痛都会哭一样，哭是因为心里知道会有人哄他，如果只有自己孤身一人的话，谁还愿意白费那个劲。

就这样一边自我安慰，一边胆战心惊地睡了过去，等第二天一睁眼，丁子君躺在沐浴着阳光的卧室里，感觉整个人都重生了一样，就快被这明亮耀眼的光线感动哭了。

起来第一件事就是给物业打电话换保险丝，约了维修人员中午过来，丁子君安了心，只要在晚上之前修好就可以。

到了公司，她自然不忘和安焱吐槽："插电饭锅都能把保险丝烧了，我也是个人才，一个人哆哆嗦嗦地睡觉，越害怕脑子里想到的恐怖片越多，真是出来混迟早要还的，以前还鄙视人家没有一点作为恐怖片的自觉，现在倒好，差点被吓死。"

安焱接过她手里的财务报告单，翻了几页，随口问道："郑超呢？"

"他在忙啊，没空理我，我听见他那头可吵了，应该是什么棘手的事。"

"同样作为高级管理层，我能理解他口中的忙，是很忙，忙到焦头烂额，连喝口水的时间都没有，可忙到一晚上不回来，电话不打一个是不是有点过分了？"

丁子君下意识地替郑超说话："其实没什么，我现在想想觉得自己挺小题大做的，只不过是停电而已，还去打搅他……"

"男朋友不都是这个时候才发挥作用的吗？在你需要的时候及时出现，在你孤单一人的时候能不顾一切地冲到你面前，如果你什么都可以自己扛，要他做什么。小题大做？女孩子大晚上一个人在家，这是小题大做？"

安焱的莫名生气让丁子君很是摸不着头脑，只不过是一个停电事件而已，一般人不都会说，其实也没什么，这么大的人了还怕一个人在家，正常反应不是这个吗？安焱突然这么生气是要闹哪样？

“他工作忙啊，我能理解。”

“理解什么理解，为什么每次都是你理解？你为什么就不能让他来理解你一次？为什么不能任性一次？为什么总是委屈自己？你是女生，你撒娇耍赖，男生必须无条件地理解，你干吗这么委屈自己，你以为自己是圣母吗？”

安焱的表情看着有些可怕，丁子君头一次见他露出这么愤怒的表情，额头上的青筋都冒出来了。他一直是个温文尔雅的男人，不管多生气都保持恰到好处的绅士礼仪，现在是中了什么邪，吼得她都要聋了。

“好好好，我不理解不理解，我回去就胖揍他一顿，你好好说话，你这个样子我怕得不行。”

“对不起，我情绪有些失控，希望你不要在意，好了，你先出去吧。”意识到自己的情绪太过激动，安焱扯了扯领带，把眼镜随手扔在桌上，冲丁子君挥了挥手，示意她离开。

丁子君也不敢多说话，赶紧一溜烟跑了。

办公室里只剩下了安焱一个人，他伸手掐了掐眉心，长长叹了口气。不知道从什么时候起他变得情绪波动，沉不住气，只要有关于郑超的事，他总是做不到平心静气，只要郑超委屈了丁子君一点点，不管当事人什么反应，他就早已是怒火中烧了。

那个丫头到底是不在乎还是缺心眼，恋爱中应该是男人理解女人多一点吧？毕竟女人是被保护的一方，可她倒好，遇到什么事都替郑超考虑，每次都是，宁可委屈自己也不让郑超为难，就是因为她这个破毛病，郑超才总是伤她于无形。

他选择退出，选择不开口默默地守护在她身边，是为了给她一个更加幸福的机会，只要她和郑超恩恩爱爱，郑超能爱她、宠她，那他愿意就这样远远地看着她幸福。

可如今呢？那个得到了她的人永远不懂得珍惜，这让他如何甘心？

端起桌上的马克杯喝了口早已凉掉的咖啡，安焱暗自发誓，事情可以有再一再二，但不能有再三再四，他的忍耐不是纵容郑超对她的伤害，一旦激怒了他，他绝不会再这样轻易退出了。

中午，物业那边说保险丝换好了。丁子君回到家连鞋都没换，第一件事就是满屋子溜达了一圈，把每个大灯的开关都按了一遍，看到灯光亮起的那一刻，她整颗心都要融化了，幸福来得太突然了，总算重见光明了。

郑超的电话是下午打来的，问她保险丝换好了没有。

丁子君撇撇嘴，毫不留情地泼他冷水："当然换好了，你再迟点问，保险丝都老了。"

郑超自然听出了她话里的抱怨，赶紧道歉："对不起小乖，昨天晚上公司的税务出了问题，上头要突袭检查，公司一时间乱成了一锅粥，我整整一晚上都没合一下眼。"

丁子君立刻被他打的同情牌带跑了，也就忘了再埋怨他。

Chapter 11

想着你的感觉

P I N G S H E N G Y I N U O · W A N J I E P I A N

保险丝事件过去之后，郑超的工作状态依旧没有变化，每天都超级忙，晚上最早十一点回来，最迟可能凌晨两三点，每次回来身上都一股酒味。如果丁子君还没睡的话，就会挣扎着起来给他煮解酒汤和夜宵，等他洗完澡，吃好喝好后才上床睡觉。

他只说最近接了一个大案子，只要把这个案子啃下来就够养公司一年了，他说其他方面还好，就是这个合作伙伴太爱喝酒，每次见面都是不醉不归，让他有点吃不消。

丁子君心疼他，可也没办法，她也是职场人，酒局饭局上谈案子就是固定模式，要想得到合作，就只能生陪着。

虽说她尽了全力理解他，可每次回家面对一室清冷时，又总是忍不住想，如果任性一次会怎么样？

如果她无理取闹，非要郑超放下工作回来陪她呢？就算不是大案子，为了她舍弃一个小案子也可以啊。那样的话，起码她还能有种她比工作重要一点的错觉。

偌大的屋子，除了多了一些他的日用品，除了阳台上晾着的衣服，除了卧室里为他留下的半张床外，她几乎感觉不到和他在一起的痕迹。

从那次被中途放了鸽子的约会算起，他们已经有半个月没有好好独处过了，更不用说出去约会了，每天见一面就很难得，还哪能奢求在一起打发时间。

这种日子不知道什么时候才是个头，丁子君偶尔也会一个人沉思，正如安焱所说，他们两个都属于公司高管，可为什么安焱总有那么多时间，郑超却没有呢？难道华煜真的比瑞星牛很多吗？

思索无果，丁子君只能安慰自己，或许华煜真的比瑞星牛很多。

又过了一个月这样的同居生活后，丁子君终于下定决心，不能再这样颓废下去了，她起码得为了两个人的感情努力一把吧，他既然没有时间陪她，那她可以去找他啊。没有时间在家里见面，在公司总可以吧。

这样想着，丁子君立刻付诸行动，费尽心血做了一份爱心便当，用分层的保温桶一格一格地装好，美滋滋地拎着直奔华煜而去。

到了华煜，问了前台之后却被告知，郑超不在办公室，她拎着萌萌的粉色饭盒准备上楼等。

电梯口等的人太多，丁子君想着，反正也没有多高，干脆走上去好了。爬到一半，楼上突然传来一阵争吵声，一男一女，吵得挺凶，那女的声音尖，吵得人耳膜都要穿孔了。

啧啧啧，一个泼妇，鉴定完毕。

上了楼梯，丁子君正准备开门，里头突然冲出来一个人，一巴掌推在门上，门直接拍在了丁子君的脸上，由于惯性，她手里的保温桶华丽丽地摔在了地上，里头的爱心便当摔了个稀碎。

这个不是重点，重点是稀碎的便当还甩在了别人的衣服上。

“你长不长眼睛啊，这是我刚买的裙子。”

是那个泼妇的声音。

丁子君抬头，这个女人一袭拖地长裙，亚麻色的大波浪垂在肩上，长得还挺好看，公关部的吗？脾气这么暴躁还怎么谈生意？

当然，人家裙子脏了是事实，丁子君也不准备计较其实是那个女人先推门拍到她的，也不准备计较自己做了整整三个小时的爱心便当就这样洒了一地，低头道歉：“真是不好意思，要不你换下来我替你干洗一下吧。”

“我脱了穿什么，穿你的外卖服？”那个女人气得柳眉倒竖，扯着纸巾擦自己的裙摆。

丁子君耐着性子解释："我不是送外卖的。"

那个女人看都没看她一眼，直接回头对楼梯口站着的保安模样的人吼："你们怎么做事的，长不长脑子，什么闲杂人等都往里放吗？这是公司，又不是收容所。"

她撒泼、蛮横不讲理也就算了，可上升到了人格侮辱的地步就不太合适了，她丁子君只是不计较，可也不是吃素的。

"我说大姐，门是你推的，我的保温桶是你撞的，要说衣服脏了也是你自找的，我没让你赔我做了一早上的便当就已经是给了你最大限度的人道主义关怀了，你现在还这么咄咄逼人合适吗？这是公司，不是狗窝，不是叫声最大的就是最横的。"

她的话瞬间让那个泼妇暴怒了，那个泼妇几乎立刻恼羞成怒地抬手扇过来。丁子君自然没有料到这个女人能把泼妇二字贯彻得如此彻底，毫无防备地被扇了一巴掌。

长这么大，她爸妈都没动过她一下，第一记耳光竟然给了一个骂街泼妇，呵，真是毁她一世英名。

还击吗？呵，凭什么不还击。

当然，她比这个泼妇还是有素质一点，起码知道打人不打脸，所以她一手捂着脸，抬起左脚，一脚踹在那个女人的小腿骨上。

看到那个泼妇一脸痛苦地跪倒在便当渣渣上，丁子君心里舒坦多了，就当她给自己的便当下跪道个歉吧。

正当丁子君准备大获全胜地离开时，楼道里突然传来了一阵骚动，紧接着，楼梯口就拥进来三四个人，领头的是郑超，身后跟着刚才目睹了全过程的保安。

当丁子君看到郑超铁青的脸时，她的心狠狠地沉了一下。

"朱小姐，你没事吧？"

郑超把那个女人扶起来，还没来得及问什么，女人已经梨花带雨地控诉了：“是那个女人，因为我不小心碰了她的便当，她一脚踹在我腿上，直接把我踹在地上，现在连送外卖的都这么嚣张了，都敢欺负我了。”

装你妹的装，你才是送外卖的，你全家都是送外卖的。

“你没事就好，先去我办公室涂点红花油，我一会儿过去。”

好不容易把哭哭啼啼的女人哄走了，楼梯口只剩下丁子君和郑超两个人，哦，不对，还有那个敬业的保安。

“你怎么来了？又是怎么惹了她呢？”

郑超的语气又是无奈又是生气，像是气到极致却又不能打不能骂的憋屈一样，恨不得用眼神杀死她。

丁子君如实回答：“我给你送便当，被她一推门撞了，便当洒在她衣服上，她就跟我撒泼个没完……”

“因为这个你就踹她一脚？丁子君，你是个成年人了，就不懂得控制一下自己的情绪吗？要是别人还好，她是朱韵如，是我们合作方的千金，你惹到了她，最后为难的是我。”

本来丁子君还想说，因为她无缘无故地扇了我一巴掌，所以我才踹了她一脚，但郑超完全没有给她解释的机会，他并不是分不清事情的来龙去脉，而是明明心里了解得很透彻，但还是理智地偏袒那个朱韵如，只因为她是个祖宗，他得供着。

“是吗？我还真是有眼不识泰山，竟然没认出来，真是抱歉。”丁子君捂着生疼的脸颊，强忍着眼底的泪水，故作若无其事地问了一句，“我来给你送便当，你就不好奇我做了什么样的便当吗？”

“小乖，这个不是重点，重点是朱韵如不是个善茬，她爸爸把她宠上了天，全公司都把她当祖宗供着，即便她很讨厌，可你稍微忍一下就过去了，何必和她计较。”

“是是是，我不该计较。”不该计较你的漠然，不该计较你辜负我的一片心意，也不该计较我做了整整三个小时的便当，因为你一句不是重点就带过去了，连它的残骸都没看一眼。不该计较你维护朱韵如，你那么在意你的事业，和你的事业，你的前程比起来，我就是一盒碎了的便当，连比较的资格都没有。

我就是因为太不计较，才让你如此肆意地伤害。

“郑总，其实，不是这个姑娘的错，朱小姐也有不对……”

身后老实的保安小哥有些看不下去了，出面替丁子君澄清。丁子君害怕极了，害怕保安小哥把她被朱韵如掌掴的事说出来，赶紧截了话头：“没关系，她现在应该还在办公室吧，一会儿我进去和她道歉。”

并不是害怕说出来丢人，而是害怕郑超知道这件事后，会以为她在利用自己被掌掴这件事博取同情，害怕他以为自己是运用苦肉计来解释自己的无理取闹。

害怕他在意的不是她疼不疼，而是她会为了一个巴掌惹了他的客户。

保安小哥一脸诧异地看着她，似乎不理解她的做法，她走过去拍了拍他的肩，很真诚地道谢：“谢谢你。”

进了郑超的办公室，泼妇正梨花带雨地涂着红花油，丁子君看着她洁白小腿上的一片瘀青，竟莫名觉得痛快，总算那一巴掌没有白挨。

“朱小姐，我有眼不识泰山，不知道你身份如此尊贵，刚才真是冒犯了。”

她垂头道歉，郑超从她身后走来，停在朱韵如身边，低声问朱韵如：“怎么样？疼得厉害吗？”

丁子君忍不住冷笑，到底谁才是他应该关心的人？

“哟，刚才不挺横的吗？现在怎么一下会说人话了，不容易啊。”朱韵如还是气哼哼的。

“朱小姐，请你注意措辞。”郑超黑了脸。

丁子君失笑，反问一句：“有郑总什么事啊？我认识你吗，你就替我说话，管得这么宽。”

“你这个贱人，嘴上长刀子了，见谁骂谁。”

估计是丁子君对郑超冷眼相待的态度让朱韵如有些不爽，她直接冲过来，反手给了丁子君一巴掌。

其实丁子君这次完全可以躲开的，朱韵如离她起码有三米，她就是跑出去都来得及。

可她偏偏没有，眼睛都没眨一下，生生接下了这一巴掌。别看那个泼妇娇滴滴的，扇起巴掌来却是毫不含糊，一个巴掌打得她都快脑震荡了。

她眯眼看着郑超的表情和他眼底的心疼和惊慌，看着他把朱韵如推到一边，突然觉得这一巴掌也没白挨。

“你怎么不躲？”

丁子君倒吸一口气，伸手摸了摸火辣辣的脸颊，淡定地把郑超的手甩下去，抬头问他：“怎么样，郑总，我的道歉诚意还够吗？”

在郑超反应过来之前，丁子君就头也不回地离开了。关门声响起，她的眼泪应声而落，不知道是这两个巴掌的原因，还是因为郑超的冷漠，总之眼泪瞬间落了满脸，跟开了水龙头似的，哗哗哗地往外冒。

公司门口，郑超拉住了准备上出租车的丁子君，低声说了句：“小乖，对不起。”

对于这份迟来的道歉，丁子君并不准备接受。她受够了这种受伤后的安抚，在她最需要他的时候他没有出现，在她需要他不顾一切地保护她、偏袒她的时候，他选择了自己的事业。

既然如此，那她也不稀罕他如此薄凉的歉意。

从他们两人在一起之后，那个无条件选择理智冷静的人就是她，每次遇到了矛盾和问题，她下意识的反应就是替他考虑，学生时代时，她要考虑他是学生会主席，是公众人物，所以很忙，抽不开时间；工作以后，她要考虑他的工作比较重要，要以事业为重。

就像安焱说的，为什么体谅对方的那个人总是她，为什么他不能体谅她一次，能无条件地偏袒她一次？

受了这么多的伤，她每次都不长记性，总是在伤口愈合后再一次纵容他肆无忌惮地伤害自己。

这次，她终于受够了。

“郑超，我们分手吧。”

说完，她开门上车，摇上车窗，看着郑超的身影一点点地缩小，直至消失不见。

这句话自然不是真心的，她要是舍得离开他，早就离开了，怎么会在伤痕累累之后才狼狈地退出，她之所以说这样的话，就是想看看他能把自己怎么样。

她就是这么任性，就是这么不理解他，她就是想看看，面对这样的她，他能怎么样？超过了他容忍范围之内的任性，他到底忍不忍得下去。

出租车驶上三环，丁子君让司机把车停在一家酒吧门口，拎包下车，推门进了酒吧。这是她第一次单独来酒吧，回国工作之后偶尔也会来小酌几杯，但每次都叫上李珊珊，虽然没有人能管得着她，可她心里惦记着郑超嘱咐她的话，女孩子千万不要一个人去酒吧，太危险。

找酒保要了一杯鸡尾酒，丁子君坐在吧台的高脚椅上小口抿着，兜里的手机嗡嗡直响，掏出来一看，是郑超打来的。她撇撇嘴，果断挂断，继续喝酒。

虽然是来放纵的，可基本的安全意识还是有的，她只喝了两杯就放下了。

兜里的手机没完没了地振动，她很耐心地掏出手机，一次次地挂断郑超的来电。等手机又响起时，她下意识地就要挂断，忽然看见来电显示上的名字不是郑超，而是她的老大，安焱。

老大的电话自然是不敢挂的，她清了清嗓子，调整好情绪后，接起了电话：“老大，什么事？”

“你能不能来公司一趟？有份市场调研报告，我有几个地方不太明白……丁子君，你在酒吧？”

话说了一半，安焱突然转移了话题。

丁子君心里一惊，下意识就要撒谎，可转念一想，不对啊，今天是周六，是她的休息日，这属于她私生活范围，老大也管不着她啊。

“咳咳，是，你就别管我在哪儿了，反正公司我是不会去的，休息日是绝对不加班的。”

“您老就不能行行好，就当可怜可怜我好不好？你还有个休息日，我都多长时间没休息过了，你今天要是肯帮我一次，没准明天我就能休息一天了。你就当救救我，行不行？来公司帮我看看这几份报表。”

“关我毛事，谁让你挣那么多，谁让你总是压榨别人，你忙你活该。”

“那这样行不行，这个月的绩效奖金我给你双份的，还有一次公费旅游，只要你来帮我一次，这些就都是你的。”

酒吧里异常嘈杂，丁子君还是第一时间听清楚了他给自己的好处，仔细斟酌了一下后，咬牙切齿道：“安焱你丫的，真是把我吃得死死的了。”

打车到了公司，安焱已经在办公室里等她了，虽然在进去之前她已经很小心地用冷水敷了脸颊和眼睛，可进去之后，自己的狼狈还是一眼就被安焱看出来了。

“你哭过了？脸上怎么回事？”

他的眼神里满是关切，甚至还有一丝愤怒。

丁子君自然不敢把这些事情告诉他，只能含糊其辞道：“估计是喝酒喝多了，没什么事，你说什么报表，拿来我看看。”

自然，以她这样段位的骗术怎么能瞒得了安焱这只老狐狸，他根本不理会她刻意转移的话题，沉了脸，又问了一遍：“你的脸到底是怎么了？”

丁子君知道，安焱要是铁了心问她，她根本躲不过去，与其在这里拉锯战，还不如早早坦白：“被人扇了巴掌。”

“谁？”

安焱的语气越来越冷，冷到丁子君甚至觉得如果她说了名字，他可能会直接冲过去把那个人掐碎了。所以，她斟酌了一下，还是没说实话：“遇到一个泼妇而已，她扇我一巴掌，我踹了她一脚。”

“丁子君，你说实话，不要骗我。”安焱突然走到她面前，撩起她的头发，伸手摸了摸她的脸颊，语气复杂地问，“像你这样不肯吃一点亏的人怎么会被同一个人扇两巴掌？所以，说实话，到底发生了什么？”

他眼神锐利，洞悉一切的神色让丁子君的心防顿时坍塌，她顿了顿，开口回答：“朱韵如。”

剩下的还没等她说，安焱就已经猜到了：“朱韵如？是朱成刚的女儿吧，华煜最大的合作伙伴。”

之后的事情自然不需要多说，安焱气得快要七窍生烟，也就是说郑超让自己的女朋友在他眼皮子底下挨了巴掌？

可惜他什么都不能说，他既不能把丁子君揽进怀里安慰她，也不能自以为是地替她打抱不平，虽然他心疼得如同刀绞，却什么都做不了。是他自己亲口说不喜欢她的，也是他自己选择退到合适的距离只是看她幸福的。

是他自己决定放手的，所以，再无助也是他自找的。

“你长不长脑子，就这样被人家打了？你都不懂得还击吗？”

“因为郑超说了，那是华煜的祖宗，说他惹不起，要我给人家点面子。”

她的话像是一根根细针一样刺进安焱的心脏，密密匝匝的痛终于让安焱失控了，他伸手捧着丁子君的脸颊，声音就快要支离破碎：“丁子君，你怎么这么傻，你为什么不懂得好好照顾自己？你这样怎么让我放心，我把你交给郑超不是为了看你受伤的，你知道吗？”

“老大，你为什么这么激动？”

“因为……”因为我喜欢你，喜欢了你那么久，喜欢到不知道该如何喜欢你，喜欢到把你交给谁都不放心。喜欢到宁愿我自己受伤，也不愿意看你有一丝一毫的难过。

可这样的话终究只能憋在心里，斟酌半天，他只是无力地说了句：“就当我是人道主义关怀吧。”

两人把报告弄好之后已经五点多了，安焱收拾好东西，领着丁子君出门。

“想吃什么？看在你今天加班的分上，请你吃好吃的。”

“徐记的海鲜粥，之前吃过一次，味道还不错。”

“浪费了周六的大好时光就是为了吃一碗粥吗？你也太容易满足了吧。”

“那就不喝粥了，我们去吃大排档吧。”

“……也没好到哪里去。”

最后安焱还是依了她，两人去公司背后的小巷子里吃大排档，因为还不到晚上，所以不算太热闹，零零散散地坐了几个人。老板娘正在装烧烤用的木炭，烧烤架上放着各种烤串，微风一过，炭火香和食物的香味交织在一起，诱得人直流口水。

丁子君要了几瓶啤酒，点了食物，之后就着鱿鱼丝和安焱对饮，也只有和他在一起，她才敢如此随性，可以把他带到满是油污的街边小摊，可以不在乎他高档的西服直接蹭在万年不擦一次的油乎乎的长椅上。

如果是郑超，就算叫他来，他大概也是不会来的，他那么注重品位和生活质量的人，怎么会在如此脏乱差的角落里陪她吃地沟油里泡过的食物。他从来不会委屈自己迁就她，而她，也从未奢望过他会为了她而自降身份。

烤好的食物端了上来，老板娘很善良地多送了几串烤青椒，丁子君低声道谢，拿起还在冒油的青椒就塞进嘴里。

对面的安焱一脸纠结地看着她，眉头都皱到一块儿去了："直接这么吃不辣吗？"

"不辣啊，青椒都烤熟了，还辣什么，有没有点生活常识。"

安焱眨巴眨巴眼，信以为真，也拿了一串，小心翼翼地咬了一口。

丁子君啃着青椒看着安焱的脸一点点地变红，表情逐渐变得痛苦不堪，在他忍不住吐舌头大喘气时，她才友好地把冰镇啤酒递过去。

"不过一串烤青椒就能辣成这样，你真出息。"

安焱被辣得涕泗横流，他摘了眼镜，拿纸巾擦眼泪，边擦边抱怨："是谁说烤熟了的，明明就是生的，生吃青椒能不辣吗，又不是水萝卜。"

他在对面跟个受气媳妇似的抱怨，丁子君在这头笑得合不拢嘴，看他实在太痛苦了，赶紧找老板娘要了杯酸奶递到他面前："喝口酸奶，解辣。"

等辣劲缓过去了，安焱随手拿了一串大腰子啃着，顺势冲她翻了个白眼："你这么坑我合适吗？"

"老大，你吃的可是猪的大腰子，你确定下得去嘴？"

好歹是相处了多年的好友，安焱的饮食习惯，丁子君多少还是了解的，虽然他喜欢吃什么她不是太确定，但他不喜欢吃什么，她还是了如指掌的。

比如动物的内脏。

他咬了一半进嘴里，从表情看应该已经体会到了大腰子的酸爽，丁子君赶紧继续补刀：“腰子就是猪的肾脏，肾脏你知道是干什么用的吗？就是把体内循环的血液都过一遍，把没用的东西过滤出来，然后从……”

“丁子君，你能不能闭嘴。”安焱被她说得直接干呕了一声，抓起桌上的啤酒疯狂地漱口，脸黑得跟炭似的，表情荫翳到了极点。

要是这样的情况放在郑超身上，她现在肯定吓得肝都颤了，可放在安焱身上就不同了，她从来不害怕惹怒他，不管她怎么惹他生气，他都从来不会怪她的，所以，看他这副狼狈的样子，她笑得格外欢畅。

因为安焱的自我牺牲精神，气氛瞬间变得热络了许多，气氛一热络，丁子君就控制不住多喝了几杯，几瓶啤酒下肚后，她就结结实实地喝醉了。

安焱抢下她手里的酒瓶，无奈道：“不能喝就少喝点吧，逞什么强。”

“不喝就不喝，喝多了回去要挨骂的，郑超说过不让我多喝酒的，尤其不能喝醉，不然容易遇到坏人，现在世风日下，世态炎凉，什么人都有，害人之心不可有，防人之心不可无，我得时刻提防着……”

丁子君喝醉之后并不会吵闹撒泼，更不会耍酒疯，就是话太多，絮絮叨叨的，一刻不停。安焱把酸奶倒进她的杯子里：“好了好了，你歇一歇，你话这么多口水都用完了，先喝点再说。”

“好。”丁子君听话地点头，探手就要够啤酒。

安焱轻啧一声，抬手拍在她手背上：“我让你喝酸奶，不是喝酒。”

“哦哦，我还以为你让我喝酒呢。”丁子君傻笑一声，赶紧拿起酸奶，仰头咕咚咕咚一饮而尽。

“老大，你知道吗？我最近特别憋屈。”丁子君放下杯子，下巴搁在桌上，眼睛眨巴眨巴地看着安焱，眼神有些涣散。

安焱已经预料到了她要说什么，立刻制止：“不要和我说，我不想听你和郑超的事。”如果是你们俩的幸福，那我愿意忍痛和你分享，可如果是你所受的伤痛，那我一点都不想听，因为我害怕看到你的眼泪，害怕我会比你更难过。

“你也不听，李珊珊那个丫头也不听，自从她有了男朋友之后我就不敢和她过多抱怨了，我害怕自己给她传播太多负能量，万一她听了我的话，把郑超的所作所为和她男朋友对号入座怎么办，到时候他们俩要是分手了，我得是有多大的罪啊。所以我不敢和她说，我也不能和我爸妈说，我爸妈对郑超是一万个满意，恨不得立刻把我打包送给他，要是听说我俩闹矛盾了，一定会说服我向郑超道歉的……”她一个人絮絮叨叨地说着。

安焱长长叹了口气，摸摸她的脑袋，无奈道：“好了，你说吧，我听着。”

“真的？你会不会嫌我烦？”丁子君一脸惊喜地抬头，眼睛里闪着光。

安焱伸手弹了弹她的脑门：“我要是嫌你烦早在你骗我吃青椒的时候就走了，还能陪你到现在吗？”

丁子君揉揉脑门，甜甜地说了句：“谢谢。”

“好了，你要说什么，说吧，我听着。”

“我想和郑超分手了。”

她眼神坚定，并不像是开玩笑。虽然她已经醉得不清醒，可这句话一说出来，安焱心里还是狠狠颤了一下，像是在黑暗中匍匐了太久突然见到了一丝光亮一般，虽然不知道这样的光芒值不值得自己追逐，却突然有了坚持下去的希望。

“为……为什么？”他低头，掩饰着眼底的惊喜，故作镇定地开口。

“可我还没有想好，不知道要不要分手。我和他在一起太难受了，不管是在学生时代还是现在，他给我的伤害总是大于给我的爱，他是爱我，却不是在用我喜欢的方式爱我。我并不是一个胡搅蛮缠、无理取闹的女人，可即便是这样，他也不能要求我在爱情里能保持绝对的清醒理智。每次有了矛盾，遇到什么事，他总是以大局为重，这是他的优点，可在爱情里，却是致命的缺点，越来越多的事实证明，在他眼里，工作和事业以及他所要维持的人脉关系才是最重要的，我可以涉足他的生活，可绝对不会成为他生活的主宰。

我其实并不是希望他能为了我放弃什么，这样的想法我自己也觉得荒唐，我唯一期盼的就是他不要为了工作弃我于不顾，不要为了他的事业让我受尽委屈。我从来不敢问他，我和工作哪个重要，因为我自己也知道，我和他的事业怎么能有可比性。”

她边说边流泪，并没有歇斯底里地大哭，只是默默流泪，眼底只有委屈，却没有一丝愤怒，更不会有一点埋怨。直到现在，她依旧舍不得怨郑超一丝一毫，她只是期望他能对她好一点，而不会埋怨他为什么这样对她。

夜风微凉，随着丁子君声音一点点地传来，安焱的心也慢慢沉了下去，他只知道郑超有时候会让她难过，却没想过会让她如此伤心，让她伤心到连反抗都忘了，连祈求都变得卑微。

他爱了那么久的女人是让给郑超呵护的，因为他知道，丁子君爱的人一直是郑超，他想让她幸福，所以甘愿退出。

可现在看来，他的退出并没有让郑超学会珍惜，他爱得舍不得她受一点伤害的人却在郑超身边流尽了眼泪。

既然如此，他又何必继续退让？

“丁子君，我喜欢你。”

逐渐暗下来的夜幕中，在喧闹嘈杂的大排档里，伴随着身边腆着肚子的大叔们吆五喝六的声音，烧烤架上嗞嗞冒油的声音，映衬着昏黄的路灯，安焱总算说出了自己深埋了整整五年的心里话。

那句几乎快要把他压垮的喜欢你。

对面的人半天没有反应过来，傻傻地愣着，眨巴眨巴眼睛，伸手指了指他，又指了指自己：“你，喜欢，我？”

“我喜欢你，从你留学开始，从我们第一次见面，我就喜欢上你了，一直到现在。虽然你拒绝了我的表白，虽然我决定只是以兄长的身份守护在你身边，可我没有一刻停止喜欢你。得知你爱的人是郑超时，我很难过，可也释然了，因为你找到了你爱的人并且也爱你的人，只要你幸福，那我可以选择保持永远没有希望的距离看着你幸福，并且把这份心意带进坟墓，绝对不会让你为难。可惜，我想错了，郑超并没有给你足够的爱，他没有做到让你和他在一起时比和我在一起时更幸福，所以，我不甘心。既然他不如我，那我为什么不争取一下？他不珍惜的人，却是我想要爱护一辈子的，就为了这个，我也不能继续任由他伤害你了。”

安焱的眼神真挚，带着从来没有过的深情凝视着丁子君，那么缠绵的爱意迫不及待地涌出来，像是暗夜一般浓厚而沉重，压得她猝不及防。

她虽然喝醉了，可还不到神志不清的地步，一时间有些反应不过来，磕磕巴巴地又问：“你喜欢我？你不是说过不会喜欢我的吗？我们俩不都是以朋友相处的吗？你现在怎么了，突然这么吓我，是不是喝多了？”

“丁子君，我比任何时候都清醒，比任何时候都确定我的心意，我说出来只是让自己好受一点，并不是给你增加负担，你不必为难。”

“你这是……”丁子君犹豫了一下，皱眉斟酌了半天才想到一个合适的形容词，“出尔反尔。”

明明说过不喜欢的，明明和她保持合适的距离的，明明让她放了心的，现在却又让她这么为难。

“什么出尔反尔。”安焱低笑一声，抬手在她脑门上敲了一下。

丁子君愣愣地看着他，也不躲，挨了这一下后才慢半拍地回答：“安焱，你不可以喜欢我，要是你喜欢我的话，我们连朋友都没得做了，如果我还像从前一样打打闹闹，对你来说就是一种伤害，我给不了你想要的，但我不想给你额外的伤害。”

这估计是她一直潜藏在心底的真心话，现在不受理智控制，如一种遵从本能的反应般，在这样的状况下说了出来。

她的心依旧坚如磐石，没有一丝松动的余地。

这样的她，他用什么方法才能从郑超手里夺过来？即便说出了自己的心意又能如何？

送丁子君回去的路上，这个丫头窝在副驾驶座上，眼睛都睁不开，声音又细又小，还像只猫崽子似的嘟囔着：“安焱，你不可以喜欢我，我是有夫之妇，你要是喜欢我的话，郑超会吃醋的，你知道的，他那个人很烦，因为一点小事就要和我吵架的……”

被她念叨了一路，当事人终于受不了了，趁着等红灯的时候转身掐了掐她的脸蛋：“能不能别说了，你以为我愿意喜欢你啊，喜欢你这么个倔丫头，连一点点松口的意思都没有，不管我对你多好，不管郑超对你多不好，你就是连他一点点的不是都舍不得说。你的良心真是被狗啃了。”

“可如果我是个见异思迁的家伙，你不就不喜欢我了吗？你喜欢的就是这样的我，不是吗？所以这是我的优点，你不能抨击我。”

是，他就是喜欢这样的她，喜欢她的单纯耿直，喜欢她可以毫无顾忌地做最真实的自己，喜欢她为了爱情可以奋不顾身，喜欢她坚如磐石的执着。

正是因为喜欢这样的她，所以才拿她没有办法，明知道她永远不会属于自己，却还奢望着，他于她是特别的。

到了她家楼下，安焱解开安全带，把已经睡着的丁子君抱下车，刚下车，前方阴影下走来一个长身玉立的男人。

安焱很自然地冲他打招呼：“郑超，好久不见。”

郑超面色阴沉，和夜色融为一体，眼底神色复杂，并没有一眼就可以看穿的愤怒,他无视了安焱的问候,接过了他怀里的丁子君,不发一言转身要走。

他没有显而易见的生气表情，可他阴冷的眼底、青筋暴起的手臂以及刻意隐忍着怒火的冷漠，依旧躲不过安焱的眼睛。

“郑超，从今天起，我决定不再沉默下去了，我把丁子君让给你不是给你伤害的，既然你不懂珍惜她，那我会用我的行动来教给你，什么才是真正的珍惜。”

“呵，丁子君从始至终选择的都是我，安总说什么让给我是不是有点自作多情？”前头的人并没有回头，却是停下脚步回答安焱的话，话里讽刺的意味不言而喻。

安焱并不在乎，扬起嘴角笑出声：“我想你可能是误会了我的意思，我指的是我自愿退出，不插手你们两人的感情，心甘情愿放弃追求丁子君的权利，而如今，郑总似乎并不是很领情，那我也只好放弃这样的自作多情了。”

“安总自便。”郑超没有多说什么，抱着丁子君径直往前走，完全不在意安焱的示威。

看着他毫不在乎的态度，安焱忽然有些生气，冷声道：“似乎丁子君还没有告诉郑总，”他顿了一下，看到郑超停下脚步后才悠悠地开口，“后天我和她要单独出去旅行的事。”

前头的人没有说话，安焱看不到他的表情，只能从他的话语里分辨他的情绪，他云淡风轻地开口：“安总把公费旅游说得这样暧昧不太合适吧？”

很好，上钩了。安焱得意地挑挑眉，继续刺激他：“郑总要这么理解也可以，不过能让丁子君同意单独和另一个男人出去公费旅游的情形也不多吧。”

郑超的背影明显僵了一下，还没等他说什么，安焱已经开门上车了，汽车引擎声响起时，郑超才沉了脸，抱着丁子君上楼。

第二天一早，等丁子君睁开眼时，天已经大亮了，阳光从窗户洋洋洒洒地铺洒进来，暖融融的一片。她伸了个懒腰，下床洗漱，虽然上班迟到了，可态度总得认真一点，好歹上午要去公司看上一眼。

洗漱出来，刚出卧室，她就看到了坐在餐桌旁优雅用早餐的郑超，估计是刚洗了澡的缘故，他的头发异常柔软，在晨曦的映衬下散发着亚麻色的暖光，温润一片。

他正低头看报纸，神情轻松，表情和这清新的早晨一样温暖舒适，他难得穿了一身家居服，烟灰色的套装，看着很是阳光悠闲。

看来今天这位大爷是不用去上班了。

丁子君从冰箱里取了一瓶矿泉水直接拧开盖往嘴里灌，桌旁的人看都没看她一眼，径直开口：“大早上不要喝凉水，杯子里有晾好的温开水。”

听他的话吗？呵，听才见鬼了。

丁子君仰头咕咚咕咚灌了半瓶下去，从冰箱里取了一袋吐司，拆了两片出来，抹了果酱，直接塞进嘴里。

“微波炉里有做好的三明治，我刚热过，不要吃面包片了。”

郑超吃完饭，把报纸叠好放在收纳箱里，端着自己的盘子进了厨房。丁子君手里还抓着咬了一半的面包片，她抬头，凝视着郑超的双眼，看着他波澜不惊的眼神，禁不住冷笑出声。

昨天为了自己的事业弃她于不顾的男人，现在若无其事地告诉她，微波炉里有热好的三明治，她昨天平白无故地挨了两巴掌，他没有道歉更没有问一声她疼不疼、难不难过，而是什么都不在意地叮嘱她，不要喝冷水。

他是如何做到这么不在乎的？不过是一晚上的时间，那些他带给自己的伤害就都被他抛诸脑后了，她受了那么大的委屈，委屈得连哭的地方都找不到，委屈到找不到原谅他的理由，而他呢，以为一晚上的时间就可以抚平这所有的伤害。

他以为，她会像从前一样，不管他怎么伤害她，让她有多难过、哭过、骂过之后，她依旧会当作什么都没发生过一样乖乖回到他身边，他就是吃定了她舍不得离开他，所以才如此肆无忌惮地伤害她，从来没有认错道歉的自觉。

在他眼里，她所有的委屈都不过是小孩子闹别扭，根本不值得他动真格来哄她，只要把她晾一晾，她就会发现自己的幼稚，之后抛开一切委屈，主动回到他身边。

他凭什么可以这么自以为是，把她的舍不得扔在脚下随意地践踏，从来没有一刻可以发自内心地怜惜她，这样的他，怎么能让自己继续全身心地爱下去？

人总会有累的时候，有坚持不下去的时候，她是个需要别人呵护疼爱的女人，她想要的爱情不是忍气吞声和委屈流泪，是真心实意的爱护和宠溺，如果仅仅凭着她一个人苦苦坚持的话，总有一天，她会坚持不下去的。

“你要和安焱去旅行？”

两人沉默地对视了良久，甫一开口，郑超说的便是这样的话，丁子君以为，至少他会说声对不起，就算是为了昨天她受的委屈。

可惜，他没有，他在意的是她是不是要和其他男人单独出去，会不会给他戴绿帽子。

丁子君怒极反笑，把手里的面包片扔进垃圾桶，抬头看着他，一字一顿道：“是又怎么样，不是又怎么样，跟你有关系吗？”

还没等郑超出声，丁子君已经错身离开，快步冲出房间，狠狠甩上了门。

虽然她极力不去回想昨天的事情，不计较自己有多委屈，可酒醒之后，那些痛依旧真真切切地留在胸口，无论怎样驱逐都岿然不动，一点点折磨着她，让她几欲崩溃。

心情复杂地到了公司，安焱倒是没说什么，关切地问了她一句：“昨晚睡得好吗？现在有没有好一点？”

“还行，就是头还有点疼，不过不是很厉害。”

“我还是第一次见你喝醉，本来就挺能说，喝醉了更能说，嘴一刻都不闲着，我都要被你烦死了。”

经他一提醒，丁子君才回想起昨天晚上发生的事，他们两个去了大排档，撸了串，还喝了啤酒，后来她喝多了，似乎和他说了挺多她同郑超的破事，后来他安慰了自己，还和自己说了很重要的话。

她搓着眉心仔细回想着，在低头对上他专注的目光时，大脑中突然像是过电一般被狠狠劈了一下，瞬间回想起他说了什么。

他表白了，对，他向她表白了。

“你怎么了，怎么突然这么呆？”看出了她的异样，安焱关切地问了一句。

丁子君回神，磕磕巴巴道：“没什么，那个……老大，没什么事的话我就先出去了。”

“站住。”见她慌慌张张地想要离开，安焱已经猜出了大概，冲着她的背影开口，“你大可以不必为了昨天的事为难，表不表白是我的事，但接不接受是你的事，只要你心意坚定，那我的表白还算不上困扰，更何况，你和郑超还只是情侣，我追求你，最多算是公平竞争，这是我们两人之间的矛盾，你不用为难。”

说得简单，我可是你们两个竞争的源头，我不为难谁为难。一个是我爱的人，一个是我的好朋友，你们俩斗起来，最为难的就是我好吗。

当然，丁子君不敢这么吐槽安焱，她回身，勾唇笑了笑，没说话，转身出了他的办公室。

整整一天的时间，她都尽量避免和安焱单独相处，如果是没说开还好，他们两个还可以以好朋友的身份相处，可现在，该说的不该说的都说了，她多多少少得避避嫌。

下午快到下班的时候，她故意磨蹭不愿意先走，她知道，只要她一起身，安焱肯定会跟过来的，她得磨蹭到他下班之后再溜。

面对着干净的桌面和已经处理完的事务，丁子君闲得打开游戏页面玩扫雷，一边被炸得噼里啪啦，一边瞅着隔壁办公室里安焱的动静。

磨蹭到了六点半，安焱还是没有一点要下班的意思，丁子君实在坐不住了，犹豫了一下，还是硬着头皮起身，拎着包，偷偷摸摸地往门外走。

“就这么不想和我待在一起吗？我只是说喜欢你，又没有明确说要追求你，你害怕个什么劲？”

刚一出门就被安焱逮了个正着，丁子君的表情有些僵硬，她深刻怀疑，安焱就是故意堵她的。

“我哪有，就是今天事有点多，得加班处理一下。”

“你的事是指一个小时里扫了一百盘雷？”

这个小人，竟然监视她。

“……好吧，我承认，我是不想和你独处。”

“为什么？除了表白以外，我们的关系还是和以前一样啊，我并没有做任何越界的事情。”

“哎呀，不是这个意思。虽然我们的关系没有变化，可毕竟心里多了一道坎。离得远了，害怕你会不适应这种疏离的关系；离得近了，又觉得是对你的伤害，我很为难啊。”

“你不需要为难，在我决定喜欢你的时候就已经预料到这样的情况了，爱上一个不爱自己的人，这样的辛苦我早已做好全盘接受的准备了。”

“你是接受了，可我接受不了啊，总觉得特别对不起你。”

“既然觉得对不起我，那就试着补偿我一下好了。”

一听这个，丁子君立刻精神起来：“除了让我接受你的感情外，其他的都可以。”

“陪我出一趟差吧。”

“哈？这算哪门子补偿？”

“只有我们两个人去，以工作之名总比以爱之名要好，你还不会太为难。”

虽然自己回应不了他的感情，也无法给予他想要的，可这样不越界的要求，她还是可以接受的。

“好，我答应你，什么时候走？”

“明天。”

“好。”

虽说是为了补偿安焱的旅行，可这次的工作却是非常重要的，要联系海外的合作方，为瑞星在海外开分公司探探路，打好基础，一点都不能马虎。

丁子君回家之后就开始收拾东西，郑超不知道是回来得早还是压根就没去公司，总之，很难得早早就待在家里了。

见她整理行李，他凉凉地来了句：“呵，你还真是要和安焱单独出去啊。”

他话里带刺，让丁子君瞬间憋了一肚子火，昨天的账还没和他算，他倒好，没完没了地讽刺她，真是不和他大吵一架都对不起他这么执着地刺激她。

“关你什么事，我想和谁出去就和谁出去，安焱是我的顶头上司，我和他出去是为了公事，好歹我这样干净利落地出去不连累别人，不像有些人，为了工作，为了客户，可以面不改色心不跳地把自己的女朋友踩在脚底下狠狠踩几脚。五十步笑百步，可笑至极。”

郑超没有作声，丁子君一刻也不想待下去，拖着行李箱气冲冲地往门口走，她刚抬步，就被郑超一把拉住了手腕：“你就这么迫不及待地要和安焱见面？”

又是这样，又变成了这样，只要她惹他生气了，他就会竭尽所能地刺激她、嘲讽她，不管她受不受伤、难不难过，他只想着他自己，只要他痛快了，她的感受根本不值一提。

她以为他为自己改变了，可如今看来，是她自作多情了。他的改变，还是在他容忍范围内对她的纵容，一旦她出格了，那他还是那个刻薄的他，没有一点改变。

“郑超，我受够了。”说完，丁子君狠狠甩开郑超的手，头也不回地出了门。

不知道是因为已经被虐成了习惯，还是说生气到了极致，这次她难得没有落泪，只是胸腔憋闷得很，眼眶酸涩，却流不出一滴泪。

去机场的路上，她才想起要给安焱打电话：“老大，我们可不可以晚上就出发，你把机票改一下呗？”

那头的安焱估计正在吃水果，嘎嘣脆的声音从听筒里传过来，听得她都饿了。

“怎么这么着急，明天走也可以的。”

“不是，我想晚上走，我和郑超吵架了，家里待不下去了。”

“哦，是吗？那还挺好，最好吵得分了手，我正好补位。”

“啧啧，你这是什么心理，这么小人。”

“很正常的备胎心理，是个合格的备胎都会这么想。”

“……安焱，你真是够了。”

最后安焱还是妥协了，改了机票，拉着行李和丁子君在机场会合，看到休息区坐着的生闷气的小女人后，他赶紧把手里的盒饭递过去：“姑奶奶先吃饭，吃饱了才有力气生气。”

“你怎么知道我没吃饭？”丁子君抽抽嘴角，翻了个白眼，伸手接过了鲜香四溢的饭菜，深深嗅了一下，口水都差点流出来了，“哇，好香。”

“你都气得连夜跑出来了，哪还有心情吃饭。”

“哟呵，不错啊。”丁子君吃了一口菜，满足地眯了眯眼，“还挺细心的啊。”

“其实我还有第二套方案，如果你吃了的话，我就说这是我带来给自己吃的，我刚才没吃饱，是不是很妙，这样的话如果估计错误也不会丢脸。”

“嘁，你非要这么扫兴是不是？”丁子君一脸嫌弃地冲他翻了个白眼。

飞机是晚上十点的，到了目的地已经是凌晨两点，安焱订好了酒店，领着困得脑袋都抬不起来的丁子君去住宿。

“后悔了吧？这就是意气用事的下场，你要是乖乖在家睡觉的话，现在正是睡得美美的时候，哪用得着受这样的罪。”

“我一肚子气憋都憋死了，还怎么睡。现在虽然是困了点，可好歹不用憋屈地看郑超那张自以为是的脸。”

进了酒店大厅，安焱掏出身份证递给前台的服务生，状似无意地开口：“既然如此，你干脆跟我在一起吧，我肯定不会和你吵架的，就算你说太阳从西边升起来，我也依你。”

“啧啧，”丁子君从服务生手里接过身份证和房卡，狠狠瞪了他一眼，毫不客气地反驳，“别让我鄙视你。”

Chapter 12

最远的你是我最近的爱

P I N G S H E N G Y I N U O · W A N J I E P I A N

在酒店里歇了一晚，第二天一早丁子君就被安焱挖起来和客户洽谈了，她极其不乐意：“你不是说今天不着急的吗，就不能让我多睡会儿。”

“既然来了就快点工作，早点完了早点回去，别磨蹭了，赶紧起床吧。”

挂了电话后，丁子君一脸哀怨地起床洗漱，上厕所的时候才忽然想起来，她亲戚好长时间没来了，最近总是和郑超吵架，根本没有心思注意这个，现在一算，大概有将近两个月没来了。

该不会是怀孕了吧？最近她早上偶尔也有恶心反酸的时候，一开始只是以为胃口不好，也没怎么在意，这么一琢磨，好像中奖的概率还挺大的。

综上所述，她好像真的闹出人命了。

这样的念头一浮上来，丁子君竟然莫名有些高兴，如果肚子里真的孕育了属于她和郑超的孩子，那样的话，惊喜绝对高过讶异。

男孩的话，她希望像郑超多一点，长得高高帅帅，绅士有礼，对待别人能够谦和有度，但最好不要有郑超的那些臭毛病，比如说霸道任性、自以为是，她一定要从小教育孩子，千万别学你爸那个德行。

要是女孩的话，还是像郑超比较好，像是高高在上的女王一样，只有别人臣服的份，自己绝对不会受委屈，不要像她这样软乎乎的性子，任郑超搓扁揉圆地欺负。

到时候家里会多出一个小家伙，会咿咿呀呀地叫爸爸，叫妈妈，会爬在郑超身上揪他头发，没准会直接在他身上大小便，那个人一定拿自己的宝宝没有办法，只能乖乖认栽。

小家伙会特别特别依赖她，小手揪着她的衣摆，蹒跚着跟在她身后寸步不离，跌倒了会瞪大眼睛哭，眼巴巴地等着她哄。

除去这些，有了小家伙之后，她和郑超的矛盾也会少很多，两人世界和三人家庭终究不同，曾经计较的东西在有了宝宝后会全部变成对孩子的在意，两人会自然而然地达成共识，哪还有架可吵。

丁子君坐在马桶上边想边乐，差点笑出声的时候手机突然响了，她叮的一下回了神，赶紧接起电话。

“收拾好了吗？这么长时间不下来，是不是不舒服啊？”

丁子君收起了脸上的傻笑，赶紧回答：“没有没有，我马上下去。”

下了楼，跟着安焱去了约好的地方。

对方已经提前到了，几个金发碧眼的外国人起身迎接他们，当听到对方一口流利的伦敦腔后，丁子君突然松了口气，呼，还好，是英语。

双方入座，安焱挑大梁，丁子君负责帮腔，两个人配合默契，一唱一和，外国友人怎么受得了中国式的迂回曲折，没几个回合就已见颓势，败下阵来。

见胜券在握，丁子君得意地冲安焱挑了挑眉，安焱收到她的讯息，无声地回了她一个微笑。

两人的小动作自然没有逃过国际友人的眼睛，被舌灿莲花的两人绕得焦头烂额的国际友人很真诚地开口：“The two of you are perfect match！”

你们两人很般配。看着国际友人眼底闪烁着真挚的光芒，丁子君知道，人家这是真心夸奖，她既不能谦虚地说哪里哪里，又不能扫兴地说其实我和他只是上下属关系。

就当是为了气氛的和谐，丁子君扯出一抹还算真诚的微笑：“Thank you！”

她话音刚落，安焱就甩过来一个疑问的眼神。她努力维持着脸上略显虚假的表情，用唇语暗示他：“配合我。”

不知道安焱有没有收到她的暗示，总之他转身和国际友人其乐融融地聊天去了，神色没什么异样。

正事办完之后就开始吃饭，饭菜端上来，一桌子的大鱼大肉，烤鸡、炸鸡、清蒸鸡、烤中翅，简直是花式虐鸡，丁子君看着满桌子的油花，冲国际友人扯出一抹无奈的微笑。

对方的解释是这样的,他们认为只有大鱼大肉才能体现中国的饮食特色，同样的食材在中国和外国就可以展现出不同的风味。

看着国际友人一脸深谙其道的表情，丁子君暗自腹诽，看来你还真是不了解中国，如果中国光靠吃鸡扬名的话，还怎么配叫舌尖上的中国。

安焱和国际友人聊得正欢，丁子君夹了一个中翅塞进嘴里，油腻的荤腥味直冲脑门，胃里头翻腾，她压抑了半天还是不起作用，只好捂着嘴起身跑出了包厢。

一路冲进卫生间，干呕了半天，没吐出什么实质性的东西来，丁子君有些偷乐，孕吐都出现了，看来怀孕是八九不离十了。

生理期推迟、出现孕吐，最近还总是浑身乏力、打不起精神，这很明显就是早孕的表现，出了卫生间的隔间，她在镜子里照了照自己的脸，似乎皮肤也变好了不少，大家不都说怀孕之后皮肤会变得滋润，看来果真如此啊。

她扳着手指算了一下日子，孩子应该已经两个月了，正是最需要好好保养的时候。

她虽然不太懂孕期知识，可这些常识还是明白的，头三个月是比较危险的时候，如果不注意的话很容易让宝宝受到伤害，这么想来，她应该在家里安心养胎，为什么要和安焱掺和这些破事。

工作怎么能有她的宝宝重要。

看着镜子里依旧平坦的小腹，她忍不住摸了摸自己的肚子，现在这里正有个属于她和郑超的小生命悄悄孕育着,可能还没有长成一个小孩子的模样，或许小手还没有张开，却已经在她肚子里扎了根，一点点地变成她最喜欢的模样。

等到了四五个月的时候就会有胎动，小家伙会踢她的肚子，会想要迫不及待地出来见她，她的肚子也会一天天地鼓起来，变成一个大肚婆，每天只能扶着腰，挪着小碎步在家里溜达。

郑超要是知道了一定会很高兴吧，他在她面前可从来都藏不住情绪，要是知道了这个消息，还不得高兴得蹦起来，要是他学电视剧里抱她转圈圈，她一定要严词拒绝，她现在可金贵得很，不能轻举妄动。

想象着他欣喜若狂的模样，她就忍不住笑出声。身旁洗手的一个小姑娘一脸诧异地瞅着她，临走还回望了她一眼。丁子君赶紧收起脸上的傻笑，调整了一下情绪后，转身出了洗手间。

回了包厢，气氛已是一片火热了，国际友人本就热情好客，加上安焱的人格魅力又太强大，让国际友人瞬间产生了相见恨晚的错觉，两人你一杯我一杯，推杯换盏，喝得不亦乐乎。

等她入座，安焱抽空问了一句："怎么这么长时间？是不是胃不舒服？"

丁子君自然不能说我可能有小宝宝了，这是正常反应，只能胡编个理由蒙混过关："大概是中翅太油腻了。"

安焱一定是喝多了，脑子有些拎不清，想都没想就信了她的话，顺势探过身给她倒了杯酒："喝点酒中和下。"

"不用了，我已经好多了。"

"那就好。"

整个饭局下来，丁子君滴酒未沾，无论国际友人和安焱用什么方法，她意志坚定，坚决不喝一口，这副大义凛然的模样终于让安焱生疑。

他盯着她，一字一顿道："丁子君你今天怎么了？从早上开始就有点不太对劲，你是不是有事瞒着我？是不是身体不舒服？"

"咳咳，那个……"丁子君眼珠滴溜溜地转，随口胡诌，"我就是胃不太舒服。"

"那我一会儿送你回去吧，明天的行程你就不用参与了，你就在附近转转吧。"

"好，谢谢老大。"

第二天，安焱信守承诺独自上阵，把丁子君留在酒店里。她巴不得赶紧休息，很痛快地应了下来，惹得安焱一阵鄙视：“你还真把出差当成公费旅游了。”

“不然呢？难不成我还以旅游之名来出差吗？我又不是有病。”

“好好好，算我怕了你，这里的风景还不错，你也可以买点纪念品。”

“谢谢老大。”

安焱走后，丁子君并没有游玩的兴致，在酒店吃了饭就猫在房间里上网。还没怀孕之前，对于孕产的知识她并不是很感兴趣，有怀了小宝宝的女同事科普孕期知识时，她总是躲得最远的那个。

而如今，虽然还不知道小宝宝有没有成形，她就已经琢磨着孕期该如何保养了，需要注意些什么，该怎么补充叶酸，怎么补充维生素，哪些电器是有辐射的，应该保持多远的距离，宝宝出生之后该如何添加辅食，要给宝宝买什么样的衣服。

虽然要考虑的东西太多太多，可只要想到很快就有一个小生命降临，她的胸腔就满溢着幸福。这个宝宝是她和郑超爱情的结晶，是他们几经波折终于修成正果的爱情的见证，从此以后，郑超给她的爱能延续到这个小生命上，变得更加浓厚深沉。

在酒店上了一天的网，等她确定已经把所有孕期知识都掌握消化了之后才伸了个懒腰，懒洋洋地起身，下楼吃饭。

安焱在晚上九点多才回来，丁子君已经洗漱完毕准备睡觉了。

“老大，大晚上来女下属的房间不太合适吧。”

“丁子君，你什么时候这么贫了。”安焱扬手给了她一巴掌，把手里的东西递给她，“喏，传说中的特色小吃，我知道你晚上没吃饭。”

丁子君探头瞅了一眼，炸成金黄色的糕点，直接上手扯了一片塞进嘴里，一边以手作扇在嘴边呼扇着，一边含混不清地嘟囔：“又是那套理论吗？如果我说我已经吃过了，你就说是给自己买的。”

“你还真是学以致用啊。”安焱揉了揉她乱糟糟的头发，“好了，男上司就不进女下属的房间了，今天晚上好好休息，我们明天就回去。”

“老大慢走。”

送走了安焱，丁子君就上床睡觉了，虽然肚子里揣着一个小宝宝有些忐忑不安，可竟然一夜无梦，早上还是被安焱的电话叫醒的。

两人收拾好去机场，飞机起飞前，丁子君叫住嘱咐大家系好安全带的漂亮空姐，附在她耳边悄悄问道：“孕妇可以坐飞机吗？”

空姐看了一眼她依旧平坦的小腹，微笑道：“没关系的，放松一点就行，不要太紧张，飞机起飞后记得张开嘴，可以减轻不适感。”

一旁的安焱从杂志上移开了视线，扶了扶眼镜，眼神扫向她的小腹：“你怎么了？”

“没事，我就是问问空姐，要是我想吐的话应该注意点什么。”

安焱的视线又收了回去，翻了一页杂志后还不忘继续调侃她：“注意不要吞下去就行。”

“真恶心。”

如果说刚知道自己可能怀了宝宝后，丁子君的反应是难以掩饰的惊喜的话，那么在回家的路上，她才真正开始忐忑。

这是她和郑超的孩子，除了要考虑她自己以外，还要考虑郑超的情绪，如果他现在不想要孩子怎么办？毕竟两人的感情不太稳定，没有家庭做基础，又没有全然信任，这样不成熟的条件下要孩子是不是不太合适？

一路惴惴不安，等到了门口的时候，丁子君的手都是抖的，她咬了咬指尖，做了最坏的打算，如果郑超要她打掉孩子，她就果断分手。

深呼吸一口气，平复了一下心情后，她抬手敲了敲门。房间里传来低钝的脚步声，很快，门就打开了，郑超穿着一身亚麻色的家居服，头发微湿，垂眸看着她，脸上没什么表情。

“回来了。”

“嗯。”

他神色冷淡，丁子君也没有办法太热情，拉着行李箱进屋，蹲下身换鞋，关门声响起，郑超返身回了客厅，长腿搭在小茶几上，继续看新闻频道。

丁子君停下手上的动作，看了看身边的行李箱，无奈地苦笑。她怎么能忘了，走的时候两人还吵了一架，因为孩子的事情她倒是释然了，郑超却没有。

她沉默地拉着行李箱进卧室整理衣物，纠结得眉头都要打结了，这种冷冰冰的氛围下还怎么开口。

有孩子这件事虽然是缓和两人之间冷战气氛的最佳办法，可冲郑超这样的态度，没准会以为她是利用这件事情逼他道歉，到最后原本挺喜庆的事也变了味道。

就这样猫在卧室里也不是办法，丁子君硬着头皮出去，状似无意地问郑超："你中午吃什么了？"

沙发上的人眼皮都没有撩一下，极其敷衍地回答："外卖。"

首战失败，丁子君也没有泄气，清了清嗓子，继续斟酌着开口："我生理期延迟了好久，最近胃口也不太好，闻到油腻的东西就想……"

"你想说什么？"

还没等她说完，郑超就突然回过头，生生截断了她的话，神色有些许不耐烦。

丁子君分辨不清他眼底的情绪，不知道他有没有听懂她话里的意思，可光是听到他这样漠然的口气，就足以让她心凉了。

"郑超，我好像怀孕了。"

计较那么多有什么用，从头到尾只有她一个人在忐忑，在惊喜，在为这个即将出生的小生命焦灼不安。而他呢，似乎并不在乎那么多，连最基本的在意都做不到，她的担心在他的漠然面前简直就是一个笑话。

她还何必在这里唱独角戏。

不管他是欣喜若狂，还是诧异大过惊喜，抑或是一板一眼地和她讨论不能要孩子的种种原因，她都可以接受，至少他还能表现得在意一点。

时间仿佛凝滞一般，郑超站在沙发和茶几之间，长身玉立，丁子君站在卧室和厨房之间，仰头和他对视，不想错过他眼底的每一丝情绪。

他的眼神没有太多的变化，眼底平静得没有一丝波澜，甚至连嘴角的弧度都没有改变一点。

神色淡然得像是已经预料到了结果，抑或是结果是什么，并不重要。

沉默一直蔓延开来，弥漫到丁子君快要窒息时，他终于开口了，只是他的一句话，瞬间让她的心沉到了谷底。

他问：“谁的？”

很简单的两个字，无论是单独的两个字还是组成一个词语都是那么普通，普通到像是吃饭睡觉一样，甚至都没有主语。

可就是这简单的两个字，瞬间击垮了丁子君所有的坚持，把她辛辛苦苦筑建的心防摧毁成一片狼藉。

她不知道该做何反应，大脑一片空白，心痛到麻木，连最基本的伤心和愤怒都不能好好表达。她总算理解了遭到重大变故时，当事人为什么会表现得不正常的镇定了。

并不是因为心安理得地接受了，而是因为打击太大，超过了可以承受的范围，无论是痛苦或者是暴怒都不能表达心底突如其来的剧痛，所以，唯一剩下的就只有沉默。

当她已经在心里规划好了三个人的幸福生活时，他想的却是孩子到底是谁的。

他们两人的感情一直不是很稳定，她是心知肚明的，虽然深爱着彼此，可总是找不到最合适的靠近对方的距离，因此伤害彼此的事经常发生，她认为只要慢慢磨合，慢慢适应，总会找到最合适的相处方式的。

世界上哪有天生就般配的人，要想在一起，无非是磨去自己的棱角追随另一个人，她觉得，她和郑超的问题也是这个。

她以为，仅仅是性格不合而已。

却不知道从什么时候起，他对她的不信任已经到了这样根深蒂固的地步，以至于在得知她怀孕时，他的第一反应不是为这个新生命欢呼雀跃，而是问她，孩子是谁的。

哀莫大于心死，形容的大概就是现在的她，不痛不哀，像是被人兜头浇了一盆冷水似的，除了悲凉还是悲凉。

“郑超，我们分手吧，我是认真的。”

还有什么坚持的必要呢，她那么辛苦地坚持着，咬着牙硬挺下来。她以为，他爱她如同她爱他一般深沉而难以割舍，所以她觉得，为了这段感情能够长久，她受点委屈，流点眼泪也是值得的，毕竟，他也为了她努力过。

她一直这样坚持着，还傻傻地以为自己快要胜利了，以为他们的感情终于瓜熟蒂落了，殊不知，在她流着泪坚持的同时，他却早已放弃了她，看她像是傻瓜一样又哭又笑，一个人演着两个人的戏。

如果不是今天，她甚至不知道自己早就变成了他眼里的笑话，被他冷眼无情地看着，还浑然不知。

说完，丁子君回身进了卧室，把属于郑超的东西统统收拾出来，堆在了沙发上，卫生间里属于他的洗漱用品也堆在茶几上，很明确地轰他离开。

其实，按照一般人的思维，他这样伤害她，她把他的东西一件件地扔出门外才算解气，哪有如此彬彬有礼的道理。

丁子君也想这么干，可又转念一想，在他面前，她已经傻够了，最后一次离开的时候，她想给自己留点面子，不要再那么难看了。

郑超身形未动，一言不发。丁子君不敢抬头看他的表情，转身绕开沙发跑回了卧室，反手锁上了门。

门外传来窸窸窣窣收拾东西的声音，接着传来拉链拉上的沙沙声，之后是他依旧低钝的脚步声，最后是轻声响起的关门声。

伴随着清浅关门声的响起，丁子君终于泪如雨下。

原来，放手比继续受伤更难过，虽然一次次受伤，坚持下去的信念一点点地被消耗殆尽，可当真正放手的时候，第一反应却不是轻松，而是无法言喻的心痛。

爱了那么久，终究什么都不剩了。

第二天起来，丁子君洗漱之后就去楼下的便利店买了一支验孕棒，按照指示测试后,她坐在马桶上,看着验孕棒上仅有的一条红线,当真是欲哭无泪。

她设想了那么多，最后还因为这个和郑超闹了分手，而现实却可笑地告诉她，她根本就没有怀孕。

对于这种假孕现象她多少也知道一点，想要当妈妈的心过于急切，或者是情绪不稳定、焦虑、内分泌失调都有可能造成这种现象。

事到如今，她连哭都哭不出来，还能怎么样，要怪就怪自己太不谨慎，为什么不等确切的结果出来再说，弄成这样，完全是她自己的责任。

当然，假孕事件也并不完全是件让人空欢喜的坏事，起码从这件事上她明白了一个事实，那就是自己在郑超心中并没有多重要，他也没有自己想象的那样全然相信着自己。

她掏出手机给郑超发了条短信，并配上一条红线的照片。

“我没有怀孕。”

她承认，这样做很矫情，明明只要发个短信就可以，配图这种事情就显得幼稚多了，可只要想到郑超的话，她的心里就一阵阵地发凉，与其给他想象的空间，还不如一次性说清楚。

他很快就回复了，只有三个字：“对不起。”

呵，对不起，为了什么？因为昨天冤枉了她而道歉，还是为了他对她的不信任而道歉。

无论是为了什么而道歉，对于她来说，都已经太迟了。

和郑超分手的事，丁子君没有和任何人说，李珊珊已经受够了她和郑超的分分合合，况且李珊珊现在有了属于自己的幸福，她不能自私地一直把自己的悲凉倾诉给李珊珊，安焱就更不合适了，她不能给他虚无的希望，至于自己的父母，能瞒多久就瞒多久吧。

她的生活没有什么变化，依旧上班工作，下班回家，一个人回到空荡荡的家时，也没有太多的思念，不管是对这段感情的不舍还是对郑超的不舍，抑或是对于自己没有坚持的遗憾，只要想起郑超漠然地问她孩子是谁的，这样的情绪就瞬间烟消云散了。

他已经伤她伤得那么深，她总得长点教训了。

从始至终，郑超没有说过一句挽留，没有为这段感情做过一点点的努力，哪怕问一句他们还有没有可能了？还能不能再坚持一下？就连这样敷衍的挽留都没有。

他走得很干脆，带走了他全部的行李，也带走了对这段感情全部的眷恋。他潇洒地离开了，没有一丝不舍。

或许，他早就厌倦了。

厌倦了她的脆弱，厌倦了两个人的猜忌，厌倦了没完没了的磨合，厌倦了不必要的坚持。

因为终于得到解脱，所以才会头也不回地离开。

这次分手，丁子君连一滴眼泪都没有掉，虽然心如刀绞，整夜整夜睡不着，可始终哭不出来，眼眶酸涩生疼，喉间像是卡了刺，难过得连呼吸都变得困难，却怎么都哭不出来。

大概是因为真正绝望了，所以连哭都觉得没有必要了。

一个人度日如年地熬了一个月，立秋一过，心底的煎熬似乎减轻了不少，丁子君感受着窗外瑟瑟的秋风，有些自嘲地想，秋天不都是属于悲凉情绪的吗？唯独她，在这个悲凉的季节，反而变得淡然了。

经历过学生时代的分手后，她深深觉得，这辈子她肯定再也受不了那样的心痛了，那样黑暗得没有任何希望的日子，那样明明深爱却触碰不到的绝望，她发誓，这辈子都不要体会了。

所以，重新复合以后，她一直很努力地珍惜这份感情，不想再次失去那个人，不想再次体会那样的痛苦。

却没有想到，这次分手似乎并没有上次那么难过，虽然心痛，隐隐竟有些释然。所以说，人生哪有承受不了的痛，在没有经历之前总觉得一定会受不了，可悲剧真的降临到自己头上，每个人都能咬着牙坚持下来。

不管多辛苦，你总得继续活下去。

最近公司里的事并不是很多，丁子君难得清闲，打电话叫上李珊珊一起逛街。

那个丫头很讲义气，直接放了男朋友的鸽子，拎着包就跟她出来了。丁子君莫名觉得感动，还好，她身边还有一个只要她召唤，就立刻飞奔而来的挚友。

两人在商业街溜达，路过一家男装店时，李珊珊一把揪住她的衣领，大长手一挥，指着牌子就吼："去这家店看看，这不是郑超爱穿的牌子吗，进去给他买件衬衣。"

是，郑超那个人对衣服有一种特殊的执着，认定了一个牌子就一直穿，其他再好的也绝不看一眼。

可就是这样一个执着到固执的人，口口声声说爱她，却说放弃就放弃了。

"不用了，他……暂时不需要。"

"那陪我买孕妇装去。"

李珊珊一开口，丁子君结结实实吓了一跳，瞪着眼珠子看她的肚子："你……你怀孕了？"

"怀孕个毛啊，我提前准备好装备不行啊。我家那个倒是一直催着要孩子，可我没同意。"

李珊珊一个人说着，全然没有注意到丁子君突然变得凄惶的眼神。

进了孕婴店，李珊珊乐颠颠地四处试孕妇装，丁子君坐在休息区等她。

"丁子君，你看这个好不好看？"

丁子君抬头瞅了一眼，很诚实地开口："我觉得和你刚才试的那几件没什么区别。"

"怎么没区别，这个是有褶的，刚才那几个没有，这个蕾丝显得胸大。"

"你胸本来就不小，况且，孕妇装舒适就可以了，只有怀宝宝的时候才穿一下，你还想穿着孕妇装走红毯啊。"

“……倒也是。”

李珊珊听话地继续挑选朴素的孕妇装，丁子君把铃声大作的手机接起来，打电话来的是老妈，不知道又有什么事情吩咐。

“妈，怎么了？有事啊？”

丁母一脸嫌弃地咂咂嘴：“没事就不能打给你啊，你把我当成你下属了。”

这个老妈，自己不过就是随口一问而已，她总不至打个电话专门和自己唠嗑的吧。

“好了好了，我错了还不行吗，你怎么能是我下属，你绝对是大Boss啊。”

“大 Boss 还真有事和你说。”

啧啧，她就知道。

“你说吧。”

“过几天是你爸生日，我在家做点好吃的，你叫上郑超过来吃个饭吧。”

那个名字从听筒里传过来，一点点刺激着她的耳膜，妈妈的声音平静寻常，自然而然地说出了这样的话，因为她不知道自己已经和郑超分手了，所以依旧把他的名字叫得那么亲切。

丁子君一直以为自己已经放开了，毕竟过去了一个月了，该痛的都痛够了，绝望也绝望够了，是时候放下了。

可当听到妈妈如此亲昵地叫出郑超的名字后，她才发现，她并没有想象中那么坚强、那样潇洒，可以说忘就忘。

那个曾经属于她的男人终有一天会亲昵地浅吻着另一个人的额头，那个她妈妈无比中意的女婿人选终究会叫别人一声岳母。

他的未来终会给了别人，留给她的，只有拼凑不齐的回忆。

“丫头，我说话你听到了吗？怎么没反应，你那头信号不好吗？”

被妈妈的大嗓门一吼，丁子君才回过神：“刚才信号不太好，那个……郑超就不去了吧，他最近工作特别忙，连回家的时间都没有。”

“不能这么忙吧？他不是大 Boss 吗？活不都是手底下人干的吗，他就是个总指挥，哪有那么忙。更何况，这可是来自丈母娘的邀请，他好歹得给我这个长辈一点面子吧。你俩可到了谈婚论嫁的地步了，抽空见见丈母娘也不为过吧？”

妈妈的几句话把她堵得死死的，根本没法拒绝。是啊，郑超可是大Boss，怎么可能连吃顿饭的时间都抽不出来，如果她坚持说他工作忙，岂不是变相在说郑超是个不懂礼节、没礼貌的人，可如果答应的话，她到时候上哪儿找个郑超去。

左右为难的时候，她突然灵机一动，拉了李珊珊当垫背的：“妈，先不和你说了，李珊珊让我给她看衣服呢，我去瞅一眼。先挂了，一会儿再和你聊。”

“没事，没事，你们两个继续逛，妈就是和你说一声，你知道有这么回事就行。”

挂了电话后，丁子君深深叹了口气，起身朝疯狂试衣服的李珊珊走去。

“我刚想叫你来着，你看这件，怎么样？”

丁子君想说的话被李珊珊打了岔，上下扫了扫她的衣服，点了点头：“这件不错，挺好的，颜色素雅，板型也好。”

“那就要这件吧。”

陪李珊珊买完了孕妇装，丁子君又买了件风衣，两人逛累了，找了家冷饮店休息。

李珊珊点了冰激凌和柳橙汁，丁子君只点了杯圣代，对面的人一边啃冰激凌，一边欲言又止。

丁子君无奈地看着她：“有什么你就说吧，和我还玩什么欲擒故纵。”

有了她这句话，李珊珊立刻精神了，冰激凌也不吃了，皱着眉头问她：“你知道郑超工作上的事吗？”

丁子君心里咯噔一下，低头挖了一勺圣代，故作镇定地问：“我不过问他工作上的事，我们俩毕竟在工作上有来往，我多多少少得避嫌。”

“这样啊，难怪呢，我就说郑超发生了这么大的事，你竟然还能如此镇定，看来是他没有告诉你啊。”

李珊珊鲜有这么严肃的时候，她的表情配上她的话，丁子君知道，一定不是什么好事。

“华煜百分之五十的股份被一个叫通达的公司买去了，换句话说就是华煜被通达吞并了，郑超变成了第二股东。”

丁子君再也装不了镇定，颤抖地放下手里的勺子，惨白着脸问：“为什么会被吞并呢？”

“不知道，我也是听我家那位说的，好像是因为他惹了朱家人，被他们使了绊子，才变成这样的。你也知道的，在我们这片最霸道的就数姓朱的了，仗着自己有权有势，想整谁整谁。”

有权有势的朱家人，毫无疑问就是朱韵如了。丁子君紧咬下唇，生生地把那句郑超怎么样了憋了回去，暗自思忖，郑超对那个女人不是百般担待吗？怎么突然就被惹毛了？

“生意场上的事真是变化莫测，谁知道哪天就从天堂到了地狱，不过你也别太担心，像郑超那样的鬼才，东山再起指日可待，现在不过是人生中的一个小小的坎而已。”

“嗯。”

除了干巴巴地应一声外，她找不到更好的回答，一来在这样大的事面前她早已慌乱无措了，二来是那个人终究远离了她，曾经她是他最亲近的人，可如今，他的消息，她却得通过别人来获得，何其悲凉。

虽然已经分手，按理说，不管郑超发生了什么事，她都没有资格过问了，可听了李珊珊的话，她还是忍不住惦记他。

因为她知道，华煜对于郑超来说有多重要，那是他一点一滴打拼出来的事业，是他这几年的全部心血，就这样被别人收购了，他得有多难过。

思前想后，她还是决定问问他的近况，他们只是分手而已，又不是老死不相往来了，就当作是朋友之间的关心，问一问他，她也好安心。

下定决心后，她盘腿坐在沙发上，给他打了分手一个多月以后的第一通电话。

手机里嘟嘟嘟的声音在寂静的客厅里显得格外响亮，像是她的心跳声一般，沉闷而狂乱。

“小乖，怎么了？”

电话接通，听筒里传来郑超的声音，他的语气依旧亲昵温暖，带着一丝来不及撤销的温存一点点地钻进她的耳朵，扰得她的心湖一波波地慌乱。

“没什么事，我听说你公司最近出了点事，就是问一问。”

“哦，没什么大不了，缓兵之计而已，暂且放一放，过不了几天我就会拿回来的。”

郑超的语气恢复了正常，带着一丝漫不经心，言谈之间没有一丝暧昧的情愫，果真像是老友一般在和她交谈。

丁子君微笑，放下了心中的顾虑：“那就好。”

挂了电话之后，她听着听筒里的忙音还是忍不住落了泪，她还以为就此放手再不会落泪了，却不曾想，因为他这样的淡然，她终究还是难过了。

她一个人痛苦了那么久，疼了那么久才可以自欺欺人地骗自己说不在乎了，骗自己说放下了，而他，却早已如此淡然，对于她，平静得像是面对一个陌生人一样，礼貌而疏离。

曾经爱她入骨的男人终于把她看得云淡风轻了，她怎么能不难过？

Chapter 13

相见不如怀念

P I N G S H E N G Y I N U O · W A N J I E P I A N

不知不觉老爸的生日就到了，丁子君是接到老妈的电话后才忽然发愁的，她上哪儿找个郑超来，现编理由太不靠谱了。她咬咬牙应了下来，船到桥头自然直，到时候再说吧。

中午丁子君拎着一大堆老年人的保健品进了家门，丁母探头探脑地往她身后张望：“郑超呢？没和你一起来吗？”

“他一时抽不开身，估计来不了了，这是他让我捎给你的东西。”

把手里的东西递给老妈，丁子君自认为这个谎撒得很自然，这样的说法两头都可以顾及，既避免了她要真的去找郑超，又不会让老妈太难过。

“你什么时候打电话和他说的？”

礼物到了人没到，老妈终究还是不太开心吧。丁子君赶紧哄她：“老妈，他工作忙你就多体谅一下，这次不能聚，下次再聚不行吗？你以为他是老爸啊，每天优哉游哉的，都没事可干。”

“可他刚才和我说一会儿过来啊。”

“啊，老妈，你给他打电话了？”

“你吵什么吵，嗓门这么大。”丁母捂着耳朵，看着一脸诧异的丁子君，撇嘴吐槽她，“我还不能给郑超打个电话了，给你打有用吗？每天都敷衍我。”

“妈，不是……你怎么能给他打电话呢？”我和他已经分手了，不过是没有告诉你而已，不然你以为我干吗要这么辛苦地敷衍你。这下倒好，你还巴巴地把他叫过来，我怎么面对他？

丁子君急得都快哭出来了，丁母自然领悟不了她的潜台词，扬扬得意地进厨房做饭去了。

还没等丁子君从刚才的噩耗里解脱出来，门铃就响了。丁母一个箭步从厨房冲出来，一路飞奔到门口开门。

“伯母，您好，刚才路上有点堵，来迟了。”

“没事没事，快点进来坐。哎哟，不是让丁子君带东西了吗？你怎么又买了这么一大堆，我哪里吃得了，心意到就可以了，干吗这么破费。”

郑超的表情很是诧异，对于丁子君的小把戏，他自然是完全不知情的。

为了防止自导自演的戏码被拆穿，丁子君赶紧冲他使了个眼色。

虽然已经分手，可基本的默契还是有的，郑超收到她的指示，立刻心领神会地道：“开车过来的时候顺便买了，我也不经常来看您，心意自然得足一些。”

“哎哟哎哟，你这孩子，真是太乖了。快和那个丫头坐着，我进去做饭，一会儿你伯父也回来了。”

把郑超推给丁子君后，丁母就喜笑颜开地进厨房了。

两人坐在沙发上，相对无言，气氛相当尴尬。犹豫半天，还是丁子君先开了口：“谢谢你，我没想到我妈直接给你打了电话。”

“我也没想到，你还一直瞒着伯母。”

丁子君自然知道他说的是分手的事，嗫嚅了一下，终究什么都没说。

她以为，分手之后只有她一个人在煎熬，在憔悴，每晚辗转难眠、寝食难安，整个人都瘦了一圈，却不曾想，他比她更加憔悴。

不只是憔悴，几乎接近病态了，原本璀璨幽深的眼神也变得混沌了不少，脸颊瘦了一圈，像是刀刻过一般，嘴唇发白，面色有点黄，他穿了件黑色风衣，衣服里空荡荡一片，身上估计也瘦了不少。

丁子君低头，看着他垂在膝上的双手，外露的手掌更加骨节分明，手背上青筋暴起，瘦得只剩皮了。

虽然不知道这样的消瘦是因为公司的事还是多多少少有她的一点原因，

总之，不得不承认，她心疼了。

本来两个人已经分手，这样的情绪无论怎么看都不太合适，可她就是压抑不住心底的感情，看到他消瘦成这样，就忍不住心疼。

“公司的事情很棘手吧？”所以一个多月你就瘦成了这样，后面的话丁子君没说，以他们两人的默契，郑超应该猜得到她想问什么。

“不是因为公司的事情。”

他话一出口，丁子君的心就狠狠沉了一下，他读懂了她的潜台词，她也读懂了他的潜台词。

他想说，不是因为公司的事，而是因为你。

丁子君不知道该如何形容自己此时的心情，在以为分手后他并不在乎时，她很难过，觉得自己于他来说原来是这么无关紧要。

可在得知他因为她憔悴成这样时，她却更加难过了。学生时代的那次分手，她带给了他多少伤痛，她不曾忘却，而如今，她又给了他变本加厉的伤害，他每一次的憔悴和受伤，都是她亲手施加的。

她那么爱他，同样，也不止一次地伤害他。

气氛突然变得低沉压抑，就在丁子君不知该如何是好时，丁母适时从厨房里奔了出来，夹着一只虾仁递到郑超嘴边：“郑超，你尝一尝好不好吃，味道还行吗？是不是有点咸？”

郑超收起了脸上的凄然，把虾仁吃进了嘴里，仔细品了品：“很好吃，盐放得刚好，不咸。”

“哈哈，那就好，那我继续炸了，你们也继续。”

等饭菜做好后，丁父也下班回来了，四个人围坐在餐桌上，边吃边聊。

丁母算是哪壶不开提哪壶的开山鼻祖，上来就劈头盖脸地问郑超：“你的公司为什么会被那个通达吞并了呢？你不是和姓朱那人合作得好好的吗……”

“哎哟，我的亲娘啊，你能不能乖乖吃饭？”丁子君夹了一筷子空心菜塞进老妈嘴里，堵了她连珠炮的发问。她还真是口无遮拦啊，想问什么就问什么，都不想想郑超会不会尴尬。

身旁的郑超倒是挺淡然的，没有表现出一丝的不自然，回答得很是云淡风轻："因为朱韵如给我使绊子，我就和她彻底翻脸了，她父亲撤了和我们的合作，公司损失了一大笔钱，为了填这个空，我才卖了股票。"

他几句话就把事情的来龙去脉描述得清清楚楚，丁母恍然大悟："原来是这样啊，那她给你使什么绊子了？"

老妈，你知不知道什么叫适可而止？丁子君看着一脸八卦的老妈，咬牙切齿道："妈，吃饭吧，菜要凉了，把你的空心菜咽下去再说话。"

"就你能啰唆。"丁母听话地埋头吃饭。

丁子君松口气，暗自祈祷，总算是成功转移话题了。

可惜，某人并不领情。

"她拿我生命中最重要的人威胁我，我已经在她身上吃了一次亏，做了我生平最后悔的一件事，这次无论如何都不能重蹈覆辙，所以，就和她彻底撕破脸了。虽然公司被吞了，可从本质上讲我还是胜利了，虽说这样的胜利并没有什么用。"

郑超说得模棱两可，难为丁母还听懂了，一副知音大姐的表情盯着郑超瞅："她拿你父母威胁你了？我听说朱家的闺女还是个小姑娘呢，怎么这么有心机？果然是商场里摸爬滚打出来的，家庭氛围都不一样，不像我们丁子君，一天天傻乎乎的，一点心眼都没有……"

就她没有心眼这个问题，老妈和郑超气氛融洽地畅聊起来。

丁子君默不作声地吃饭，心中暗自思忖，原来是朱韵如利用他母亲威胁他了，难怪他会舍弃比生命还重要的事业。

她一直好奇，有什么能比他的事业还重要，现在似乎有答案了，就是他的母亲。

心底的凄凉一层层地蔓延上来，丁子君垂头吃饭，不再看郑超，不管她在他心底占据多重的分量，那都已经是曾经了，以后，他终究会找到一个他看得比一切都重的女人，那个女人可以是任何人，却永远不可能是她了。

吃过饭，郑超就起身离开了。

丁子君和丁母把他送到门口，他礼貌地道别，深深凝望了丁子君一眼，却终究什么都没说。

就现在这样的情况，他还能说什么？他能陪她演完这场戏，她就已经感激不尽了，还敢奢望什么，抑或是还能奢望什么？

就这样又浑浑噩噩地过了一个月，天气渐渐转凉了。

换季对于女人来说就是买衣服的最合理借口，找了个周末，丁子君又把李珊珊拉出来陪她逛街。

李珊珊眼睛一直滴溜溜地盯着婚纱店瞅，丁子君拿她没办法，只能妥协："想看就进去吧。"

于是，两人的逛街又变成了李珊珊负责试衣服，丁子君负责点评。

"这个不太好，把你的颤颤肉都露出来了，换一件。"

"这个也不行，腰收得太紧了，显得你腰特粗。"

"这个也不好，显得你肩宽。"

"不行，这个太白了，显得你太黑了。"

到最后，李珊珊终于受不了了，拎着裙摆冲下台，抬手给了丁子君一巴掌："丁子君你这孙子，你是来花式埋汰我的是不是？腰粗胳膊粗就算了，婚纱衬得我太黑是什么鬼？你能找个走点心的理由吗，你上哪儿给我找套不白的婚纱。"

被李珊珊戳穿，丁子君也不反驳，乐呵呵地承认："你才是花式虐我，不知道我刚分手吗？"

李珊珊是一个月前才知道她和郑超分手的，毕竟李珊珊是最熟悉她的人，这种大事怎么可能瞒得住李珊珊。知道这个事实后，李珊珊难得表现得很镇定，竟然很赞同他们分手，理由是这样的："我早就觉得你俩得分手了，郑超那个性子谁受得了，跟个大爷似的，谁能天天伺候他，女生找男朋友是当公主的，不是当老妈子的，这样畸形的感情不垮才怪。"

所谓当局者迷旁观者清大概就是如此，她已经从那个局里头撤了出来，对于李珊珊的观点很是赞同，他们从一开始的相处方式就是畸形的，这样的感情怎么经得住考验，垮塌不过是时间问题。

两人拎着衣服上商场顶楼吃饭。李珊珊捧着一碗意大利面眼珠子都不转地盯着丁子君，丁子君长长地叹了口气："一看你这个表情就不是什么好事，赶紧说吧，别这么眼巴巴地瞅着我，我瘆得慌。"

"那你做好心理准备，我可要开口了。"

"好了好了，你赶紧说吧，别卖关子了。"

"郑超从华煜卸任了，无论是董事长还是总裁都不干了，最近连人影都不见了。"

"你……怎么知道的？"对于丁子君来说，这样的事情等同于晴天霹雳，让她半天消化不了，果真每次从这个丫头嘴里就得不到一丁点的好消息。

上个月他不是还说很快就能把公司收回来吗？怎么一个月过去了，他非但没有收回公司，还彻底被踢出去了？

"啧啧，好歹是你曾经爱得死去活来的男友……"

"你——"

"好好好，是你曾经爱得死去活来的前男友，你不关心，我总得替你关心一下吧。况且这些消息是我老公告诉我的，八九不离十了。"

"那他人呢，现在怎么样？"

"啧，不是说不关心的吗？"

"你不就是想看我心急如焚又什么都做不了的倒霉样子，才故意卖关子的吗？"

"哈哈哈，知我莫若你啊。虽然我的目的达到了，可这个问题我还真回答不了你，因为我真不知道他人怎么样了，从公司离任之后就没有他的消息了，至于他去了哪儿还真没有人知道，或许，你可以问问他妈妈。"

"那我先走了。"丁子君拎起包就要走。

李珊珊嘴里还含着一口意大利面，含混不清地嚷着："你这就要走啊，不用这么着急吧，起码陪我吃完饭。"

"今天真是对不起你了，下次请你吃好吃的，我先去郑超家里看看。"

以她对郑超的了解，他是绝对不会把自己的行踪透露给他妈妈的，那唯一一个他可能待着的地方就是他家里了。

一路驱车到了他家门口，看着熟悉的门牌，丁子君才失笑出声，明明已经分手了两个多月，可她的潜意识似乎还没有接受这个事实，一听到他出了事，几乎失去理智地狂奔过来。

可来了又能怎么样呢？她已经是局外人了，该用什么样的语气安慰他？以什么样的身份问他最近过得好不好？

在门口踌躇了半天，丁子君最终还是没有进去，原路返回。

不管她心底有多着急，不管她有多在意他的近况，这些过分的关心都不是她该表达的，因为他们已经分手了，他的难过或是悲伤她都没有资格过问。

晚上回了家，丁子君正准备洗漱，手机突然铃声大作，她低头看了一眼来电显示，心里狠狠地沉了一下。

电话是郑超打来的。

她接起来，对方却不是郑超，是一个全然陌生的声音。

“请问您是这位先生的妻子吗？”

丁子君下意识地想要反驳，可转念一想，现在哪里是计较这个的时候，赶紧应道：“我是，他怎么了？”

“我是来给他送外卖的，敲了半天门都没有反应，见门没锁我就进来了，他昏迷了，还发着高烧，我叫了救护车，是送去省人民医院的。”

“谢谢你，我马上过去。”

等丁子君赶去医院的时候，郑超已经转入普通病房了。她上气不接下气地冲进病房，揪着正在做检查的医生连珠炮似的开口问道：“他怎么样了？为什么会昏迷，病得严重吗？是不是有什么大病？”

“你是他的家属？”

“是。”

“他肺部出现了严重感染，应该是上呼吸道感染引起的，胸腔已经出现了积液，必须尽快置管引流，除此之外，他的胃部也出现了弥漫性的出血点，如果不尽快治疗的话容易发生并发症，目前的情况就是这样，具体情况还得等详细检查报告出来了才能下结论。”

丁子君已经有些六神无主了，除了应答以外不知道该作何反应。

医生下达了医嘱要置管引流，丁子君在手术保证书上签了字，在手术室外等着郑超出来。

空旷的楼道里只有她一个人，“手术中”三个大字闪着刺眼的红光斜映在雪白的墙壁上，她坐在椅子上，听着偶尔传来的低钝的脚步声，无聊地数着地板上的浅色条纹。

医生说郑超的病并不是太严重，但也是身体过度透支的结果，她知道这句过度透支的分量，她煎熬了两个月也不过是瘦了几斤，他到底是经历了怎样的折磨才能让身体垮塌到这个地步。

置管手术用了不到半个小时就结束了，郑超被医生推出来，一路推回病房，丁子君起身，缓缓跟在他们身后。

医生嘱咐了一些注意事项后就离开了，护士替郑超挂了点滴之后也离开了，病房里只有他们两个人。

就在她低头削苹果的时候，郑超醒了，只是嗓子干哑得发不出声音，只能伸手轻轻拍了拍她的腿。

丁子君抬头看他，他皱着眉，吞了吞唾沫，费了好大劲才说出一句完整的话：“你……怎么……来了？”

她很想说，要不是我来，你是不是命都不要了？你自己的身体自己不知道吗，为什么不能好好照顾自己，为什么要让我这么担心、这么难过？

她想说的太多，却没有一句是可以说出口的，虽然她很担心，可这份担心对于他们两人目前的关系来说，却是尴尬而多余的。

因此，犹豫半天她只说了句：“是送外卖的小哥给我打的电话。”

“是……吗？”

郑超说了一句后就没了下文，两人又陷入了沉默，这样的气氛让丁子君极其不适应，犹豫片刻，她还是开口：“既然你醒了，那我就先走了，明天还要上班。”

郑超没有挽留她，点了点头，放她离开，只是在她走到病房门口时，他突然开口道：“不是因为我妈，是因为你。”

此时丁子君已经出了门，她反手关上门，隔绝了他紧锁在她身上的眼神。

打车回了家，一个人窝在空荡荡的家里，她反复咀嚼着他最后那句话的意思。他说不是因为他妈妈，而是因为她，这样没头没脑的一句话让她莫名，她和他妈妈能有什么关联？或者说最近有什么事能把他们两人牵扯到一起的？

思索无果，她起身准备洗漱，正抱着睡衣要去洗澡，妈妈的电话就打过来了。她放下衣服，接起电话：“妈，怎么了？大晚上给我打电话？”

“没什么，就是听你爸说郑超从他公司卸任了，是真的吗？为什么呀？是别人炒了他，还是他自己跳槽的？”

她和郑超分手的事情还没有和爸妈说，一来是怕他们伤心，二来是如果老妈知道她又变成了剩女，一定会没完没了地念叨她，两相权衡下，她还是选择了撒谎，能瞒一时瞒一时，反正爸妈也不会经常和郑超见面，实在瞒不住了再说。

这次郑超出了这么大的事，光是编瞎话哄老妈就够她受的了。

“他只是想更好地发展自己的事业，现在的那个小庙怎么能供下他这尊大佛。”

“上次他不是说公司被吞并是因为他妈妈吗？那这次呢，还是因为他妈妈吗？”

丁子君的脑袋突然嗡的一声炸开了，后知后觉地明白了郑超今天和她说的那句话的意思。

上次爸爸过生日，老妈把郑超叫了去，在餐桌上逼问了郑超一堆关于公司被吞并的问题。当时老妈自动翻译了郑超的话，认为这件事是他为了保护他母亲才变成这样的，当时郑超并没有反驳，可也没有承认。

而就在刚才，他对自己说：“不是因为我妈，是因为你。”

他当时说过纵容朱韵如是他做过的最后悔的一件事，说的是那次她被朱韵如掌掴的事，他说朱韵如想要拿他身边最重要的人威胁他，那个人不是他的母亲，而是她丁子君。

他为了保护她，牺牲了他的事业。

她一直认为在他眼中，最重要的就是他的事业。为了他的工作，为了他的前途，他可以弃她于不顾，她虽然努力地去理解他，可心中依旧难过，每每都会凄凉地想，他嘴上说爱她，她却连他的工作都不如。

而如今，他终于把她看得比工作重要了，他为了她放弃了她曾经认为对他来说最重要的东西，她终于占据了他心中最重要的位置，却连高兴的资格都没有了。

曾经期盼了那么久的东西姗姗来迟，除了悲凉她再尝不出任何滋味，就像长大以后终于花钱买到了小时候买不起的玩具，还是一样的东西，却没有了当时的憧憬和惊喜。

“丫头，你干吗呢？半天不说话，你那头信号又不好了？”

被老妈一吼，丁子君才从沉思里回了神，赶紧回答：“……我怎么知道，我一般不过问他工作上的事的。”

“你俩是不是吵架了？”

丁子君心肝一颤，暗自思忖老妈什么时候变得这么明察秋毫了。

“没有啊，我们……挺好的，没有吵架。”

“既然挺好的，你怎么连这个都不过问，不过问工作上的事也就罢了，你总得观察一下他的情绪变化吧。不上班天天待在家里你就不觉得奇怪吗？你连这点生活常识都没有吗？”

被老妈没头没脑地炮轰了一通，丁子君无奈地扶额：“老妈，他不上班天天待的也是他自己家，我怎么能知道。”

“……倒也是。”

编瞎话本来就累，偏偏老妈还是个打破砂锅问到底的人，一通电话打下来，她都快虚脱了。

之后的几天，丁子君依旧照常上班，安安分分地过着一个人的生活，她努力控制自己的情绪，不让自己想郑超的近况，不让自己担心他身体有没有好，有没有人照顾他。

每当她想到他一个人孤零零地住院没有人照顾时，她就心疼得坚持不下去，恨不得立刻飞奔到他身边。可当意识到两人已经分手了将近三个月时，她还是咬牙忍了下来，她现在根本没有正当的理由照顾他。

她只不过是他的前女友，也仅此而已。

过了大约一周，就在丁子君纠结着去不去看郑超，纠结到快要神经衰弱时，郑超却突然出现了。

她刚下班，正拎着包走向停车场，郑超突然站在了她的面前。

他依旧很瘦，眼窝深陷，没有一丝神采，下巴上还有参差不齐的胡楂，整个人看起来憔悴而颓丧，一开口，嗓音沙哑得几乎变音，他说："丁子君，不要和我分手，好吗？"

丁子君愣在原地，接受着路人诧异的眼神。

她清了清嗓子，难得镇定地回答："我们已经分手将近三个月了，郑超，你现在说这种话不觉得可笑吗？"

这样马后炮式的道歉和挽留，她也早已经受够了。在她最需要他的道歉，最需要他安慰的时候他一言不发，在她一个人彷徨无助，在绝望中挣扎时，他依旧没有一点动静，连一声简单的问候都不曾有过。

现在，她终于从绝望中挣脱出来，也终于接受了他不再属于她的事实，他却后知后觉地对她说，不要分手，好吗？

"郑超，我们已经没有可能了，从你质问我的那一刻起，我们就注定回不去了。我那么全身心地信任着你，那么死心塌地地爱着你，我以为，你也是这么对我的，可惜，终究是我太自作多情了。你可以轻易把我对你的感情踩在脚下，可以把伤害我的话说得那么云淡风轻，你把我的感情糟践了个彻底，现在，你拿什么让我继续爱你？你给不了我足够的勇气坚持了，所以，我只能放弃。"

“可是谁都替代不了你，怎么办？我用了将近三个月的时间来适应没有你的日子，我以为，我可以坚持下去，我以为时间会消磨一切，可孤独的时间越久，心底就越痛，没有一刻我能够忘记你。我知道我曾经带给你许多伤害，我也知道我应该向你道歉，应该求你原谅，可自从离开你后，我除了想你外，再没有了其他的情绪。”

“郑超，太迟了。”

迟来的道歉，迟来的想念，在她所有的希望都耗尽，再没有坚持下去的理由时，这份姗姗来迟的爱意早已不是她希冀的模样了。

“小乖……”

丁子君错身离开，郑超反手拉住了她的手腕，低低地叫出声，带着难舍的挽留，他难得放低姿态，祈求她不要离开。

只是，来得太迟的挽留她已经不需要了。

“我要去取车了，先走了。”挣脱他牵着自己的手，丁子君头也不回地离开。

身后的人没有出声，也没有追上来，但丁子君知道，郑超一直在看着她，凝视她决绝离开的背影。

当时他拉着行李箱从她家里离开的时候，是不是也是如此决绝呢？不带一丝留恋，对身后的她没有一丝眷恋，那么毅然决然地抛弃了她。

而如今，她虽然没有回头，走得大义凛然，却做不到他那么洒脱，她多想扑进他的怀抱，多想再听他叫她一声小乖，多希望，他依旧是属于她的。

不管心底的心思有多汹涌，她都真真切切地明白，他们，终究回不到过去了。她回头了太多次，不舍了太多次，就是因为狠不下心离开他，所以才一次又一次地任由他伤害。

这次，无论如何都不能回头了，因为他不再是她的盔甲，而是她的软肋，只要他想伤害她，便能一击致命。

丁子君以为，这次她态度如此坚决地拒绝了他，他多多少少会有所退却，应该暂时不会再来纠缠她了，却没想到，他比她想象中更加执着。

第二天一早，她出门上班的时候，郑超已经开着车停在她家楼下了，见她下楼，他立刻从车里跑出来，手里捧着各式各样的早餐献宝似的递到她跟前：“还没吃早餐吧，吃一点吧，我刚买的，都是你喜欢的。”

“用不着，我已经吃过了。”丁子君无视了他眼底的落寞，越过他去车库取车。

身后的人不过愣了一下，随即就反应过来，长腿迈开跟在她身后：“你其实没有吃饭吧？你心里有事的话早上都吃不下东西的，你多少吃一点，不然一上午容易饿。”

“郑超，你能不能不要自以为是地觉得很了解我？”

在她最需要他理解、最需要他了解的时候，他弃她于不顾，生生辜负了她的感情，而如今，在她心灰意冷准备离开时，他却以了解她的名义来洞悉她的生活，这算什么？

她生气并不是因为他的纠缠，更多的是因为他确实很了解她，了解她生活中的点点滴滴，每一个小细节都注意到，就连她自己都不清楚的小习惯他都一清二楚。

也正是因为他这样了解她，所以她才更加难过，这么了解自己的他，却在她最需要他了解时选择了伤害她。

“小乖，不要分手好吗？再给我一次机会。”

“麻烦你以后叫我的名字，我叫丁子君，不叫小乖。”

只要你叫我小乖，我就会忍不住想起你对我的宠溺和娇纵，想起你曾经爱我如生命，同样我也会想起你是怎样漠然地把我伤到体无完肤，你已经不再属于我，听你继续这么叫我，我会忍不住难过，终有一天，你会找到属于你的小乖，而那个人，不会是我。

说完，她直接开门上车，倒车离开，后视镜里的人影渐渐缩小，最后消失不见。她咬咬牙，把眼眶里几欲流下的热泪生生憋了回去。

她宁愿他潇洒地放手，可以把对她的感情清理得干干净净，把对她的留恋全部割舍，不管是继续追求属于他的幸福，还是继续发展他的事业，这些都与她再无关系，她终将变成他生命中的一个过路人。

日后，当他想起自己时，会有一声喟叹，会有些许遗憾，这样就足够了。

她宁愿这样，也不愿意看他继续爱着自己，看他为了自己难过，这样的他，会让她的心意再次动摇，会拖住她离开的脚步，让她舍不得离开他。

丁子君工作了一上午，十点多的时候，就已经饿得有气无力了，如郑超所说，她心里有事的话早上就没有食欲，可上班途中又会饿，唉，早知道就带点吃的出来了。

正饿得爬不起来时，办公室外突然响起了敲门声，她喊了声进来，推门进来的是一个外卖小哥。

“你好，这是你订的餐，麻烦签个字。”

丁子君诧异，她哪有订过餐，签字收了外卖后，当她打开盒子看到一盒甜甜圈时，突然反应过来是谁替她订的餐。

只有郑超知道她最喜欢的甜点就是甜甜圈，也只有他知道，她每次只吃巧克力味的，并且每种都要一个。

看着盒子里香甜的甜甜圈，再摸摸自己咕咕叫的肚子，丁子君还是决定不浪费粮食，先吃了再说。

之后的一段日子，只要丁子君出门，必定会见到郑超，他再没有说过不分手之类的话，每次也不多说话，早上给她买早餐，中午给她买午餐，一周固定给她买一堆生活用品或者蔬菜水果，隔几天就会要了她的车钥匙替她加油。

他甚至会帮她交水电费和煤气费，光是扫一眼，就能透过她化了妆的脸看出她是不是又不舒服了，之后买一堆药给她，一天三次定时给她发短信催促她吃药。

有时候她烦躁了，也会吼他，比如说你怎么这么闲，天天不上班在我家门口晃悠什么，他也不生气，回她一句“我现在没有工作了，我是一个无业游民”，看他一脸笑意，再想想他事业上的低谷，她瞬间消了气，半句话都说不出来。

这样的日子持续了一个月，他并不强行介入她的生活，总是默默地关心着她，不管她回应与否，他总是坚持不懈，他不参与她的生活，可只要她回头，他总在她身边守护。

这样下去不出两个月她就会投降的，他们俩之所以分手本来就不是因为不相爱，而是一直找不到恰当的爱彼此的方式，照他这样一直在她身边守护，她就是铁石心肠也会为他柔软的。

她已经下了决心要离开他，就不能再回头。

思及此，她只能想出一个比较损的办法，就是稍微利用一下安焱，给郑超一个她已经和安焱在一起的假象，让他彻底地死心，这样她就不会摇摆不定了。

这个缺心眼的办法自然是不能和安焱说的，她已经够对不起安焱了，要是再堂而皇之地利用安焱的感情，没准安焱会一怒之下掐死她。

既然已经决定了，第二天丁子君就实施了。

中午快下班的时候，她主动跑到安焱的办公室，觍着脸问他："我早上没开车，今天你送我回去吧。"

安焱头都没抬，手里唰唰写着什么，凉凉地来了一句："早上七点四十分，你倒车进了停车场的 A 区，当时我就在你后头。"

被安焱毫不留情地拆穿，丁子君也不放弃，继续游说："我的车没油了，万一抛锚了怎么办？"

"你是那种油箱烧到底才加油的人吗？"

当然不是，丁子君干脆破罐子破摔："好吧，这么说好了，我就想坐你的车，你看着办吧。"

"你早说不就可以了，走吧，中午想去哪里吃饭？"

"不用不用，你送我回家就行，不用请我吃饭。"

"只送你回家？"安焱摘了眼镜起身，收拾好东西，拎着外套往外走，"也就是说你专门过来求我，就是为了让我捎你一段？"

丁子君猫着腰跟上去，眼珠子滴溜溜地转，随口说道："我怎么好意思再蹭你的饭，你送送我就可以了。"

"自己的车不开偏偏要蹭我的车，蹭车就算了，还仅仅只是蹭车。"安焱一把揽过她的脖子，"你是不是有什么事瞒着我，是不是外头有仇人追杀你了？"

"安焱你什么时候这么贫了，你不是一直走的都是暖男路线吗？最近怎么这么能吐槽我，是不是也有什么事瞒着我？"丁子君从他胳膊底下钻出来，试图转移话题。

只是转移话题不成，却被安焱抓到了把柄："也？这么说，你还真有事情瞒着我？"

"……"

丁子君尴尬地扯出一抹傻笑，解释得有点苍白无力："我哪有事瞒着你，我这个德行你不是一眼就看穿了吗？我哪有胆子敢瞒你。"

"你和郑超分手的事不也是前不久才告诉我的吗？"

"那个……"

这下丁子君彻底蔫了，半句话说不出来。在这件事上她确实对不起安焱，主要是她不想给他增加负担，听说她和郑超分手了，他肯定会觉得有希望了，可不管她和郑超分不分手，她也不会答应和他在一起。

"别贫了，走吧，最近发现一个特别好吃的川菜馆，今天带你去尝一尝。"看她眼珠子乱转又开始纠结了，安焱也不再继续逗她，把她拎出了办公室。

一出门，不出意外又碰见了郑超，丁子君已经习惯了他如影随形的存在感，没什么感觉，反倒是一旁的安焱表示很惊讶："你们俩不是分手了吗？"

"是分手了。"不过貌似是我单方面提的分手，郑超似乎并没有承认过，所以才会执着地想要挽留我。后半句话她斟酌了一下还是没有说出口，安焱毕竟还喜欢她，她和郑超的感情多少还是要顾及一下他的感受。

"哦，这样啊。"

虽然丁子君没有解释，可安焱是个人精，扫两眼就知道是什么情况，瞬间就心领神会了。他拍拍丁子君的脑袋，状似无意道：“走吧，我们去吃饭。”

两人并肩往前走，郑超并没有像往常一样迎上来和她打招呼，看到她身后的安焱时，他就顿住了脚步，只在原地静默地注视着她。

丁子君努力控制自己的表情，让自己的脚步尽量显得自然一些，她双眼睁大，笔直地注视前方，竭尽全力地控制自己的眼珠子不往郑超身上瞟。

郑超看着丁子君上了安焱的车，看着他们驱车离开，直到车远离他的视野，丁子君始终没有回头看他一眼。

曾经紧紧跟在他身后的小女人，那个最容易心软舍不得他的女人，终于有一天可以如此决绝地离开，连一眼都吝啬给他。

看着她和安焱有说有笑地出来，他的心像是瞬间破了一个大洞，听得见胸腔里冷风经过的回响，空荡荡一片。他以为，失去她就是他最接受不了的事情，却不曾想，最让他难过的是曾经属于他的人，现在终究属于别人了。

曾经窝在他怀里撒娇的女人终有一天会躺进别人的怀里，她对他展露的笑颜，对他深沉的爱意终有一天会毫无保留地给予另一个人，那个他爱到骨髓深处，比生命还要重要的女人，终有一天会披上婚纱与别人厮守一生。

光是想一想，他就难过得受不了，所以，他绝不允许这样的事情发生，这一次，他无论如何都不能放手，即便是不择手段，他也要让丁子君明白，自己，非她不可，而她，同样非自己不可。

有了安焱当保镖之后，情况并没有好转太多，除了下班时可以摆脱郑超外，其他时候和平常一样，他依旧坚持不懈地试图用润物细无声的方式打动她，动摇她的意志。她打心眼里舍不得轰他走，可又不愿意就这样屈服，真正是无奈到了极点。

好不容易找到一个让郑超死心的机会，大概是这两天她被他缠得有些神志不清了，根本没有考虑到可能会出现的后果，就利用了这次机会，她以为，这件事仅仅会让郑超对她死心，不再让她继续动摇而已。

却没想到，这件事却成了她这辈子最后悔的事。

导火索事件是这样的。

一个无比寻常的周末，她一个人猫在家里看电视，大概凉的和辣的掺在一起吃太多的缘故，右下腹突然一阵阵绞痛，她吓得惊坐起来，不会是得了急性阑尾炎吧？

不对啊，她的阑尾早在大学时候就切了。

她疼得出了一身冷汗，肠子像是打了结似的，死死绞着，疼得她连换气的力气都没有了。看这个情况又得去医院，她摸到了桌上的手机，条件反射地就滑到了郑超的号。

正准备拨过去时，她一个激灵反应过来。她和郑超早没有关系了，打过去多不合适，斟酌了一下，她还是打给了安焱。

安焱正在公司加班，接到电话立刻往这里赶："你不要乱动，乖乖坐着，我马上就到。你哪里疼？是不是急性阑尾炎？"

"急什么性阑尾炎，我的阑尾早在六年前就割了祭祖了，现在是肠子疼，急性肠胃炎还差不多。肠子像是编麻花似的疼，我都快疼晕过去了，你快来。"

"好好好，我马上到，你别说话，乖乖等着。"

安焱一路狂踩油门飞奔而来，下了车往楼上跑的时候遇见了靠在车门上抽烟的郑超。一见安焱慌慌张张的样子，郑超知道肯定是丁子君出事了，没有废话，跟着他就往楼上狂奔。

两人跑上楼，安焱有些失控地敲门，里头却连应答的声音都没有，还没等他说话，郑超就掏出了丁子君给他的备用钥匙，利落地开了门。

都这个时候了，安焱也没有心思计较这些细节，冲了进去。

郑超就跟在他身后，看着他焦急地冲向沙发上的丁子君，脱下外套盖在她身上，之后把她打横抱起。丁子君也很配合，主动伸手圈上安焱的脖子，整个人窝在了他的怀里。

安焱抱着丁子君跑下楼，匆忙的脚步声一点点变得低沉，最后消失不见，屋子里只剩郑超一个人，他愣在原地，不知该做何反应。

从始至终，丁子君的眼里只有安焱，她连看都没看他一眼，他不会忘记她看到安焱进来后眼里突然涌上来的惊喜，更不会忘记她主动伸手，依偎进安焱怀里时的乖顺。

曾经那么熟悉的场景，如今，她依旧是她，守护她的那个人却不再是自己了。

她生病了，他明明就在她家楼下，可她叫的却是安焱，他明明就在安焱身后，可她眼里却只能看到安焱。

他以为，他曾经伤了她那么深，只要他诚心赔罪，诚心证明他非她不可，那她就会原谅他。

他一直是这样认为的，所以在她决绝地离开他后，他依旧不死心，坚持不懈地缠着她，希望她能回心转意。

却没想到，她已经找到了比他更合适的人。

那个人不会让她难过，不会冲她发脾气，不会让她受委屈，理解她，懂得给她想要的一切，会全然信任她。

或许，这就是她一直不愿意原谅他的原因吧。

她依旧是他的无可替代，而他却变成了她的可有可无。

正接受医生思想教育的丁子君此刻羞得恨不得把脑袋钻到床板底下。

“你的肠胃并不是很好，冷的和辣的同时吃，很容易造成肠胃的过度刺激，尤其是现在正处于换季的时候，气候也有原因，你更得多注意。”

她杵着脑袋不作声，安焱只好替她回答：“她就是比较孩子气，这方面老是不注意，自己的身体也没个把握，没深没浅的。”

“既然她照顾不好自己，那你作为她的男朋友在这方面就该多替她注意一点,急性肠胃炎虽然不是太大的毛病,可不注意饮食的话是很容易复发的。”

“麻烦您了。”

医生走后，丁子君冲安焱翻了个白眼：“谁是你女朋友，说得一副你好像很了解我的样子，你不就是想借这个机会埋汰我吗，你个小人。”

“我说错了吗？两个香锅，三个冰激凌，你这么吃能不难受吗？二十几岁快要奔三的人了，怎么还不懂得照顾自己，这都是常识性问题好吧。”

“嘘嘘，你小点声。”安焱这个大嗓门，埋汰她就不能小点声吗？一病房的人都瞅过来了，今天的事就是一个失误，她又不是智商有问题，至于跟骂孙子似的训她吗？

“对了，刚才郑超也上去了，你没看见？”

“咳咳，我还真没看见。”

其实，丁子君早就看见了郑超，那个她刻进骨子里的男人，也正是因为看见了，她才会选择主动窝进安焱的怀里，这样的方法不是很光彩，但足够让郑超死心。

“对了，郑超怎么会上去呢，我只给你打了电话啊。”

安焱是绝对不可能给郑超打电话的，郑超应该也不会这么巧正好来探视她吧。

“他一直在楼下，看见我匆忙上去，也跟上去了，他那么大一个人杵在门口你都没有看见？”

“咳咳，我哪有工夫看，我一看你奔过来了，一心就想着你赶紧把我送去医院吧，我疼得肠子都要开花了，哪有心思管那么多。这下彻底完蛋了，郑超绝对误会了，我死定了。”

呵呵，其实她一点都不害怕，就是要误会了才好。

她的过度紧张不安让安焱很是不满，他隐忍了半天还是没忍住，凉凉地开口：“可你们都分手了。”

丁子君傻笑：“呵呵，是啊，那就没关系了。”

急性肠胃炎不是太严重的病，挂了几瓶消炎补液的药水就可以了，主要是平时注意饮食卫生，尽量不吃或者少吃刺激性的食物，重在预防。

出了医院，安焱尽职尽责地送丁子君回去，丁子君身上裹着他的外套窝在副驾上打盹。过红绿灯时，安焱突然转过头问丁子君：“你刚才是故意做给郑超看的吧？”

他并没有点明做什么，可丁子君不傻，自然明白他话里的潜台词，他说的是她难得主动拥抱，她一直以来都竭尽全力地和他保持适中的距离，绝不越雷池半步，今天那个略显突兀的拥抱，安焱怎么能不怀疑。

她就知道她的小聪明骗不过安焱，也不狡辩，爽快地承认：“是，我其实看见他在你身后，因为他对我还抱有希望，所以我想尽快断了他的念想，这样拉拉扯扯继续纠缠对谁都没有好处。”

“丁子君，你口是心非，其实你根本就不希望郑超彻底离开你。”

绿灯亮了，安焱狠狠踩了一脚油门，车子像是离弦箭似的射了出去，丁子君整个人由于惯性重重摔在椅背上，她心底闷闷的，不知道是因为刚才的撞击，还是因为安焱的话。

“我们俩不可能了，不管怎么样都回不到过去了，我只不过是狠不下心而已。”

“不，丁子君，你在说谎，你一直都没有彻底放开，你之所以允许郑超缠着你，并不是因为你狠不下心拒绝他，而是因为……”

说到这里，安焱停顿了一下，回头用丁子君从来没见过的严肃表情深深凝视着她，声音笃定沉重：“你在等待合适的机会原谅他，你只不过是在考验他的真心。”

安焱话音刚落，丁子君就冷着脸几乎吼出声：“安焱你懂什么，你凭什么随意揣测我的心思，你又不是我，怎么……”

还没等她说完，安焱就截断了她的话，漫不经心地开口：“那你做我女朋友吧？”

“什么？”丁子君还在气头上，一时间有点口不择言，“安焱你是不是吃错药了，就不能好好说话吗？”

“不愿意是吧？你可以和我做最好的朋友，可以允许我在朋友的范畴之内照顾你，可只要我有一丝非分之想，你就迫不及待地拒绝，不是因为别的，而是你心里还有郑超，你仍旧放不下他。你提出分手，意义不在于彻底了断两个人的感情，从此分道扬镳，而是想要借这个机会找到你们两人相处最适合的方式，你想要的是郑超能在这段时间里尽快认识他自己，尽快变成你喜欢的模样，好让你们的感情更加坚不可摧。”

“我不是这么想的。”丁子君慌张地偏转了头，看着窗外一闪而过的景色，努力控制自己的情绪，不让安焱看见她眼底的慌乱。

“既然不是这样想的，那为什么不试着和我交往？既然你已经和郑超彻底结束了，难道你准备单身一辈子？我是很好的人选，你为什么不能试一试？了断旧的感情，开始新的感情，是很正常的思维方式，你为什么不能接受？”

“你是我的好朋友，如果和你交往的话会很奇怪的。”

“你把我当成朋友，可我从头到尾没有把你当朋友，如果你真的放下了，那谁都可以是你的下一任，为什么那个人不能是我？”

“我……我还没有整理好心情。”

“丁子君，已经过去三个月了，你还要怎么整理？”

这是她头一次见安焱这么跟她说话，有些尖刻犀利，带着咄咄逼人的气势，让她毫无招架之力，她的反驳越来越苍白无力，根本抵挡不住安焱的质问。

是，她承认，安焱说的是对的，他把她隐藏在心底不敢回想的心思说了个彻彻底底。如他所说，如果她真的放下了，那她早就能够开始新的感情了，而不是像现在这样，虽然刻意躲避郑超，心思却从来没有从他身上移开过。

会想他对自己的感情到底还剩几分，他对自己的执着到底能坚持多久，会在一出门看到他的那一刻起觉得安心，至少，他还在自己身边，会被他细心到不张扬的关心感动到。

她其实从始至终都没有放下过郑超，从来没有想要彻底放手，就此不相往来。就像安焱说的那样，她不过是在等待郑超变得成熟，能从本质上认识自己的缺点，努力改正，给她继续坚持下去的理由。

嘴上说的放手，其实不过是在自欺欺人。

心底的想法被赤裸裸地揭开，丁子君不是很高兴，偏偏这个人还是一直待自己温暖不逾矩的安焱，这么一想，心中更不爽了。

“停车，我要下去。”

见丁子君阴沉了脸，有些恼羞成怒。安焱没有安慰她，反而来了句：“这里离你家还有十多公里，你确定？”

“我确定，让我下车，我一刻都不想和你待了。”

在安焱面前，她的心事被洞悉得透亮透亮的，毫无隐私可言。

“好。”

安焱开了中控锁，丁子君气冲冲地下车，车门刚关上，车就呼啸而去，丁子君愣在原地，吃了一嘴的尾气。

“安焱，你这个缺心眼的，我还是个病人。”

所谓自作孽不可活大抵如此，放弃了上好的顺风车不坐，花了几十块钱打车回家，一路上受尽了的哥唐僧式的荼毒，等下了车，丁子君脸都是绿的。

和安焱的斗争虽然效果不是很显著，但她起码还是有骨气地自力更生地回来了。

由于不长脑子而得的急性肠胃炎过去了半个月，丁子君一直没有再见过郑超。

本来应该庆幸的，因为她终于让郑超死心了。

可结果恰恰相反，她心里没有一丝轻松，反而更加沉重。她必须得直面自己的内心，她确实不希望郑超彻底离开自己。

口口声声冷着脸拒绝人家，等人家放弃了，自己却又各种不甘心，这样的心态是不是有点欠揍？

丁子君看着镜子里自己明显憔悴的脸，深刻觉得，她就是太作了，要是在郑超死心之前就选择原谅他，兴许现在就不会这么不舒服了。

虽然心里难受，可还得继续上班，去了公司，她刻意无视安焱，能不和他打招呼就绝对不抬头看他一眼，能让秘书送的文件就绝不伸手敲他办公室的门。

她本不是小肚鸡肠的人，可谁让他说话那么不留情面，让她彻底下不来台。啧啧，想起那天他连环夺命般的逼问，她就气冲丹田，恨不得手撕了他。

“丁子君，把这份文件拿去复印。”

“这不是我分内的工作。”

“那什么是你分内的工作？”

丁子君得意地挑眉："就目前来看，比如整理上一季度的财务报表。"

"那整理好了下班前给我。"

"……"

说完，安淼就潇洒地离开了，留下丁子君愣在原地，恨不得扑上去咬他一口，声东击西都用上了，这老狐狸。

下班之后，她果断拒绝了安淼捎她一程的好意，自力更生地开车回家。

回去的路上，手机突然铃声大作，她没有看来电显示，戴了蓝牙耳机，直接接起电话。

"你好。"

"丁子君，和我见一面吧。"

耳机里的声音响起，丁子君愣了一下，回神之后看着路口亮起的红灯，一脚狠狠踩在刹车上，由于剧烈的惯性，她整个人扑在了方向盘上，心跳骤然变紧，不知是因为这个急刹车，还是因为电话那头的人。

她想拒绝，可心底最真实的想法却蠢蠢欲动，半个多月没有见过他，遵从内心的想法，她并不舍得拒绝。

"在哪里？"

"金鼎轩顶楼，七点，我订好了位置。"

"好。"

回家打扮了一番已经六点半了，金鼎轩离这里并不是很远，现在过去多少有点早，趁空闲的时间，丁子君仔细审视自己，检查有没有哪里还有瑕疵。

妆有点浓了，项链和裙子也有点不搭，裙子也不太好看，太花哨了。

所有的装扮都有点奇怪，郑超叫她出去吃饭，又不是约会她，见已经分开三个多月的前男友，穿成这样有点匪夷所思了。

长长叹了口气，她扎起头发，换了卫衣和牛仔裤，蹬了一双帆布鞋出门。

到金鼎轩刚好七点，她上了顶楼，一眼就看到窗边坐着的郑超，他西装革履，头发收拾得一丝不苟，见她走来，抬手看了看手表，微笑道："好准时。"

反观她这一身随时能去跑步的休闲中带着点不重视的装扮，她都要被自己蠢哭了，果然摊上郑超的事她就不能静下心来思考，金鼎轩顶楼是正宗的西餐厅，来这里的人非富即贵，大家都穿得很正式。

她的自作聪明彻底给郑超丢人了。

“你从哪条路过来的？”郑超很自然地开口问。

丁子君思索了一下：“建设南路那边。”

“哦，那条路还好，今天中央大街又修路了，堵车特别严重，还好你没有从那儿走。”

刚进来时候的尴尬，因为他自然而然的话题很快就烟消云散了。

虽然两人这次意味不明的吃饭在丁子君看来既暧昧又有点尴尬，可从始至终郑超都没有给她一点压力，总是适时地挑起一个很好谈下去的话题，在她说话的时候仔细聆听着，在她没什么可说时及时地转移话题。

郑超没有提及这次吃饭的目的，话题中也不涉及两人的感情，更没有过问她的近况，他小心翼翼地避开所有敏感的话题，竭尽全力给她营造轻松自然的氛围。

他这样周到的照顾效果很是显著，丁子君确实放松了不少。两人吃过饭，沿着喷泉广场散步，丁子君还没有从轻松的氛围里挣脱出来，指着一旁的艺术喷泉兴奋地说：“郑超，你快看那个喷泉，频率和秋千一样哎。要是秋千荡得稍微慢一些，下头的人是不是就被淋到了？”

身后的人没有出声，丁子君诧异地回头，在闯进郑超的眼神里时，她的心不受控制地狠狠颤动了一下。

他的眼神一片缱绻，带着对她的眷恋在他深邃的眼眸里翻滚流转，除了这样的温柔，还有一丝不舍和痛心，所有的情绪交织混杂在一起，浓稠而厚重地向她压过来。

夜色渐深，可他晶亮的眼眸里所有的情绪，她都真真切切地看在了眼中，刚才压抑着的情感在夜色的衬托下迫不及待地倾巢而出，让她接受得如此猝不及防。

这是她从来没有看到过的表情，他皱着的眉心里蓄满了惆怅，原来，她竟让他如此难过。

“小……丁子君，你可以听我说会儿话吗？”郑超小心翼翼地试探着。

丁子君却有些退却了，她似乎猜到他想要说什么，比如说不要离开我，不要分手，虽然她无数次地想着要不顾一切地原谅他，可当真正面对他时，她却突然失去了所有的勇气。

她应不应该全盘接受他的道歉，接受他的挽留，之后放开所有的羁绊，重新回到他的身边？

她知道自己想要什么，也知道自己真正放不开的是什么，她放不开对他的爱，受伤之后却也畏首畏尾着不敢再继续前进，她可以原谅他这一次。

可以后呢？

他会不会为了她真正改变，他会不会全然相信她，相信她的真心，相信自己对他无可替代的感情？

她受过太多次伤，每次他认错之后挽留她时，她总是心软地答应他，然后没心没肺地回到他的身边，再次受伤之后也会后悔为什么当初那么草率就答应了他。

而这次，她不能再随意决断了，虽然她有一万个不舍，可她已经畏惧一次又一次的受伤了，她拿不出坚持下去的勇气了。

因此，在郑超开口之前，她迅速转身，有些生硬地转移了话题：“你看那边的音乐喷泉好漂亮啊，水柱的造型好别致。”

身后的人没有作声，只是上前一步，轻轻扯着她的衣角，低声开口：“我们再试试，好吗？”

再给我一次机会，让我试一试更好地爱你，让我试一试怎么做才可以不再让你难过，求你给我一次机会，不要再离开我，我会努力学会爱你、信任你，学会与你长相厮守，所以，求你，不要抛弃我。

他的手扯着她的衣摆，带着卑微祈求她。

丁子君低头装傻，不知道该怎么办，此时她的心头像是缠了一团乱麻，不知是该遵从自己的内心答应和他继续试试，还是应该吃一堑长一智，牢牢记住他给自己带来的无数次伤痛。

就在她埋头纠结的时候，郑超的手却突然松开了，她愣了一下，迅速转身，却见他已经离开了。他的脚步笃定稳健，一步步地拉开了两人之间的距离。

广场上的喷泉突然喷涌而出，大家惊喜地尖叫出声，同时响起的还有水声和白鸽展翅的声音，一片嘈杂声中，她看着郑超远去的背影，有些凄凉地低喃："其实，我是愿意的。"

只要你能再等我一分钟，让我能从这片阴影中走出来，能够克服自己对于伤痛的畏惧，能够重新信任你能给我幸福，那我就可以坚定地转身扑进你的怀抱。

我的犹豫不是对于爱你的摇摆不定，而是因为受伤太多，对于重新爱你有些手足无措。

我只是等你给我一个坚定的理由，给我一个可以心无旁骛，勇敢爱你的理由，而你，为什么不给我鼓起勇气的时间，如此轻易地就放开了我？

人影幢幢中，郑超的背影渐渐变得模糊不清，丁子君擦了擦眼角的泪水，往和他相反的方向缓步离开。

Chapter 14

天下有情人

PINGSHENGYINUO · WANJIEPIAN

之后的几天里，丁子君无数次地告诉自己，只要郑超再次开口，那她一定会坚定地回答他，我愿意。不管再怎么受伤，不管这条路她能不能陪他走完，她都要陪他试一试。

因为她的生命里非他不可。

如果不是他，不管是怎样的宠溺和温柔，她都无福消受，只有他，才能让她的生命重新变得五彩斑斓。

可惜，郑超一直没有再开口，再没有了下文，根本没有给她反悔的机会。

机会没等到，倒是等来了出差。丁子君看着邮箱里静静躺着一封命她出差的邮件，发件人是安焱，她几乎想都没想就冲进了他的办公室。

“安焱，你怎么能这么对我？”

“啧啧，不要这么说，别人会误会的。”安焱扶了扶眼镜，丝毫不在意她的愤怒。

“三个月的差事，整整三个月，你让我出差三个月，安焱你是不是有病？”在现在这个节骨眼上，她还没等到郑超再次开口，还没有和郑超说出自己的心意，一走就是三个月像话吗。

“你有什么难言之隐吗？”安焱把打印出来的文件递给她，见她背着手不接赌气的模样，失笑道，“既然是个比较艰巨的任务，奖金自然很多，绝对会让你满意。更何况，你现在不是单身吗，也没什么牵挂，出去顺便玩一玩，不好吗？”

“你管我单不单身，我就不去。奖金我也不要，给多少钱我都不要。”

难得见她态度如此坚定地拒绝金钱诱惑，安焱狐疑道：“你果真是有难言之隐啊，钱都不要了，说吧，到底因为什么？”

“你管我，反正我就是不去，打死都不去，打不死就更不去。”

“干吗一副英勇就义的表情，这不是一个很好的机会吗？”安焱放下手里的东西，优哉游哉地去茶水间冲了杯咖啡，轻抿了一口后才继续说，“正好可以当作对郑超的考验。”

“考验你妹的考验，关你毛事。”丁子君狠狠剜了他一眼，看到他那副嬉皮笑脸的模样就上火到不行。

“你这样想，你俩正处于不尴不尬的时期，如果你一直在他视线范围内的话，他自然能时不时地乞求你原谅，这样频繁接触后，你口中的分手还有什么意义？”

咳咳，似乎还有那么点道理。

见她表情松懈下来，安焱继续游说：“你知道，感情最怕的就是晾，架要趁热吵，这样的话基本上是分不了手的，可如果晾着的话，很少有人能坚持下来，不管多火热的感情，一晾就晾没了。可如果他对你的感情是真的话，换言之，如果他真的是非你不可的话，那不管你用什么方法，他都不会离开你的，你不觉得这是一个很好的机会吗？一个检验郑超感情的好机会。”

“你为什么会想着帮我？”郑超怎么说也是他的情敌，这样费尽心思地帮情敌不太正常吧？

“我才不是帮他，我是在帮我自己。我敢肯定，他一定坚持不了这三个月，到时候，你不就是我的了。”

“哼，你想太多了，三个月后记得准备我结婚的份子钱。”

他还真把他们的感情看薄了，他们两个人虽然矛盾不断，真心却是天地可鉴的，等着瞧吧，哼。

被安焱连蒙带骗地赶上了飞机，丁子君竟然有一种背水一战的感觉。这次出差，回来就是三个月后了，就像安焱说的，如果郑超对她不是真心的，那等她回来，一切都尘埃落定了。

可她坚信，郑超对她的感情不会那么浅薄，到时候，什么伤痛，什么裹足不前，她都不在乎了，郑超，就是她认定了一辈子要厮守的人，她一定会飞扑进他的怀抱，再也不会离开了……

“丁子君，这是我女朋友。”

郑超身边站着一个白白净净的女孩子，眉目清秀，眼底神色真挚，一副单纯温顺的模样。丁子君有些接受不了这样的事实，努力地挤出一抹微笑：“这是你……女朋友？”

你的女朋友……不是我吗？我们只是暂时分手，我只是想等你再次说出那句我们可不可以再试一试，我只是在等一个契机，等一个重新回到你怀抱的契机。

“郑超，为什么？”她颤抖着问出口，在那个女孩子温婉的笑容中差点哭出声。

“因为……我不再喜欢你了。”

丁子君腾地从床上坐起来，大口大口地喘气，视线所及范围内是一片黑暗，凭借沿窗缝隙钻进来的清冷月光，她终于看清了周围的环境。

宽大的双人床，洁白的地毯，实木的雕花座椅，和她家里截然相反的简约风格，她渐渐清醒，这才意识到刚才的一切原来只是一个梦。

这是她出差的第二个月，这两个月里，她并没有任何焦灼不安的情绪，并没有预想中那样忐忑不安、担惊受怕，害怕回去之后郑超就另觅新欢了。

相反，她的心境格外轻松静谧，几个月来这段感情对她的折磨，在这里统统沉淀了下来，工作之余，她会仔细回味这一路的波折。

其实算不上什么波折，只是因为两个人都太不成熟，性格不合，却又不懂得怎么磨合，郑超太过于以自我为中心，没有了解一段感情是由两个人共同维持的，而她，隐忍的同时忽略了沟通的重要性，心里有话总是不愿意和他倾诉，往往累积到了要崩溃的程度才彻底爆发。

这一次分手让她认识到了很多，认识到了他们感情中的缺陷，认识到他们双方的不足，更让她认识到，不管分多少次的手，不管受多少次的伤，她始终离不开郑超。

他就是自己命中注定的唯一，虽然毛病很多，可依旧是她的无可替代。

类似于今天的这种梦，她其实做过不下十次，总是梦见郑超交了新的女朋友，他不要她了云云，因为梦里的景象太过逼真，有时候惊醒时，枕头都是湿的。

对于这种现象，她安慰自己，一来是日有所思夜有所梦，二来是梦大都是相反的，郑超怎么会不要她。

天气越来越凉了，她在外地见证了季节的变迁，这期间，除了每天要向安焱汇报工作外，她只给爸妈打过电话。工作之余，她也没有像安焱说的那样到处溜达，秋末冬初的天气阴寒得厉害，她又怕冷，就只能窝在酒店里，隔着落地窗，看窗外行色匆匆的路人。

就这样熬过了三个月，这三个月里她一点点地抛弃了原来的自己，虽然没有涅槃，却已重生。当她下了飞机，重新回到家的时候，她终于能直面自己的内心。

所有她之前计较的，在现在看来都是那么不值一提，她爱郑超，哪怕前方有再多坎坷，她也愿意陪他风雨兼程。

回家休息了一会儿，又去公司向安焱交代了工作，之后给李珊珊打了个电话。

那个丫头还没等她说话，就劈头盖脸一通骂："丁子君你个孙子，整整三个月不联系我，老娘还以为你失踪了呢。你觉得你这么做不缺德吗？你好歹告诉我，你是死是活啊，害我担心你担心得要死，问了安焱才知道，你丫是出去玩了。"

"是我对不起你，还有姑奶奶，这三个月我是出差去了，顺便整理一下和郑超的感情，你现在正是和你老公如胶似漆的时候，我这摊子破事还是不要打扰你了。"

“算了算了，老娘不计较了，你赶紧过来，我请你吃顿好的。”

“对了，你知不知道郑超的消息？”

李珊珊在那头犹豫了一下才回答：“听我老公说，他好像又成立了一家公司，忘记叫什么名字了，比华煜牛多了，华煜大概就是他小试牛刀的牺牲品，现在这个公司正是势力壮大的时候。”

“李珊珊，你说半天不都是废话嘛，我要的就是那个名字啊。我现在要过去找他，有很重要的事情要和他说。”

“啧啧，见色忘义的东西。”李珊珊嘴上骂她，但还是乖乖起身问她老公去了，问到了名字之后才继续和她说话，“叫恒运，在胜利大街那块儿，去了你就看见了。”

按照李珊珊提供的消息，丁子君顺利找到了恒运，只是问了前台之后才得知，郑超正在开会，不能见客。她由前台接待小姐领去了休息室，安安分分地等他散会。

她来找他的目的很单纯，就是把他没有等到的话重新说给他听，亲口告诉他，她原来真的非他不可，她原来爱他爱得这么深。

在她还没来得及反应的时候，郑超就出现了，又是那句话，他面无表情地看着她，斩钉截铁地说：“我给你介绍我的女朋友。”

之后她懵懵懂懂地跟他出来，郑超领着她站在一家酒店的门口，门口铺了一条艳红的地毯，她不解地抬头，郑超冲红毯的尽头指了一下，她沿着他的视线看过去，红毯尽头是一个身穿白色婚纱的新娘。

郑超的声音在她耳边低低地响起：“丁子君，我要和她结婚了。”

紧接着，牧师主持婚礼，丁子君在红毯两边的白色椅子上坐下，看着郑超牵着一个陌生女孩的手，步履轻缓却笃定地走向宣誓台。

“郑超，你愿意不管贫穷还是富有，健康还是疾病，都和这位女士长相厮守，让她做你的妻子吗？”

宽敞的空地上，郑超的那声“我愿意”清晰而笃定地从四面八方笼罩而来，兜头而下，让她毫无招架之力，她在众人惊诧的眼神里跌跌撞撞地跑出去，蹲在门口的红毯上号啕大哭……

眼泪落在脸颊上，一点点地变凉，这丝丝冰凉让丁子君突然惊醒，她腾地坐起来，视线范围之内，没有红毯，没有婚礼，也没有郑超，依旧只有她一个人待着的休息室，她抹了抹满脸的泪，自嘲地笑出声，还好是个梦。

最近因为郑超的事，她有些神经衰弱，有时候神志不清的时候甚至分不清是在现实还是在梦里，刚才不过是小小打了个盹就做了如此真实的梦。她揉揉头，长长叹了口气，还好只是一个梦，如果是现实，她怎么受得了。

很快，郑超就散会了，他推门进了休息室，看到三个月未见的她时，脸上也没什么表情，很自然地冲她打招呼："真是好久不见。"

相比于郑超的淡然，丁子君就显得太过于不自然，那个她心心念念的人就在眼前，他比三个月前还要消瘦，高大的身子架在西服里更加空荡，脸颊像是刀削过一样，棱角分明，他的眼神依旧锐利，只是在看她的时候少了那份熟悉的缱绻。

思念泛滥成灾，她恨不得此刻就扑进他的怀里，可看着他漠然的眼神，她的心里却又无比难过，矛盾的情绪在心底交织翻滚，她无论如何都做不到淡定。

郑超大概注意到了她的不自然，很贴心地转移了话题："正好，我带你见个人。"

丁子君抬头，看着他眼底难掩的笑意，愣愣地问："谁啊？"

"我女朋友。"

很简单的四个字，一字一顿地钻进丁子君的耳朵里，和梦境里完美契合的字眼，熟悉的场景涌上心头，她忍不住掐掐自己的脸，现在不会也是在做梦吧？

她等了这么久，煎熬了这么久，她以为可以等到两人更好地学会珍惜彼此，可以让他们更加彻底地认识到彼此的重要性，她以为，他和自己一样，期待这场久违的破镜重圆。

在看到他的那一刻，她心底压抑的情绪就不可自抑地翻滚上来，想念他温暖结实的拥抱，想念他身上清冽的味道，更想念他亲吻自己的额头低低叫她一声“小乖”。

从始至终，她都没有想过要离开他，她以为他们的感情会像安焱说的那样，坚不可摧，会经得住任何考验。她以为，他会陪她一起，等待这段感情变得更成熟。

只是，她怎么都没想到，在她一个人苦苦支撑的时候，他却再一次放弃了她，那句“我女朋友”像是一柄利剑，狠狠刺进她的心脏，那样的锐痛在整个胸腔里回荡，让她疼到眼泪都流不出来。

郑超带她去了公司附近的一家咖啡厅，一路上，她的神情都是恍惚的，无论是情感还是理智，都不愿意接受这个事实，她脑袋一片混沌，强迫自己自欺欺人。

到了目的地，女孩子已经在了，见他们进来，礼貌地起身打招呼。

郑超很自然地走上前揽了她的肩膀，微笑着向丁子君介绍：“我女朋友，张于洁，你可以叫她小洁。”

眼前这个叫小洁的女孩子和丁子君梦到的样子极其相似，娇小可爱，笑起来嘴边有两个小小的梨窝，一脸的温婉可人。

她开口，声音脆脆地和丁子君打招呼：“子君姐，你好。”

“你好。”丁子君努力扯出一抹微笑，努力让自己看起来不在乎，不在乎他的抛弃，不在乎他让自己如此难过，“小洁是吧？你有二十了吗？”

女孩乖巧地回答：“子君姐，我今年刚满二十。”

“我就说嘛，看起来这么水嫩。”

三人入座，郑超和小洁坐在一起，丁子君坐在他们的对面，他们的亲密她一览无遗，她喝杯子里的凉白开，拼命克制自己不去看只属于他们两人的幸福。

很快，咖啡就上来了，丁子君埋头接过自己那杯，用勺子搅拌还没来得及融化的方糖，眼睛死死盯着咖啡杯里小小的漩涡，不敢看对面的人。

“我帮你弄，怎么每次都这么不小心，刚端上来的咖啡还烫，你的嘴还要不要了？”

熟悉的对话，曾经郑超也这样对她说过。她性子急，有时候等不及咖啡变凉就要端起来喝，郑超每次都拦不住，等她被烫了嘴之后才训斥她，一边训一边搅拌咖啡，贴心地给她晾凉。

还是如此熟悉的宠溺，而这份宠溺如今却不再属于她了。

她以为自己可以做到的，可以潇洒地面对这一切，可以潇洒地祝福他们，可惜，她做不到，她爱了那么久的人，现在却属于别人了，她怎么能不在乎。

“你们慢慢喝，我还有点事，得先走了，真是不好意思。”她维持最后一抹笑容从椅子上起身，没有看郑超的反应，迅速转身离开。

看着丁子君明显慌乱的脚步，小洁瞅了郑超一眼，撇撇嘴：“哥，你是不是过分了？”

“一会儿你自己回去吧，我先走了。”

“好好好，你赶紧跟人家解释，别把我当小三了。”

出了咖啡厅，丁子君直接打车回家，她装得不在乎，装得一副她一个人也可以过得很好的样子，其实她一点都不好，她浑身的筋骨像是被抽尽了一般，连站的力气都没有，心底最重要的东西瞬间消失殆尽，胸腔里只剩下空荡荡的一片。郑超的每一句话、那个女孩子的每一个微笑都像是一阵冷风，在她空荡荡的胸腔里肆意流窜，凶猛地撞击，让她疼得猝不及防。

坚持了那么久的感情，爱了那么久的人终于属于别人了，他带走了她全部的感情，也带走了她生命中最重要的东西，他把她整个人掏空成一具行尸走肉，之后转身和别人幸福去了。

曾经她幻想过的场景都将属于另一个人，而她，连回头看的勇气都没有。

她做不到洒脱，做不到彻底放手祝福他们，他带走了她全部的希望，把她一个人留在无尽的绝望里，她拿什么和他微笑？

郑超，你怎么能这么对我？明明那么爱我，却一次又一次地让我这么难过，你把我的全部希望都带走了，从此以后和另一个人幸福地生活，你把未来给了别人，却只把回忆留下来继续折磨我，郑超，你怎么舍得？

丁子君连家都不敢回，那个家里有太多郑超给予她的回忆，即便闭着眼睛都能想起他生活过的每一点痕迹。

想到这儿，她终于忍不住蜷缩在座椅上，毫无顾忌地号啕大哭。

前头的老司机被她哭得整个人都慌了，忙不迭地问："姑娘，你怎么了，是不是遇上什么事了？"

丁子君哭得泣不成声，根本无法开口。到了她家楼下，她准备下车时，老司机还很善意地提醒她："姑娘，真要是遇上什么事记得找警察，千万不要自己吃哑巴亏。"

她点头道谢，转身离开。

她一边爬楼梯，一边大哭，整个楼道里回荡的都是她痛彻心扉的哭声，有人好奇地开门瞟一眼，看到她这副狼狈的模样，咂咂嘴，又关上了门。

好不容易到了自己家门口，钥匙还没掏出来，门就开了，她脑子混沌，也不知道什么原因，抬起袖子胡乱擦了擦脸上的眼泪，推开门回家。

刚一进门，她整个人就被压在了墙上，她还没来得及反应，唇就被狠狠地堵上，鼻腔里涌进熟悉而让她安心的味道，她流着泪，放弃了反抗。

见她乖下来，郑超才慢慢离开了她的唇，双眸凝视她，正准备开口时，丁子君忽然扬起了右手，他下意识地闭了眼，只是，预料中清脆的响声却没有出现，他睁开眼，看到她顿在他脸旁微颤的手。

"郑超，你怎么能这样？你怎么能这样对我？我爱你爱得多辛苦，我把全部的真心都给了你，我爱了你那么久，你给我的所有委屈和伤害我都不计较，我只想能和你在一起，但你为什么要这么对我？在我一个人辛苦的时候，你立刻找到了新欢。你怎么……"

说到最后丁子君已经哽咽得泣不成声，眼底有浓烈的愤怒，恨郑超抛弃了她，然而更多的是绝望。那种失去了全部力量的灰暗眼神让郑超心疼不已，他揽住丁子君的腰，俯身轻吻她眼角汹涌而下的眼泪。

"小乖，我是骗你的，刚才那个女孩是我表妹，我拉她过来演戏的，除了你，我怎么可能要别人，这辈子，我非你不娶。"

他的吻蜿蜒而下，落在丁子君的唇角，亲吻她干燥的唇，温柔得无以复加。

丁子君的眼泪沿着脸颊滑下来，一点点落在郑超的嘴角，他吮吻她冰凉的泪，深情地开口："小乖，我爱的一直是你，从来没有别人。"

怀里的人一直乖乖的，郑超以为她已经接受了自己的道歉，正当他准备撬开丁子君的贝齿时，小腿骨却突然钻心一痛。

郑超痛苦地抱腿蹲在地上，抬头看那个罪魁祸首。

"郑超，你给我滚。我不想再看到你，你觉得很好笑是吗？觉得戏弄我的真心很好笑是吗？看我一个人受煎熬，像是油锅里的鱼一样，活不下去可又死不了的时候，觉得很有成就感是吗？"最后一声，丁子君是用尽了全身的力气嘶吼出来的。

郑超也顾不上小腿骨的剧痛，赶紧起身，一把将她抱进怀里，急切地安慰她："对不起小乖，对不起，是我不好，你弄死我好了。你再踹我几脚，踹到你不生气了，我再和你解释。"

"你以为我舍不得吗？你不就是看准了我舍不得才这样的吗？我舍不得让你难过，所以一个人扛下所有的委屈，哭的时候都不敢让你看到，因为我害怕失去你。你这个王八蛋，仗着我舍不得，就这样伤害我。你以为我真舍不得吗，郑超，我恨你，你就是个王八蛋！"丁子君泪如雨下，边哭边骂。

郑超死死抱住她，她腾不开手，只能一脚一脚地狠狠踹在他的小腿骨上，他疼得闷哼，可就是死活不松开。

他咬牙忍痛，看来这个丫头是真生气了，一脚一个准，疼得他眼泪都要出来了，这个丫头别看个头不大，力气倒不小。

"好好好，小乖，我就是个王八蛋，我就是个孙子，你是我奶奶，你怎么惩罚你孙子都可以，你适当地换换脚，我怕你脚疼。"

听了他的话，丁子君换了只脚，继续踢他："郑超，我恨你，我恨你，全世界的男人死光了我都不要跟你在一起了，我最讨厌的人就是你，你这个衣冠禽兽，你就是个渣男，立刻给我滚出去，我再也不要见你了。"

"对不起，小乖，是我脑子有问题才想了这么一个损招，你不知道你整整半年没有理我，我有多难过。我天天守在你楼下，看到你出来的时候，我高兴得不知所措，哪怕你不肯给我好脸色我也高兴，起码我还可以见到你。我一直努力反省，努力做得更好，就是想以全新的面貌好好爱你，我相信，你也同样爱我，只不过是在等我改变而已。

“我一直是这样觉得的，直到你和安焱一起出来，直到那天你病了，我明明就在你眼前，你却投入了安焱的怀抱，你不知道我那个时候有多无助，那一刻，我真的觉得你要离开我了。安焱比我好，他性格温柔，会照顾人，体贴细心，并且他也喜欢你，任谁要选，都会选他的。我以为你真的不要我了，我天天在你家蹲守，不停地给你打电话，发短信，可电话总是打不通，你也不回短信，后来我找李珊珊，她不愿意搭理我，我求了她半天才知道你出差去了，而且一走就是三个月。

“前两个月我几乎绝望了，我没有坚持下去的希望，我只能拼命地工作，只有这样，我才能忘记想你，每天晚上我都睡不着，我只能吃安眠药，到最后吃安眠药都睡不踏实，我不停地想你，越难过越想你，但越想你就越难过。这三个月期间我又大病了一场，因为作息不规律和过度劳累胃出血了，我在医院躺了一个月，在你回来的前几天我还在医院挂点滴。你不知道，当我知道你要回来的时候，我有多高兴，高兴得都快哭了。可是我没有忘记，在我和安焱之间，你选择了他。我抱着最后一丝希望，找来表妹陪我演戏，我只有一个想法，如果你还在乎我，那不管天涯海角，不管你要我等多久，我一定会非你不娶。但如果你不在乎，那我会默默祝你幸福，不管我自己有多难过，我都只想要你幸福。”

郑超的声音低沉温柔，带着丁子君从来没有听过的凄凉平淡诉说这半年来他的煎熬。他的话里并没有太过华丽的山盟海誓，也没有甜蜜到腻人的表白，很真实的情感，娓娓道来，带着灼热的温度烙进她的胸腔。

丁子君没有说话，其实出差期间，她就把郑超的号码拉进黑名单了，收不到他的电话和短信，她犹豫要不要就此原谅他，他一直没有再说话，只是死死揽着自己，脑袋埋进她的颈窝，头都不肯抬起。

“郑超，你……”你给我起来，不要妄图打同情牌。丁子君的话还没说完，郑超就轻声开口了，语气凄凉，带着劫后余生的喟叹：“小乖，谢谢你，没有放弃我。”

丁子君的颈窝处渗进一丝不正常的凉意，一点点地蜿蜒而下，一直凉到心口，她咬咬唇，自然知道那丝凉意是什么。

那是郑超的眼泪。

一个驰骋商场手段狠辣、毫不留情的总裁，一个霸道而强势的人，此刻，却窝在她的怀里，把他的脆弱全部摊开给她看，对她说，谢谢你，没有放弃我。

就算她是铁石心肠，也受不了他这反常的脆弱，她宁愿他是那个只手遮天，可以替她扛起整片天空的人，也不愿意他如此无助地在她怀里哭出声。

“好了，快起来，一个大男人哭什么哭，丢不丢人。”

“你原谅我了吗？”

怀里的人闷闷地开口，哭过之后鼻音特别重，光是这样委屈的声音就让她心软不已，还怎么开口说不原谅。

“起来，一个大男人哭成这样，别人还以为我把你怎么了呢。”她把这个庞然大物从自己怀里推出来。

郑超有些尴尬地抬起头，眼神闪躲不敢看她，看着他眼角晶亮的泪水，她忍不住扑哧笑出声：“啧啧，太丢人了，跟个孩子似的。”

郑超脸颊不自然地泛红，清了清嗓子，有些尴尬地嘟囔着：“还不是因为你。”

“郑超，我爱你。”

丁子君踮起脚，吻干了他眼角的泪水。

郑超微笑，捧着她的后脑勺，加深了这个吻。

“小乖，我也爱你。”

在他们历经波折终于重归于好的第二周，丁子君刚下班，郑超的电话就追过来了：“小乖，下班了吗？”

“刚出来，你电话打得真及时。”

“来金鼎轩。”

“你来接我。”

“乖，就这一次，你自己来，好不好？”

“好吧。”

丁子君到金鼎轩的时候还不到六点，郑超已经到了，坐在窗口的位置，一身西装革履，她上前故作埋怨地撒娇：“啧啧，又穿这么正式，早知道我就回去换个晚礼服了。”

“就你贫，看你一点没有要换的意思。”

两人点了餐吃饭，丁子君一口牛排还没进嘴，餐厅里突然响起一阵音乐，紧接着，门外走进来清一色穿燕尾服的侍者，每个人手里都托着一个盘子，一行人笔直地向他们走来。

丁子君脸上的表情很是茫然。

“郑先生，这是您要的东西。”

领头的侍者把手上的托盘递给郑超，就在郑超接过托盘的那一刻，餐厅里所有的人突然站了起来，大家快速有序地从其余托盘里取出了什么东西，之后一字排开。

丁子君完全愣住了，也没心思吃饭，傻眼看着这一群莫名其妙的人。

站在她面前的一排人依次把手里的牌子翻起来，牌子连起来拼成了一行字：“请看对面。”

这是什么情况？丁子君眨巴眨巴眼睛，依言回头，看向对面。

金鼎轩正对着商贸大厦，顶楼则和商贸大厦的巨型广告屏相对，LED 的屏幕上正播送着化妆品的广告，并没有什么特殊之处。

就在丁子君诧异，不知道发生了什么时，广告屏上的画面突然转变，屏幕上赫然出现了大学时候的她。

“致五年后的我，我想想啊，五年后，我就二十五了，到时候我有了一份稳定的工作，就目前学的专业来看，我可能是一名根正苗红的白领，除此之外，我可能就是你的妻子了，哈哈哈，你娶不娶我？”

丁子君自然不会忘记这段视频，这是她和郑超刚交往的时候，她一时兴起参加了一个摄影社，社里让她做一个视频，主题就是“致五年后的自己”，是郑超帮她录的视频，但因为太过于隐私，之后她并没有上交。

后来，她就把这事忘了，却没想到郑超一直保留到现在。

镜头里的她笑得那么天真，说那句“我可能就是你的妻子了”的时候，眼角眉梢都流淌着幸福。

她的眼泪不受控地涌出来，瞬间落了满脸，泪眼蒙眬中只听见郑超低声唤她。她回头，郑超从托盘里取出一个小盒子，打开以后，单膝跪地，看着她泪湿的眼睛，紧张地开口：“丁子君，你愿意嫁给我吗？实现我们曾经的约定，做我的妻子。丁子君，你愿意吗？”

直到现在，丁子君的生命才彻底圆满，细数她和郑超经历的种种过往，有幸福，也有伤心，有笑容，也有泪水，他们经历了太多不该经历的挫折，在感情的路上，走了太多弯路。

好在他们谁都没有放弃，执着地坚持着，最终，让这条荆棘遍地的路上落满了芳华。

兜兜转转了这么久，他们终究是非对方不可，不管前方还有多少未知的坎坷，她都愿意陪他继续风雨兼程。

丁子君垂头，看着郑超深情凝望她的眼睛，笃定地回答：“我愿意。”

番外之张苡VS许辉

P I N G S H E N G Y I N U O · W A N J I E P I A N

张苡第一次见到许辉是在大学校园门口。

她那时刚结束了近十个小时的长途车程，风尘仆仆地来到了期待许久的高等学府。她和所有新生一样，对大学抱着积攒了三年的期待，即便茫然无措，可仍旧难掩兴奋。

接待新生的都是大二、大三的学长、学姐，大家举着牌子，按照学院划分，把一拨拨兴奋又稚嫩的学妹学弟送进陈旧，但对他们来说却是全新的大学校园。

张苡找到了自己的组织，拎着箱子乖乖等着，像是等待团购的商品一样，集齐一定数量才能发货。

门口的阴凉渐渐褪去，阳光一点点炙热起来，她和所有人一样，看着熙熙攘攘的人群，不安却又不敢躁动。

他们这一区的新生聚集得分外慢，其他人都来来去去了几回，她这里还是没有半点动静。

负责接待的学长都看不下去了，当即决定哪怕就他们两个人，也得喜气洋洋地跑一趟。

张苡笑着摆摆手："没关系，我可以等一等的。"毕竟是麻烦别人，再搞特殊就不合适了，不过是等待而已，相比于自己一个人茫然无措的境况来说，已经好太多了。

她当时只是觉得应该体谅一下学长，却没想到，这样的一点善意，几乎改变了她的世界。

因为，就在半个小时之后，她见到了许辉。

其实对于刚入学的新生来说，学长这样的角色，总是带着暧昧又让人脸红心跳的特质，哪怕她身边这个学长不高不瘦不好看，可谈吐文雅、礼貌谦恭，对大学生活洞晓悉知，她同样觉得，他有种别样的人格魅力。

只是，等她看到了许辉，之前那点小满足就全部崩塌了。她听见自己的胸口在叫嚣，这样的人，才真正担得起“学长”二字。

许辉个子很高，很瘦却并不羸弱，他穿了一件白色T恤，黑色长裤，衬托着整个人修长挺拔。

他带了一箱水过来，挨个给负责接人的学长学姐分发，弯腰的时候，T恤下摆露出一截精瘦紧致的腰，看得张苡的脸直冒火。

因为隔得远，她只看得到他异于旁人的清新爽朗，等分发到她身边这个学长时，她才敢偷偷地打量他。

他的五官精致但并不咄咄逼人，反而透着一股温润如玉的美好，安安静静，没有一丝攻击性。

她蓦然想起一句话：陌上人如玉，公子世无双。

“许辉，你怎么出来了？学生会那边不忙吗？”身边的学长问。

“还好，你今天上午接了几拨？很累吧？”许辉开口，眉眼间尽是关切，语气温和。

他的声音也很好听，清清爽爽，温润和煦，语调轻缓，听着很舒服，没有变声期遗留下来的沙哑，干净得如同他的人一样。

张苡在嘴里咀嚼了一下，原来他叫许辉。

她之前从不相信有一见钟情之说，她以为，一见钟情钟的只是脸。

直到看到许辉，她才全盘推翻了自己的观点。原来，一见钟情确实是存在的。

从他的着装看得出他的品位，从他的清爽面庞看得出他的自我要求，从他的身形看得出他的自律，从他的言谈举止看得出他的家教素养。

这样的人，凭什么不能让别人在看第一眼的时候就喜欢上？

她正发呆，许辉却突然回头看了她一眼，轻声开口："你叫什么名字？如果不介意的话，我可以先送你过去。其他人估计暂时等不到，你站在这里太热了。"

张苡以为，关于她的去留会由他和那个学长来定夺，完全没有预料到他会亲自征求她的意见。

她知道，这不是偶然，而是一个男生对女生绅士尊重的体现。

她怎么可能介意，点头点到头晕目眩，嗓子眼里干得一句话都说不出来。

两人一前一后地进了校门。

许辉自然而然地接过她的行李箱，修长分明的骨节和白皙的手掌罩着黑色的拉杆，好看得晃人眼。

"你是 y 市的？"许辉扭头看她，主动挑起话题。

"嗯。"

"y 市是个好地方，钟灵毓秀，很养人。我前几年去过一次，那里的人生活节奏很慢，怡然自得。我不知道你们那儿是不是也这样？"

"差不多吧。"

"我个人比较喜欢那里的气候，湿湿润润的，空气清新。"

"确实是。"

"……"

一路上，都是许辉在主动挑起话题，张苡大多时候以一些叹词来回应。其实，她也想大大方方地说，我们那里气候宜人，日光暖融，空气干净，和你最般配不过了。不过环境虽然适宜，但我看够了，你给我的感觉，比那里的暖阳清风舒服了不知道多少倍。

她也想热络起来，却怎么都说不出一句完整的话来。说多了怕他觉得自己话多，怕拿捏不住自己的表情，更怕会控制不住，一颗喜欢他的心，就那样张牙舞爪地蹦出来。

许辉把她送到了宿舍，因为刚开学，男生还可以光明正大地进出女生公寓，他拎着她的行李箱上楼，几十斤重的箱子，他拎着似乎毫不费力，隐在

T 恤底下的胳膊绷起一层薄薄的肌肉。

张苡跟在他身后，看着他宽厚的肩，微微隆起的肩胛骨，心底温软得像是被清水洗涤过一般。

能够喜欢上他，是她步入人生新阶段的第一份大礼。

帮她安置好之后，许辉接了个电话就匆匆忙忙地要走，到了门口的时候，他又回过头说："今天稍微有点忙，没办法带你去办其他事了，你可以先休息一会儿，之前那个学长会统一做安排的。"

"嗯。"

"那再见。"

"再见。"

其实，张苡想说，你是哪个系的、哪个班的，你的手机号可以留给我吗？我有事不找别人，我只想找你可以吗？哦，对了，我还没告诉你，我叫什么名字呢。

我叫张苡，以后请多指教了。

可她终究还是什么都没说出口。

之后的一个月里，张苡再也没有见过许辉，她清楚得很，大学校园虽然不大，却足够让两个人平生再无交集。在许辉眼里，她就是一个普普通通、带着初来乍到茫然表情的小学妹，再没有其他的标签。

如果她继续按兵不动，她很可能就会永远错过他了。

于是，她做了一个平生以来最大胆的决定，那就是主动追求许辉。

她并不是一个敢于疯狂的人，一直以来，她都是老师家长眼中的乖乖女，安安静静地学习，连走路都是乖巧又低眉顺眼的，无论是学习还是早恋问题，她从来没有让任何一个人操过心。

她一直以为，是她骨子里的淡然和安于平和在作祟，但直到现在才发现，她没有疯狂，是因为她没有遇到值得她为之疯狂的人。

追求许辉的第一步就是加入学生会。她从舍友那里打听到，许辉是学生会总务长，还是体育部和宣传部的部长。正常情况下，学生会的职务是不允许兼任的，但因为许辉统筹策划和掌揽大局的能力很强，所谓的规则，在他这里便没了约束力。

张苡除了会画画以外没有其他特长，钢琴、舞蹈这些最直观的让人眼前一亮的女生必备技能，她都没有。

她的闺蜜总是替她可惜，说你有那点工夫为什么不学钢琴和舞蹈呢？画画多温暾漫长啊，人家能在喜欢的人面前弹一段、舞一曲，你总不至于大笔一挥哼哧哼哧地画画吧？

她那会儿没多大感触，只是遵从自己内心的决定，现在才后知后觉地反应过来，还好她学的是画画，还好她没学跳舞，没弹钢琴，否则她怎么加入宣传部？怎么以最光明正大的理由接近她喜欢的人？

新生报到总有安排不完的琐碎事，即便慌乱忙碌，大家对新校园新生活的热情还是半点不减。

很快，学生会和各个社团就招新了，张苡摩拳擦掌地报名参加了宣传部。

她原本以为，报名的人多是因为江山代有才人出，优秀的人太多了，但后来才知道，这其中有近一半的女生和她的目的是一样的。

醉翁之意不在酒，在乎的是当部长的许辉。

好在她有扎实的绘画功底，一路过关斩将顺利地留到了最后一轮。最后一轮是许辉亲自挑人，有点像是面试。

其他女生面如桃花，兴奋大于紧张，唯有她害怕到掌心出汗，她像是一个孤立无援的战士，一路披荆斩棘战斗到最后，生怕一不小心就功亏一篑。

终于轮到了她，她推门进去，许辉在主位，边上还坐着两个副部长，三个人齐刷刷地看向她，却只有许辉容貌精致，眼底清朗无波，仅仅是坐着，却像是光芒万丈。

张苡的心跳得很快，就连眼皮都在微微颤抖，她想着，他会说“学妹，又见面了”，还是会说“没想到会在这儿遇见你”。

再不济，也会给她一个微笑吧。

她进门，落座，提交资料，直到许辉公事公办地说了句：“这位同学，麻烦你先做个自我介绍吧。”

她愣了一下，突然反应过来，原来，他根本就不记得她了。

之后的过程就简单了许多，她和另外五名女生顺利通过了考核，成了宣传部的新人。许辉带头对新人做了欢迎，大家跟着鼓掌。张苡站在队伍的最末端，终于真真切切地明白，她和许辉之间的距离，其实远没有她想象的那么近。

既然已经招了新，自然不是放着当摆设的，宣传部重新换血之后，也得做出一番动静以示朝气蓬勃，最近赶上校运动会，正好够他们忙乎了。

在宣传部待着其实一点都不轻松，需要干的活也不仅仅是张苡之前想的那样，只顾画画写字，还要综合选题，做设计稿、写文案、构图、配色、统筹进度、采购用物，她不过待了一天，就已经觉得微微吃力了。

因为许辉太忙，所以宣传部暂时由副部长负责。副部长是个短发的干练女生，性格却是温柔好说话，分配一些无关紧要的琐事时，大家看她良善，都大着胆子撒娇，各自都有五花八门的事和理由，都抽不开身。

副部长有些为难，看向张苡的时候，有求救的意思。张苡了然地点点头：“交给我吧。”

众人如释重负，松口气的同时，看她的眼神有种看软柿子的高傲。

只有她自己清楚，她并不是个肯吃闷亏的人，她忍着，是因为她清楚自己是为谁而来的，并且知道，她和她们是不一样的。

她是真心想要踏踏实实地靠近许辉。

因为她的舍生取义，大家忙完各自的活后都欢脱地离开了，只有她一个人在列用物明细、整理画纸、检查颜料的保质期、清洗画笔，等她从活动室离开的时候，天都黑了。

因为许辉要兼顾两个部门，为了给他减轻负担，学生会特意把体育部和宣传部的活动室安排在一起。所以，张苡万万没有想到，她没走几步，就看到了在体育部活动室里坐着的许辉。

他整个人仰靠在椅背上，一只手遮在额前，因为个子太高的缘故，他靠得并不舒坦，脑后的碎发轻轻晃着，他把两条长腿肆意地舒展开来，神态慵懒，神情却并不轻松。

张苡知道，他最近一定很累，她仅仅是一个小透明，都已经感觉到了吃力，何况他是那个站在制高点做决策的人，他的任何一个决定都关乎活动的成败。

她就这样怔怔地看着他，直到他意识到有另一个人的存在，缓缓地放下手臂，半眯着眼看向逆光中的她时，她才后知后觉地反应过来。

可惜，已经来不及躲了。

许辉看着她，似乎在思考什么，半晌，才微笑道："你是张苡吧？名字很特殊，新人里我就记得你。"

张苡紧张到手足无措，怕自己不小心露了怯，除了点头微笑，远远做不到像其他女生那般自在从容。

看出了她的局促，许辉体贴地替她解围："第一天干活很辛苦吧？如果遇到了什么难处，不方便和别人说的，你可以告诉我，我替你解决。"

张苡觉得心口湿润得快要滴出水来，他明明不记得曾经见过她，却又能准确地记住她的名字；他明明并不认识她，却一眼就看出了她干活吃力，而且受了委屈。她觉得，她比第一次见他，更喜欢他了。

这样越发浓厚的感情让她终于克服了内心的怯懦，让她决定勇敢地迈出第一步。

她深呼了一口气："学长，你吃饭了吗？我帮你买点吃的吧。"害怕他会拒绝这莫名的好意，她又补了一句，"我也没吃饭，正好顺路。你就在这里等我，不要走，我很快就回来。"

许辉只是微笑地看着她，静静等她说完，才轻声回复："我之前吃过了，现在不是很饿。你买了再给我送回来，这哪里是顺路？再说了，你自己不也没吃饭，我让一个没吃饭的女孩子给我带饭，这种行为很不厚道。"

他确实是温柔的，就连拒绝，都让人如沐春风，不会给人一丝一毫的尴尬。正是因为他的温柔，让她即便首战惨败也不至于灰头土脸。

她又蔫了，用自己都听不太清的鼻音应了一声，有些狼狈地转头就跑。

出了综合楼，她才觉得自己涨红的脸颊稍稍降了点温。她并不灰心，因为她知道，他会是第一个让她突破自我，为之义无反顾绝不后悔的人，并且，也是最后一个。

只不过……不灰心不代表不失落，她颓丧地耷拉着脑袋，走在被路灯拉长的婆娑的树影下，连影子看起来都充满悲伤。

她刚要叹气，肩膀突然被轻拍了一下，惊得她整个人都要跳起来，等她回过头看到身边的许辉时，脑袋突然一片空白。

他说："我的意思是，让你给我带饭很不厚道，但我可以陪你去吃饭。我话还没说完你就跑了，这个速度，加入体育部都绰绰有余了。"

他眉眼温润，轮廓分明的脸颊被昏黄的路灯打上了柔和的光晕，语气像是在调侃，笑容却尽是包容。

两人并肩走在通往食堂的路上，两人的影子被拉得长长的，空气中都透着静默的安逸。

那一瞬间，张苡突然有点想哭，她迫切却又难过地想着，要是能和他就这样一辈子走下去，该是多么幸运。

那一顿临时起意的简单晚餐，让双方都有所收获。

许辉其实是记得她的，但选人的时候怕别人误会有放水之嫌，刻意没有提这件事。还有，刚才的客套也不是装出来的，因为开学那天，她并没有告诉自己，她叫什么名字。

而张苡也间接或直接地了解到了很多关于许辉的事。

比如他不喜欢刺激性太强的食物，时间充裕的话会吃得很丰盛，生活中不拘小节，想去江南水乡温暾悠然地放慢自己。

再比如，他是一个大男生，体质居然不是很好，容易上火，容易感冒。他笑起来的时候，眼角会微微泛红，脸颊上的梨窝会深陷，如果说他的轻声细语让人如沐春风的话，他的笑容就是艳阳高照，她看过一次，心口已经灼热到无以复加。

有了那次的共进晚餐，张苡的胆子就大了起来，她在宿舍里置办了餐具，买了许辉喜欢的菜，按照他的喜好做了一顿又一顿的营养餐，乐此不疲地给他送去。

她并不痴信抓住男人的心就要先抓住他的胃，也没做过如何追求男生的功课，她仅仅是凭借着本能想要对他好，想要他吃得好一点，想让他好好照顾自己。

她会把食物亲自送到许辉手里，一定要热好了才给他吃，一开始他还有些不适应，但时间久了，便也经不住她意志坚定，只好收下了。

她从不多说什么，放下饭盒撒丫子就跑。因为她看得清清楚楚，他手边还有其他精致漂亮的饭盒。她不想他有一丁点的为难，哪怕刚开始的时候，她送出去的饭盒再拿回来时，盖子都没有打开过。

碰上拿回来的是洗得干干净净的饭盒时，她会高兴很久，会忍不住在宿舍里又唱又跳。但在许辉面前，她依旧平静如水，她不想让他有所负担。这是她的一厢情愿，他那样温柔的人，但凡她有一点情绪波动，都会让他为难。

精心准备饭菜并不会影响她忙宣传部的事情，随着选题和设计稿的确定，宣传画板的制作正式提上了日程，她们这些主笔忙得不可开交。

定框架，画线稿，勾线调色，上色，专业的、琐碎的事情一波又一波，偏偏突发状况还不断发生。因为成员较多，心高气傲的也不在少数，遇到了分歧，大家都固执己见，不愿让步，场面僵持着，根本没办法继续工作。

她们闹哄哄地吵，张苡默默地给大家削铅笔、洗画笔、收拾散落一地的颜料。她不想加入争执，因为她和她们所图的不一样，宣传部只是让她更好地接近许辉的途径，除此之外，她别无所求。

争执越演越烈，两个人火气上来，开始打砸活动室的东西，张苡刚收拾好的地方瞬间变得一片狼藉，其中一个女生一怒之下扔了一瓶颜料，雪白的墙壁瞬间被染了个浓墨重彩。

张苡看着自己身上从头到小腹散开的一片油腻腻的颜料，相当无语。

她们不为所动地继续吵，直到把许辉都招了过来。

他很明显累得很，眼底一片青涩，但好在面色红润，还算健康，他有些无奈地问："这是怎么了？怎么弄成这个样子？"

刚才还在撒泼耍浑的两个女生这会儿比猫还乖，娇声娇气地诉说着自己的委屈，各执一词，都可怜得不得了。许辉脾气好，性格也好，轻易不会发火，只是耐心地听她们解释。

但张苡清楚得很，他很忙，也很累，他眼底有掩饰得很好的不耐烦。他是一个即便自己已经累到极点、烦到极致，也绝对不会对别人撒火的人。如果是她，她不会舍得给他添了这么多麻烦之后，还若无其事地继续叨扰他。

争执的声音变成了变相撒娇，张苡懒得处理自己衣服上的斑斑点点，默不作声地继续收拾活动室。

她从来没有任何一刻像现在这样讨厌自己唯唯诺诺的个性，如果她脾气火暴，天不怕地不怕，她一定会戳着那两个女生的鼻尖告诉她们："求你们闭嘴吧，许辉他够烦了。"

事情最后终于解决了，折中的方式是两个女生轮流当主笔，既保全了面子，又得到了男神的安慰，简直是皆大欢喜的结局。

除了张苡，谁也没有注意到许辉扫了一眼斑驳的墙壁后，微微叹了口气。

许辉好不容易处理完了体育部的事情，饭都没来得及吃一口又匆匆地往宣传部赶。他最近手头的事太多，大事小情都得他把控，偏偏他的好哥们好室友，学生会主席郑超最近不知道在忙活什么，把一堆琐碎的事抛给他，忙得他简直焦头烂额。

他其实最不擅长和女生打交道，话说得轻了她们压根不听，说得重了，又怕伤了她们的自尊心，他又不是郑超那种雷厉风行的人，对这些女生几乎是半点法子也没有。

再烦也得忍着，再忙也得顾着。

他想了想那面被作践了的白墙，狠狠吐了一口浊气。宣传部的活动室是他一手收拾起来的，从摆设到装潢，就连墙都是他自己粉刷的，所以说，那些污渍毁的不仅是他的心情，更是他全部的心意。

自己珍惜呵护的东西被人糟蹋了，却连个撒气的地方都没有，真是憋屈。

他几乎绝望地赶到宣传部，刚要推门，却发现门并没有锁。

他下意识地没有发出任何声音，小心翼翼地沿着门缝往里瞧了一眼。

于是乎，他就看到了踩着桌子颤颤巍巍刷墙的张苡。

已经粉刷好的墙壁白得晃人眼，他的心口猛地被击中了，不可抑止地漏跳了一拍。

她给他的印象很深刻。

白净乖巧，瘦瘦小小，话不多，却很爱笑，局促的时候、尴尬的时候、害羞的时候都喜欢笑，明明是水汪汪的大眼睛，笑起来却变成弯弯的一抹。

她做的饭菜很精致，很不可思议地超级合他的口味，并且她沉默而执着，从来不会多说什么，每次把热乎乎的饭菜送到他手里，拔腿跑掉，让他连道谢的机会都没有。

她厨艺很好，只是一餐饭，却能有两素一荤，还有水果和小点心，并且永远温热新鲜。

一开始他还故作矜持地把饭盒原封不动地送回，但在对比了其他人送的冷了的外卖和食堂的饭菜后，他便放弃了无谓的挣扎。

不得不承认，她养刁了他的胃，还养出了他的愧疚感。他总是忍不住想问她，你为什么对我这么用心？

除了这些，宣传部里只有她是脚踏实地、默默无闻地干活，每次活动结束之后，她总要把活动室收拾得干干净净才走。

如果说其他女生只是为了在他面前表现自己，那他实在不理解，张苡从来不在公众场合多看他一眼，做这些难道仅仅是责任感在作祟？

她是自己接触过的所有女生里最为腼腆沉默的一个，话不多，紧张和局促的时候只会微笑脸红。如果说其他女生接近他的目的只是为了伺机表白，那她到底是为了什么？

他正思索着，却见她刷完了墙壁上方正要从桌子上下来，因为重心变换，桌子猝不及防地晃动了下，她小声地叫了一声，像是某种受了惊吓的小动物。

许辉一个箭步冲了过去，这样的高度，他的双手刚好可以撑着她的腰。

直到他微微施力把她从桌子上抱下来，他都没有意识到他这样的动作有多暧昧，根本不是他们两人这样的关系该有的。

他只注意到她的腰原来比他想象中要细得多，两只手就能握起来。注意到她浑身都在轻轻颤抖，惊慌大过于紧张，似乎是在排斥他的触碰。

两人面对面的时候，都是一言不发，他无法解释自己的所作所为，也无从解释。她低垂着眉眼，眼睛湿漉漉的似乎要哭出来，脸颊红得通透。

他头一次觉得一个女孩子可以这样自然可爱不做作，头一次觉得他似乎不应该把重点只放在学生会了。

他似乎……该谈一场恋爱了。

如果是和她这样纯粹，又知他懂他的人谈恋爱的话，似乎也不错。

他还在臆想，张苡却在反应过来之后，立刻惊慌失措地拔腿就跑。

他看着地上散落的刷子、刚打开的大桶颜料、斑驳的脚印以及那面让人心旷神怡的白墙，勾唇轻笑。

她刚才的样子，可爱得像只兔子。

之后的一段时间，张苡一直没有见过许辉，时间久到她觉得那天晚上他的轻拥都是她求而不得幻想出来的。

那天晚上回去之后，她整宿没有睡着，心口和腰侧像是点了两团火，灼烧得她寝食难安。她清楚地记得许辉双手捧上来时的触觉，温热有力，以及自己贴近他的身体时，他身上散发出来的干净清爽的气息和轻薄的温度。

他附在她耳边轻声说：“小心一点，可以下来吗？”

她大脑一片空白，压根没有任何思考能力，直到他把她整个抱下来的时候，她都是蒙的。

直到现在，她只要一闭上眼，那一幕幕依旧清晰得纤毫毕现，她心底的冲动终于变得一发不可收拾，她从来没有像现在这样确定，自己原来是如此的喜欢他。

她决定向许辉表白的时候，几乎没什么征兆或是刻意的心理准备。多日的不曾见面已经给她留足了反省和缓冲的余地，她很肯定自己的心意，拖下去除了被越演越烈的思念和爱恋折磨以外没有任何好处。

决定表白那天，她打听到了许辉的行程，他上午有私事，并且这件私事似乎对他来说很重要。他那样自律负责的人竟然推掉了体育部和宣传部所有的事情外出了。所以，她不想在这种时候打扰他。

她选择在他办完私事返校的这个时间段，既不耽误他的时间，又摆脱了在学生会公事公办的拘谨，简直是两全其美。

一上午的课，她几乎什么都没有听进去，心口没有一刻钟能停止慌乱，好不容易挨到了下午，她火烧屁股似的往校门口跑，她不知道许辉回来的确切时间，唯一能做的就只有傻等。

她从中午等到了下午，从下午等到了傍晚，漫长的等待让她觉得自己像是一个智商突然下线的傻子。其实她还有很多法子能确定他回来的时间，但她享受等他的过程，充满未知的期待，以及能足够她平复心情的漫长等待。

许辉是晚上七点多回来的，夜幕将近的朦胧并不妨碍她一眼就认出他来，柔软的黑发，温润如玉的面容，挺拔的身形，有一种刻进骨子里的熟悉。

只是，她的心口还来不及狂跳，就猝不及防地坠入了谷底。

随许辉从出租车上下来的，还有一个容貌出挑的年轻女孩子。笑容明媚，五官精致，夜色也挡不住的光芒四射，完全不是她可以比拟的开朗阳光。

她突然觉得心底有一方分崩离析了。

是啊，从来都是她一厢情愿地追逐他，她只考虑她是不是足够喜欢他，那种喜欢够不够传达给他，她敢不敢迈出这重要的一步。

却从来没有考虑过，她还有没有这样的机会。

许辉帮那个女孩背着背包，两人并肩走着，画面美好。

似曾相识的场景，但那个女孩笑容灿烂，活泼得像一抹暖阳，不像她，那个时候紧张得连一句话都说不完整。

她目送两人的背影消失，眼底的泪哗哗地流，心里很明白地想着，她哪有立场哭，但眼泪就是忍不住。

毕竟，那可是迄今为止，她唯一喜欢的男生啊。

之后很长的一段时间，张苡意志消沉，刻意躲着许辉，哪怕是部门开会，只要他出席，她一定想尽办法避而不见。

不是她不想念他，而是她害怕自己看到他，就会想起他和他女朋友的浓情蜜意，她受不了那样的心理落差。

不知不觉，宣传部的第一个大活动就结束了。宣传和运动会都很成功，许辉受到了公开表扬，颁奖典礼那天，张苡坐在底下看着台上的许辉，鼓掌鼓得掌心都红了。

以后，她就只能以这样的身份，这样的角度去仰视他了。

典礼结束，张苡挤在人群里慢吞吞地挪着小碎步。她隐约听见有人在喊她，还没来得及反应，胳膊就被轻轻扯了一下。

她疑惑地回头，刚要出声，在看到来人后，顿时连心跳都漏了一拍。

竟然是……许辉。

他匆忙地从台上跑下来，微微喘息着，额前的碎发遮住了他半垂的眉眼，让里面的神采越发浓烈而温润。他开口问她：“你最近为什么躲着我？”

张苡有些手足无措，周围的一圈女生发出意味不明的唏嘘声。她一着急，生硬地甩开他的手，含糊其辞道：“我没有躲着你，可能是你太忙了……”

她话音未落，就被许辉语气坚定地打断了：“我专门打听了你的课表，打听了你的作息安排，甚至做好了踩点蹲守的准备，却还是逮不着你的影子，就连我为了见你专门召开部门会议都见不到你的面。你觉得是我忙而不是你躲着我，这样的理由有说服力吗？”

他话音刚落，随着周围爆发出的惊呼声，张苡的脑袋像是燃放了一朵烟花，轰隆隆地炸了。

她不知道该怎么形容自己的心情，只是目光呆滞地答非所问：“可是你有女朋友了啊。”

许辉愣了一下，突然笑了，伸手把她从人群里扯出来，语气既好气又好笑：“我什么时候有的女朋友，嗯？你怎么知道的？”

“你接她回来的时候，我……不小心看到的，你帮她背着背包。”

“是，我帮她拉着行李箱，顶着大太阳送她到宿舍，我一路上像个话痨似的不停找话题，她却是一个无师自通的话题终结者，几个叹词就能把我的话题终结了。她平时话少得很，就喜欢闷不作声地干活，别人出尽风头，她却任劳任怨地给人家收拾烂摊子。自己还饥一顿饱一顿，却总是给我做精致的午餐，把我的嘴都养刁了，一吃食堂的饭就消化不良。她一直没什么存在感，话都不会多和我说几句，却能准确猜到我的心思，知道我喜欢吃什么，知道我怕脏怕吵。那么大点一个小姑娘，能踩着桌子当粉刷匠，美中不足的是墙刷一半就撒丫子跑了。她虽然可爱，但最大的毛病就是㞞。明明是她先撩的我，等我做好准备要回应的时候，她却又躲得远远的了……”

张苡原本还想反驳，他送那个女孩回来的时候明明是晚上啊，哪有什么大太阳？后面越听越不对劲，等意识到他说的竟然是自己时，她感觉像是晴空里劈了一道雷，正好砸在她天灵盖上，把她魂都劈没了。

“张苡，我能不能有女朋友，不在于我，而在于你。”

许辉看着她，眼底澄明清朗，唯有嘴角微扬的那一抹温润的微笑里，写满了柔情似水。

张苡觉得自己有点想哭，高兴到极致的时候，似乎只有哭能极大程度地阐述自己的心情，她像个傻子似的哗啦啦地掉眼泪。

许辉把她拉进怀里，轻轻揉着她的发顶，低声哄着她：“好了，不哭了，别让别人以为我在欺负你。这是我脱单的第一天，给我点面子。”

张苡哭得更厉害了，揪着他的领子哽咽：“许辉……我好喜欢……好喜欢你啊。”

许辉吻了吻她的发顶，回道：“我也是。”

张苡和许辉在一起将近一个月之后，她才适应了他女朋友这样的人设。

许辉并不是个特别张扬的人，他对待感情的方式和他为人处世的风格一样，低调内敛，却又细致周全。

两人相处之后，她才从他口中得知，原来那天他接的那个姑娘是他从小玩到大的发小，两人太过熟稔，走在一起总是被别人误会。

他说话的时候嘴角噙着笑，虽然眼底波澜不惊，但嘴角的笑明明就带了戏谑的味道。

张苡当时正猫在他怀里，被他笑得又羞又臊，实在受不了，干脆藏在他胸口，闷声闷气地哼哼："我哪知道你还有个青梅竹马啊……你俩看起来特像情侣……"

许辉闷声笑着，就着这样的姿势拿下巴轻轻磨蹭着她的发顶，他慵懒又疏朗的声音从她头顶上散开，透着说不出的宠溺："好了，好了，我保证以后绝对不会再给你误会的机会了。我以后绝不和其他女生单独在一起了，好不好？"

"我没有那个意思……"张苡从他怀里钻出来，分外惶恐地解释，"那天我会那么想，是我没有了解到事情的真相，现在不会了。我会理解你的，你在这个位置上肯定免不了要和女生打交道，我不能提那么蛮不讲理的要求……"

许辉笑眯眯地看着她，慢条斯理地接话："如果是那些向我献殷勤的女生呢？你是不是也表示理解？怎么办，我好像有点为难，我女朋友这么善解人意，这么放心地就把我放养了……"

张苡憋着笑，张开双手环住他的颈项，软绵绵地撒娇："理解归理解，醋还是要吃的。"

她原本以为，这仅仅是两人的悄悄话，闲聊过去就算了，但等到许辉告诉她，要带她见一见那个女孩时，她瞬间紧张到头皮都发紧了。

她下意识地就想打退堂鼓，扯着许辉的袖子撒娇："我可不可以不去啊？我知道她是你的好朋友就够了，就别见面了……"

"怎么，丑媳妇还得见公婆，你这别说公婆了，连我的发小都不愿意见，多没出息。”

“……”张苡脸红地想着，她也不是不想融入他的朋友圈，只是一想到自己曾经误会过他们两人的关系，总觉得这样的见面会是难以想象的尴尬。

不过她的抗拒基本无效，许辉一边安排好大家见面玩耍的地方一边故作无辜地说：“没关系，你要是实在不愿意，也可以不去。顶多是我的这些攻略白做了。”

她哭笑不得：“……好好好，我听你的就是。”

最后许辉和那个女孩商量好的地方是一家密室逃脱体验馆。这家体验馆是最近新开的，宣传到位，噱头很足，“逃得了的密室，逃不了的爱”这样嚣张霸气的宣传语吸引了不少情侣慕名前来。

张苡其实很早就想来了，但许辉并不是很喜欢这样张扬闹腾的活动，他们两人在一起的时候，格调总是柔软舒缓的。她喜欢的就是许辉的温润儒雅，自然不会要求他为了自己而刻意改变什么。

她这次能得偿所愿，八成是托了那个女孩的福。

到了见面那天，张苡从站在校门口的时候就开始紧张，紧张到许辉一直在给她揉手指都不管用，她天马行空地想着，一会儿三人行的时候该怎么办？她是不是应该大度一点，让许辉多照顾一下那个女孩？

没等几分钟，那女孩就来了，让她的一颗心落回肚子里的是，那女孩并不是一个人来的，和那女孩同行的男生，她也认识，学生会主席郑超，算起来，还是许辉的顶头上司。

女孩笑容很明媚、落落大方，既不张扬也不做作，开朗得刚刚好，主动打招呼道：“我听许辉说了，你叫张苡。我叫丁子君，这是我男朋友郑超。我和你男朋友是发小，一直以来都是他照顾别人，可算是找到一个能照顾他的人了，我打心眼里谢谢你。”

张苡有些局促，不知道该如何回应，正踌躇间，就听见许辉接过话茬：“好了好了，别贫了，再不走一会儿不好买票了。”

丁子君存了逗趣许辉的意思，故意说：“你这样喜欢看看风景听听歌的安静美男子突然转性喜欢这么幼稚的东西，真是开眼界了。”

丁子君半开玩笑的调侃话，张苡听着却觉得哪里有点不对劲。丁子君话里的意思，是不是在说，许辉其实并不想来玩的？那既然他不喜欢，又为什么要组织大家来这里呢？

许辉半揽着她的肩，对丁子君的调侃不置可否，反而微扬着嘴角偷偷和她吐槽：“你别听丁子君瞎说，她平时就是这个样子，不着调，连男寝都敢闯。她和郑超在一起，就是因为她闯男寝的时候不小心撞到了裸着的郑超……”

“真的吗？”张苡八卦地想着，这个丁子君果然和她不是同一类人，直爽率真，放荡不羁。

他们在后边小声地讨论，但还是被丁子君听到了，她瞪着两只眼睛义正词严地辩解：“许辉你注意点措辞，不要误导张苡，什么叫我看见了裸着的郑超，他有穿裤子好吗！”

许辉单手握拳抵在唇边闷声笑，张苡靠在他怀里，那一声声低笑随着他胸腔的震动传过来，连带着让她都心情大好。

作为事件的主角，郑超终于忍不了了，一脸尴尬地把自己的女朋友扯回来，屈起指节抵在她脑门上一个劲地轻叩，咬牙切齿道：“丢不丢人，丢不丢人？你把这事都抖出来，我不要面子的啊？”

丁子君一边哼哼唧唧地叫一边踩郑超的脚，毫不示弱道：“你还要什么面子，你的面子在耍流氓那天就一丢丢都不剩了。明知道门外的是姑娘，你还裸着给人家开门，你就是居心叵测，耍流氓。”

“丁子君，我跟你说过多少次了，我没耍流氓，你这是贼喊捉贼，我也没求你看我裸体啊，谁让你一个女孩子家家的擅闯男寝。”

“好，那郑超我问你，如果那天擅闯男寝的不是我，是别的女生，你也开门吗？”

“……”

两人总算安静下来，但一路仍旧嬉笑打闹。张苡靠在许辉的怀里，懒洋洋地摩挲着他的指节，感受着他侧过脸看她时，眼里是无尽的宠溺。

她顿时觉得，有一个温润如玉的爱人，有一段平淡细腻的感情，有几个闹腾阳光的好友，她何其有幸。

很快，一行人就来到了馆里，买票进馆之后，所有人被随机分成了几拨，分别进入不同主题的密室。两两的情侣自然是要在一起的，一时间，场馆内尽是单身狗的哀号声。

张苡他们被分到的是监狱主题的密室，同他们一起进来的还有另外两对小情侣，其中一个女生虽然挽着自己的男朋友，眼神却止不住往许辉身上瞟。

许辉的长相并不像郑超那样带着狂傲张扬的耀眼，却自有一股温润疏朗的谦谦君子风范。他和郑超是截然不同的风格，却同样迷人。

张苡并未在意，其他女生会注意自己的男朋友，她觉得这是对她眼光的变相肯定，她没必要草木皆兵。

入口的门关上的一刹那，密室逃脱就正式开始了。张苡像个小孩子一样兴奋，不明亮的光线下，她的双眼耀眼得像两颗星星。

许辉突然有点动情，不露痕迹地把她推到墙角，她毫不知情，兀自挥舞着两条胳膊，嘴里说着："我们看看有什么线索，是不是要破解什么密码，你帮我……"

她话还没说完，就淹没在许辉的亲吻里。她顿时慌乱到面红耳赤，条件反射地想要推开他，奈何被他箍得紧紧的，动弹不得，她又急又羞，嗓子跟打了结似的磕巴："你……你……你别这样……"

许辉双手撑在她脸侧，轻轻嗅着她颈间清甜的香气，笑得不怀好意："我不要哪样，嗯？"

"这么多人……不……不太好……"张苡的脸都要烧起来了，压根不敢看许辉的眼睛，但仍能感受到他火热的视线紧紧地盯着她。

正紧张间，她突然感觉到许辉握住了她的手腕，用拇指若有似无地轻轻摩挲着。她慌乱地看向他，却见他半眯着眼，眼神暧昧不明地盯着她，嘴角轻扬，露出一截雪白的牙，像极了一只谋算捕食的狐狸。

她脑子里的弦"噔"的一声断了，几乎是慌乱地表态："不行不行……

不能在这里。你说什么我都不会同意的。”

许辉愣了一下，似乎是在思考什么，过了几秒钟，他若无其事地把她从墙角带出来：“走吧，我们去找找线索。虽说两个小时出不去会缺氧致死只是噱头，但既然来了，就好好玩一玩。”

张苡眼底有一闪而过的尴尬，还好许辉轻描淡写地带过了，不然她真是丢人丢大了。

他只是想拉着她走，她却自己脑补了一出不可描述的大戏，在没认识许辉之前，她并不是这样的。

张苡深呼吸了几口气，平复了慌乱的心跳，一本正经地找线索。

许辉跟在她身后，并不会直接给她提示，而是颇有耐心地引导她自己去破解，她渐渐找到了乐趣，拿出了十二分精神。

许辉低笑一声，从背后环抱着她，压低嗓子道：“你刚才是不是误会了什么？”

张苡脸一红，神经瞬间紧绷起来，连耳朵尖都红透了。她以为许辉没有注意到她的反常，没想到他在这里等着她呢。

她支支吾吾没来得及说话，许辉若有似无地吻了吻她的耳朵，见她是真的有些慌张了，不舍得继续逗她，把她的手腕牵到嘴边轻吻了一下，闷笑道：“好了，不逗你了。继续找线索吧，一会儿时间该到了。”

许辉恢复了正经，认真陪她玩这个略显幼稚的游戏。

张苡羞赧过后又变得劲头十足，许辉一如既往只负责引导，并不剥夺她推理的乐趣。

她兴奋得小脸红扑扑的，也不顾及密室的脏乱，在犄角旮旯里上蹿下跳。许辉不管她，只在她从床底下钻出来的时候把手掌垫在她头顶，或者在她想要看看天花板上有没有藏东西的时候，稳稳地把她抱起来。

一行人当中，就她最乐在其中，玩得不亦乐乎，剩下两对情侣已经有了放弃的意思，都蹲在角落里各玩各的，静等着游戏结束。

没一会儿，其中一个男生躲去角落打电话，他的女朋友落了单，左右瞟了瞟，装作不经意间向许辉靠拢过来。

“帅哥，你叫什么名字？我好像在学生会见过你。”女生长得漂亮妖艳，是张苡那样细水长流型远远比不上的，无论是身材还是容貌，都美得强势而张扬。

许辉紧盯着张苡，看到她从椅子上下来的时候微晃的身影，眉心抖了一下，待她从椅子上跳下来，他才略带敷衍地回答：“我经常往学生会跑，你见过我也是正常的。”

女生见许辉回应自己，得意中带了一丝了然，心里想着，所有男生都是一个样，即便有女朋友，但遇到更漂亮的，还是忍不住想要撩拨一下。

再说了，像他这样身材颀长、长相出众，又干净疏朗的男孩子，只有自己这样同样出挑的女生才配得上。他的那个女朋友，无论是身材还是相貌，都只能算是中上等，配他真是差远了。

这样想着，她又看了一眼在角落里打电话的男朋友，心里莫名涌上一股嫌弃，那种站着坐着都没有一点气场的人，她当初是怎么看上的？

既然有了让自己真正心动的男生，女生自然不会轻易放弃，她放软了声音道：“帅哥，你和你女朋友是怎么认识的？我猜一定是她主动追求你的吧？”

对于这个话题，许辉不是很反感，瞟了一眼已经玩到额角冒汗的人，漫不经心地回答：“是她主动追求的我……”不过先表白的人，是我。

他后半句还没说完，就被女生迫切地打断了：“我一猜就是，虽然这么说不太好，但我觉得你女朋友配不上你。你这样的人一定能找到更优秀更漂亮的女孩的，现在大学生谈恋爱还不都是玩玩，哪有真心的？遇到更好的就和平分手，一拍两散。”

许辉的眉心轻轻跳了一下，若无其事地扭过头看着那个女生，从远处收回来的视线聚焦在近处的时候眼底又黑又亮，看得她心跳都漏了一拍。

她以为他会说什么，但他只是抿了抿嘴角，一言不发地又转过了头。她看着他轮廓分明的侧脸，嘴角渐渐扬了起来，心中揣测道，他大约也是在对比自己和他女朋友的差距，心里一定有所动摇了，只不过是在假矜持而已。

这样的男生她见得多了，只要给他留好面子和退路，勾搭上手不过是分分钟的事。

于是乎，她熟稔地展开攻势，温声软语地挑逗他："男女朋友分手又不是什么大事，不多试几个怎么才能知道谁才是自己命中注定的那个人。与其在不对的人身上浪费时间，还不如尽早找到适合自己的人。再说了，我看那个小姑娘还什么都不懂吧？和那样的豆芽菜谈恋爱有什么好……"

她弓了弓身子，胸前的弧度在昏暗的光线下泛着让人窒息的光泽，与她暧昧不明的话语交相辉映，对于血气方刚的男生来说，不亚于打进血液里的一剂尼古丁。

她等着对方的回应，而许辉也终于表态了。

他慢条斯理地后退了一步，丝毫都不加掩饰眼底的厌恶和不耐烦，他眉头紧蹙，嘴角下沉，就连开口说话，声音都冷了几个度："虽然很抱歉，但不得不承认，你成功地倒尽了我的胃口，让我对待陌生人的基本礼貌和素养都一点不剩了。"

说完，他紧紧咬了咬后槽牙，几乎是在克制自己说出更加不合适的话，大约过了几秒钟，他才一字一顿道："我希望，今天这样的话，永远不会传到我女朋友耳朵里。"

女生原本气得通红的脸颊瞬间褪得血色全无，许辉眼底的警告和阴冷让她打后颈里蹿上来一股寒意。她哪还有半点勾搭人的心思，胡乱点了点头，匆忙地从他身边逃窜了。

张苡玩累了，跑过来求安慰，许辉张开双臂圈起了她扑过来的小身体，满脸宠溺地揉着她毛茸茸的头顶："找到怎么出去了吗？"

"没有……我从前都没觉得我这么笨呢。我可是理科生啊，为什么逻辑思维和推理能力这么差……"

许辉把她的沮丧当成撒娇，全盘接收，吻了吻她的额角道："要不要我帮你？"

她猛摇头："不要不要，我还能坚持。对了，你是认识了新朋友吗？我刚才看到你和那个女生说话了。其实我也想认识她，她好漂亮啊。她是我来大学以后见过的最漂亮的女生……"

许辉眼底的厌恶一闪而过，但很快就若无其事地逗她："她算最漂亮？那要是和丁子君比呢？"

"哎呀，我把她忘了。"张苡擦了擦汗湿的额角，一本正经道，"这么说的话，那就还是丁子君最漂亮。"

"那你的意思是，你见过的最漂亮的女生是丁子君？"

"目前来说是。"

许辉点点头，把手机掏出来，装模作样地滑动了几下："到底还是没见过世面，我给你看一个我见过的最漂亮的女生，目前是，以后也不会超越。"

张苡打心眼里不想接许辉递过来的手机，她控制着自己的表情不要吃醋吃得那么明显，但心里早就打翻了一坛山西老陈醋。

她偷偷腹诽，但愿手机里的照片是许辉的妈妈或姐姐妹妹之类。

等接过手机时，她看着漆黑的屏幕，心里一阵激动，难不成许辉在和她玩这个梗？其实他让她看的就是屏幕上反射出来的她自己？

她差点就含羞带怯地说讨厌了，许辉不咸不淡地补了一句："你倒是解锁屏幕啊。"

她的心顿时凉了半截，手一抖差点把许辉的手机摔地上。她庆幸这里光线暗，她又没抬头，否则，她的面子和里子都一起撂在这儿了。

许辉的手机没有锁屏密码，她轻轻松松就点开了，手机桌面展开的那一瞬间，她整张脸都红透了。

因为……桌面的壁纸是她的照片。

这一个小插曲并没有影响游戏的进度，又过了半小时，张苡就在许辉的协助下成功逃出了密室。

两人牵着手从出口爬出来，张苡看着许辉T恤上的锈迹斑斑，笑得直不起腰。

许辉无奈地摸了摸她的脑袋：“你就是个没心没肺的傻丫头。”

“你为什么会在我英勇无敌地从密室里逃脱出来的时候，得出这样一个结论？”张苡噘着嘴，疑惑中带着点不高兴。

许辉眼角的余光瞥见密室里搭讪他的女生还在死死地盯着他，他淡淡收回目光，自然俯身亲了一下张苡的脸颊：“没什么，我这是在夸你。”你只顾没心没肺，所有的龌龊阴暗由我来挡。

两人在门口等了没一会儿，丁子君和郑超也出来了，可惜这两人之间的气氛一点都不和谐。

丁子君垮着脸，一言不发地快步往前走。郑超仗着手长脚长，也不着急追，不紧不慢地跟着，带着笑腔慢悠悠地说：“小乖，别生气好不好？我又不是故意的，是她主动搭讪我，但我眼里只有你……”

丁子君听了他的解释，气得大喘了一口气，猛地停住了脚步，回头没好气地低吼：“人家主动搭讪，你就搭理。那人家要是正好缺个男朋友呢？你是不是也赶紧去补这个缺啊？”

“好好好，是我的错，我就是这么个招蜂引蝶的长相。”郑超一脸懒洋洋地笑，把丁子君拽进怀里，闷笑着说，“要不，我毁容了试试，就毁到除了你，没人要的那种地步……”

“郑超你别跟我贫嘴……”丁子君余怒未消。

“不贫嘴，亲嘴总可以吧。”他说着，便啄吻了一下她的唇瓣。

“你……”丁子君脸一红，还没来得及说话，就又被吻了一下。

“原谅我好吗？不原谅的话，我就一直这么亲。”

丁子君对他这一套一点招架之力都没有，憋红了脸最后只能慌乱地点头：“好好好，我原谅你了。”

郑超满足地亲了亲她的脸颊，这才算完。

边上站着的许辉一脸的习以为常，张苡却看得有点害羞，忍不住腹诽着，这个郑超的性格和他的长相真衬，张扬又毫不顾忌。

到现在，四个人才算是游戏结束正式会面了，张苡还沉浸在兴奋的余韵里不可自拔，拉着丁子君絮絮叨叨："墙上的数字你们破解了吗？我一开始怎么都看不懂，后来经过许辉的提示才发现，原来是要用摩斯密码解的……"

丁子君难得见这个小白兔似的姑娘和自己这么亲热，不忍心浇她凉水，可她压根搭不上话，一时间，表情很是复杂。

"你问她干吗，她在里面压根就没干正经事。"郑超漫不经心地搭茬，嘴角挂着不怀好意的笑。

丁子君的脸唰地涨红了，张苡反应慢半拍，下意识地问了句："你在里面不玩游戏还能干吗啊？"

这下丁子君恨不得挖个坑把自己给埋了，红着脸狠狠地拿眼刀剜郑超。

许辉赶紧把自己反射弧漫长的女朋友拽回来。

郑超逗完丁子君，又把张苡说了半截的话给接上了，半开玩笑道："许辉还能给你提示？他就没有解这个的脑回路……"

张苡没反应过来是什么意思，许辉面色僵了一下，耳朵尖微微发红，赶紧岔开话题："好了，既然已经玩尽兴了，那就找个地方吃饭吧。"

"嘿，你还真别说，爱情的力量是伟大的，许辉从前对这些游戏那是一窍不通，我们玩游戏的时候，他就捧一本书跟拍海报似的搁边上看。自从知道你想去玩密室逃脱后，跟转了性似的到处取经，积累了一定理论知识后，自己还偷摸去实践了一次，确定能顺利逃脱之后才敢带着你去……"

许辉的脸越来越红，张苡迷茫的眼神却渐渐清明过来。

丁子君看出端倪，伸手狠狠在郑超后腰上掐了一把，打圆场："别听他瞎说，他嘴上不带把门的……"

郑超是张扬派，根本不理解许辉这低调的小把式，当下也不觉得不妥，不满意地挑了挑眉："什么叫我瞎说，这就是事实。再说了，我们俩不也是被拉来做陪衬的吗？我对这些小姑娘的幼稚游戏一点兴趣都没有，你也不喜欢。但他害怕人家小姑娘觉得扫兴，非拉着我俩来凑人气……"

说到这儿，他还没意识到自己说错话了，一脸无辜地把丁子君掐他的手捧在手里揉捏，眨巴眨巴眼睛道："你们这是怎么了？怎么都不说话了？"

“天都给你聊死了，还有什么话可说。”丁子君自暴自弃地说完，强行把郑超拽离了现场，留了足够的空间给张苡和许辉。

等到他俩走远了，许辉才有些局促地把拳头抵在唇边轻咳了一声道：“那个……我不是故意要在你面前显摆的……我就是……害怕……你会不自在……”他的耳朵尖泛起了薄薄的一层红色，害羞的样子和平时温润疏朗的模样大相径庭。

张苡根本无暇思考其他，心口湿润柔软得像是陷入了一片沼泽，温暖的湿气一点点地蔓延开来，宣泄似的从眼眶里涌出来。

“许辉……”她语不成调，话没说完就哭出声来。

她一哭，许辉也慌了神，回抱着她，紧张又笨拙地安抚。

张苡躲在他的怀里，心底有个声音一直在喟叹。

原来，这就是爱情的模样，简单，却又足够美好。